朱熹佚詩佚文全考

下册

束景南 ◎ 考訂

上海古籍出版社

朱子遺集

目録

卷一　賦　詩

卷二　奏劄　書

卷三　書

卷四　雜著

卷五　序　跋　記

卷六　銘　箴　贊　祭文　碑　墓誌　傳

卷一 賦 詩

梅花賦 慶元元年

楚襄王遊乎雲夢之野，觀梅之始花者，愛之，徘徊而不能捨焉。騶乘宋玉進曰：「美則美矣，臣恨其生寂寞之濱而榮此歲寒之時也。大王誠有意好之，則何若移之渚宮之囿而終觀其實哉？」宋玉之意，蓋以屈原之放微悟王，而王不能用，於是退而獻賦曰：

夫何嘉卉而信奇兮，厲歲寒而方華。潔清姱而不淫兮，專精皎其無瑕。既笑蘭蕙易誅兮，復異乎松柏之不華。屏山谷以自娱兮，命冰雪而爲家。謂后皇賦予命兮，生南國而不遷。雖瘴癘非所託兮，尚幽獨之可願。歲序徂以崢嶸兮，物皆捨故而就新。披宿莽而横出兮，廓獨立而增妍。玄霧滃而四起兮，川谷沍而冰堅。澹容與而不衒兮，象姑射而無鄰。夕同雲之繽紛兮，林莽雜其葳蕤。曾予質之無加兮，專皎潔而未衰。方酷烈而闇闇兮，信横發而不可摧。紛旖旎亦何好兮，静窈窕而自持。徂清夜之湛湛兮，玉繩耿而未低。方娉婷而自喜兮，友明月以爲儀。欻浮雲之來蔽兮，四顧莽而無人。悵寂寞其凄凉兮，泣回風之無辭。立何久乎山阿兮，步何躊躇於水濱？忽舉目而有見兮，恍顧盼之足疑。謂彼漢廣之人兮，羌何爲乎人間？既奇服之眩耀兮，又綽約而可觀。欲一聽白雲之歌兮，歎揚音之不可聞。將結軫乎瑶池兮，懼佳期之非真。願借陽春之白日兮，及芳菲之未虧。與遲暮而零落兮，曷若充夫佩幃？渚宫矧未有此兮，紛草棘之縱横。椒蘭後乎霜雪兮，亦何有乎芳馨。俟桃李於載陽兮，倉庚寂而未鳴。私顧影而自憐兮，淡愁思之不可更。君性好而弗取兮，亦吾命其何傷。

辭曰：后皇貞樹，艷以姱兮。潔誠諒清，有嘉實兮。江南之人，羌無以異兮。煢獨處廓，豈不可召兮？層臺累榭，静而可樂兮。王孫兮歸來，無使哀江南兮！（新安文獻志卷四十八。）

按：篁墩文集卷三十六題文公梅花賦後云：「文公舊有前、後、續、别四集行世，而後集亡矣。此賦見事文類聚中，固後集之一也。」朱文公文集後潘潢跋云：「淳祐以來，區區掇拾，已非復公季子在初類次本，而王會之、祝伯和、虞伯生家藏與陸、王帖、梅花賦諸篇，往往尚逸弗録。」朱玉朱子文集大全類編補遺、朱培朱子大全集補遺卷一、朱啟昆朱子大全集補遺卷二均輯録此賦，而無前序。

春日過上竺 紹興十八年

竺國古招提，飛甍碧瓦齊。林深忘日午，山迥覺天低。琪樹殊方色，珍禽别様啼。沙門有文暢，啜茗漫留題。（釋廣賓杭州上天竺講寺志卷十四詩文紀述品，武林梵志卷五，天竺山志卷七，光緒西湖志卷十三。古今圖書集成方輿彙編山川典卷二百九十録此詩，題作天竺，乃非。）

訪昂山支公故址 紹興中

支公肯與世相違，故結高堂在翠微。青菜漫隨流水去，黄彪時逐暮雲歸。喬林掛月猿來嘯，幽草生風鳥自飛。八萬妙門能測度，個中獨留祖師機。（同治廣信府志卷一之二。）

按：廣信府志云：「昂山……晉支遁居此山，朱子訪其遺迹，題曰『昂山勝境』。」

題爛柯山 紹興中

局上閑争戰，人間任是非。空教采樵客，柯爛不知歸。（古今圖書集成方輿彙編山川典卷一百二十九，光緒衢州府志卷三。）

贈内弟程允夫 紹興二十年

外家人物有吾子，我乃平生見未嘗。文字只今多可喜，江湖他日莫相忘。
故家歸來雲樹長，向來辛苦夢家鄉。行藏正爾未堅决，又見春風登俊良。
我憶當年諸老翁，經綸事業久參同。只今零落三星曉，未厭棲遲一畝宫。（新安文獻志卷五十六，程洵尊德性齋集補遺。）

按：新安文獻志稱此三詩「見紫陽遺文」，明戴銑朱子實紀卷十一有劉定之紫陽書院遺文序：「張逵復搜集遺文，得金仁本抄録唐長孺家藏文公所作與他所述有關於書院者，悉滙爲帙，題曰紫陽遺文。」

德興縣葉元愷家偶題 紹興二十年

葱湯麥飯兩相宜，葱暖丹田麥療饑。莫道儒家滋味薄，隔鄰猶有未炊時。（朱培朱子大全集補遺卷一，朱啟昆朱子大全集補遺卷一，宋詩紀事卷四十八。）

按：朱玉朱子文集大全類編補遺録此詩，題作過德興縣葉元愷家偶題，「麥療饑」作「飯療饑」，「滋味」作「風味」。朱培云詩輯自葉氏家乘，考葉元愷乃與朱熹爲同年，紹興十八年同年小録：「第五甲第五十八人葉元凱，字舜卿，小名壽春，小字彭老。甲辰十一月十九日生。外氏陳重慶下，第小六。兄弟三人。一舉。娶程氏。曾祖良，故，不仕。祖成，故，不仕。父潤，故，不仕。本貫饒州德興縣銀山鄉奉寧里。叔安爲户。」朱熹於紹興二十年歸婺源展墓，嘗順道經德興訪親友，朱文公文集卷十有題霜傑集爲證。此詩即其時朱熹在德興作，蓋其時朱熹與葉元愷中舉後皆待次在家，故以貧困相詠。此詩又有以爲是朱熹訪婿蔡沈所作（見堅瓠集），或又謂訪弟子陳淳所作（見地方志），皆非。

題鳳山庵 紹興二十二年

心外無法，滿目青山。通玄峰頂，不是人間。（嘉靖安溪縣志卷七。）

按：安溪縣志卷四：「朱文公祠，舊爲書院。昔朱子爲同安簿時，嘗按事安溪，有題詠在通玄峰鳳山庵間。正德十六年，知縣龔穎即以鳳山庵改爲書院，塑像奉祠。」考五燈會元卷十天台德韶國師：「天台山德韶國師……後於通玄峰澡浴次，忽省前話，遂具威儀……師有偈曰：『通玄峰頂，不是人間。心外無法，滿目青山。』法眼聞曰：『即此一偈，可起吾宗。』」朱熹此詠，乃顛倒變化德韶偈而成。

夜歎 紹興中

……煉形羽化真寓言，世間哪得有神仙?：要須力穡乃豐年，畫形十載甑空懸。君不見，黄鶴樓前金色鮮，何如歸煑白石員?：……（洺水集卷九書犁春謝耕道所藏朱晦庵夜歎長篇後。）

按：台州外書卷十四古蹟二有「朱晦翁夜歎長篇手迹」，即指此詩。又朱文公文集卷八十一跋南上人詩云：「南上人以此卷求余舊詩，夜坐爲寫此及遠游、秋夜等篇。」秋夜即此夜歎詩。

次牧馬侯廟 紹興二十五年

此日觀風海上馳，殷勤父老遠相隨。野饒稻黍輸王賦，地接扶桑擁地基。雲樹葱蘢神女室，崗巒連抱聖侯祠。黄昏更上豐山望，四際天光蘸碧漪。（明洪受滄海紀遺詞翰之紀卷九。）

按：牧馬侯廟在金門，滄海紀遺引解智孚濟廟志云：「朱文公簿邑時，有次牧馬侯廟詩。」「太武之陽，有鉅區曰馬坪，有山曰豐蓮……其左麓爲牧馬祠，即今孚濟廟，歷古所建，以祀勒封『福佑聖侯』者。侯姓陳，名淵，唐時人。」朱熹於紹興二十五年奉府檄在同安境内各地徵集地方名賢碑碣事傳，其禅正書序云：「熹被府檄，訪境内先賢碑碣事傳，悉上之府。」金門在同安境内，陳淵爲境内先賢，朱熹往金門訪牧馬侯廟當在其時。

岱山巖訪陳世德光同年 紹興中

一錢一劍出新州，五柳凭誰添酒籌？岱壑何嫌松共老，碧波偏向桂招游。不爲身後百年計，自是人間第一流。我欲門前張雀網，先將車轍到山頭。（乾隆永春縣志卷十四。）

按：永春縣志卷二山川云：「岱山，石勢峻拔，中有巖曰鐵峰，巖下有珠樹閣，右有西居堂，即陳光讀書處。朱子訪光至此，有詩。」並録陳光和朱晦翁作詩：「去年渭北望卿頻，今日深山屐齒新。珠樹香沾千澗雨，蓮峰翠滴四時春。漁郎有意休相問，樵子無心可與親。石榻盤旋忘歲月，瓶罍羞罄故人貧。」紹興十八年同年小録第五甲第五十三人爲陳光。

題蘆庵畫卷 紹興中

石谷儉公居西峰石佛院，破壁爲牖，盡得西南諸峰。蘆庵以「亂峰」名之，爲賦四章。

因依古佛居，結屋寒林杪。當户碧峰稠，雲煙自昏曉。
巖中老釋子，白髮對青山。不作看山想，秋雲時往還。
群峰相接連，斷處秋雲起。雲起山更深，咫尺愁千里。
流雲繞空山，絶壁上蒼翠。應有采芝人，相期煙雨外。（陳利用編、林希元增訂朱子大同集。）

按：朱文公文集卷二有題九日山石佛院亂峰軒二首及題可老所藏徐明叔畫卷二首，即此四章，然無前序，詩題大異。似蘆庵即可老其人。

過飛泉嶺 紹興二十七年

梯雲石磴羊腸繞，轉壑飛泉碧玉斜。一路風煙春淡泊，數聲鷄犬野人家。（道光廣東通志卷一百零六，南嶽志卷七，光緒湖南通志卷三百八十五。）

按：廣東通志卷三百二十七列傳「朱熹」條下引郝志云：「（熹）嘗游揭陽飛泉嶺，寓鄭進士家覽勝亭，書『落漢鳴泉』四大字揭諸亭。」潮州志叢談志云：「鄭國翰，登紹興十八年戊辰進士。原名鄭翰，學者稱澹軒先生。國翰與文公同榜，其賜第亦在第五甲。文公游揭陽嶺，常主其家，名益藉甚。」紹興十八年同年小録第五甲第五十一人爲鄭國翰。南嶽志卷七録此詩，題作桐木山村舍詩，「一路」作「一段」，「飛泉」作「飛流」。桐木山在湖北辰州，或以此詩爲朱熹紹熙五年知潭州時作，且在辰州有詩碑出土。湖南通志卷二百八十五引辰州府志瀘溪雜識云：「明崇禎初，浦市民間瓷土地祠掘地得碑，有桐木山村舍詩一首，爲考亭朱文公所題。」按辰州屬湖北路，朱熹紹熙五年任湖南路安撫使，未嘗入湖北辰州，故以此詩在辰州作爲非。

芹溪九曲詩 隆興中

一曲移舟采澗芹，市聲只隔一江雲。沙頭喚渡人歸晚，回首蘆峰月一輪。
二曲溪邊萬木林，水環竹石四時清。漁火櫂入斜陽裏，隔岸時聞一兩聲。
三曲舟行龍尾灘，推蓬把酒見南山。回頭點檢仙踪跡，萬頃白雲時自閑。

四曲煙雲鎖小樓，寺臨喬木古溪頭。僧歸林下柴門静，麋鹿啣花自在游。
五曲峰巒列翠屏，白雲深處隱仙亭。子期一去無消息，唯有喬松萬古青。
六曲溪環處士家，鼓樓樓下樹槎牙。龍去潭空名不朽，惟見平汀湧白沙。
七曲靈池近水濱，聚黿石上耀金鱗。林凹路入桃源近，時有魚郎來問津。
八曲硯峰倚碧虚，泉流瀑布世間無。凭誰染就丹青筆，寫出芹溪九曲圖？
九曲悠悠景最幽，巉巖峽石束寒流。源深自是舟難到，更有龍池在上頭。（嘉靖建寧府志卷三，朱培朱子大全集補遺卷一，朱啟昆朱子大全集補遺卷一，朱子文集大全類編補遺。）

按：朱培朱子大全集補遺稱此詩録自芹溪丘氏譜。建寧府志卷十八：「丘義，字道濟，一字仁卿，號子野。建陽人，隱居不仕。穎敏嗜學，淹洽子史，而尤邃於易。與朱熹相友善，常往來問答。有易説傳於世。所著詩槀嘗爲之序，爲題其堂曰『芹溪小隱』，又著復齋銘並芹溪九曲等詩貽之。」

豐城榮光書院

隆興二年

一道榮光帶碧山，天風吹雨度雲關。樹浮空翠迷村塢，泉落飛虹瀉石灣。赤嶺豹棲朝氣隱，劍潭龍起夜光寒。咿唔何處經年韻，多在湖東喬木間。（雍正江西通志卷一百五十四，南昌郡乘卷五十二。）

按：「榮光」似應作「滎光」，滎光書院即龍光書院。江西通志卷二十一：「龍光書院，在豐城滎塘劍池廟左。宋紹興間邑人陳自俯建，四方來學者三百餘人，悉廩之。朱子曾過書院，留居一月。」滎塘劍池云云與詩中滎光劍潭相合。

無題 乾道二年

風恬日暖蕩春光，戲蝶遊蜂亂入房。數株門柳依衣桁，一片山花落筆牀。乾道二年春日，晦翁書。（壬寅消夏記朱文公行書軸。）

按：壬寅消夏記云：「朱文公行書軸，紙本，高三尺三寸，寬一尺六寸五分。五行，行書。曾經內府收藏，有『乾隆御覽之寶』、『震宮之章』、『嘉慶御覽之寶』、『石渠寶笈御書房鑒藏寶』五璽。」

訪盛温如至盛家洲 乾道三年

昔年聞説盛家洲，今日從容過此游。萬頃波光含宇宙，數椽茆屋老春秋。（鉛山石巖朱氏家譜題咏。）

盛家洲　乾道三年

湖上闌干百尺臺，臺邊水殿倚雲開。洪橋人隔荷花語，玉碗水盤進雪來。（萬曆新修南昌府志卷三十，南昌郡乘卷五十三。）

重過南塘弔徐逸平先生　乾道三年

不到南塘久，重來二十年。山如龜背厚，地與馬鞍連。徐子舊書址，毛公新墓田。青松似相識，無語重凄然。（同治江山縣志卷四。）

按：徐存字誠叟，號逸平，受業龜山楊時（一説爲蕭顗弟子）。朱文公文集卷八十一跋徐誠叟贈楊伯起詩云：「熹年十八九歲時，得拜徐公先生於清湖之上，便蒙告以克己歸仁、知言養氣之説，時蓋未達其言，久而後知不易之論也。」紹興十八年朱熹十九歲，中進士第，朱熹乃於及第歸途造訪逸平。由紹興十八年下推二十年，爲乾道三年，是年朱熹恰有往潭州訪張栻事，該詩或即其途中所作。

竹園書院 乾道三年

書屋深何許？荆山舊有名。抱璞無人哭，猶聞吾伊聲。（同治安福縣志卷十八。）

南嶽唱酬詩五首 乾道三年

渡興樂江望祝融次擇之韻

江頭曉渡野雲遮，悵望山岐映暮霞。人值風波幾千里，濟川舟楫我儂誇。

嶽後步月

清光冰魄浩無邊，桂影扶疏吐玉娟。人在峰頭遥指望，舉杯對影夜無眠。

自上封下福巖道旁訪李鄴侯書堂山路榛合不可往矣

山道榛蕪大道荒，令人瞻望鄴侯堂。懷賢空自悲今昔，淚滴西風恨夕陽。

題南臺

步入招提境，雲間有古臺。管弦山鳥弄，瓊玖雪花開。方外人稀到，山頭勢更巍。登臨思不盡，何日再重來？

將下山有作

芒鞋踏破萬重山，五日淹留在此間。行客歸來山下望，却疑身自九天還。（南嶽唱酬集。）

按：乾道三年朱熹、張栻、林擇之三人南嶽唱酬，共得詩一百四十九首。今朱文公文集卷五所收唱酬詩僅四十八首，顯有亡佚。今本南嶽唱酬集一書收編三家唱酬之詩，多有僞作竄入，其不見於朱文公文集而實非僞作者即此五首。

送汪大猷歸里 乾道七年

濯濯才華耀禁林，翩然忽起故園心。九天得請恩方重，一舸東歸春未深。照眼湖山非昨夢，及時詩酒合同襟。不應便作真狂客，講殿行思聽履音。（雍正浙江通志卷四十三。）

按：新安文獻志卷五十三有汪大猷通山縣寄朱元晦：「碧澗環山麓，高低滿百家。途窮疏騎氣，縣古聽蜂衙。書倩雲中雁，歌煩水底蛙。陽河不擇地，隨分得春花。」是朱熹早與汪大猷相識。攻媿集卷八十八汪大猷行狀云：「（乾道）七年正月，除敷文閣待制、提舉江州太平興國宫，侍從館閣諸公賦詩留題，以餞行色，今石刻存焉。」浙江通志於朱熹此詩下又并引趙汝愚送汪大猷歸鄞詩：「尚書無官貴，持經侍帷幄。青冥欲無際，白首非故約。連檣動南浦，父老望巖壑。下車入里門，執手問歡樂。十年幾風雨，寒鷄叫屋角。勤勞畢吾分，帝賚出寵渥。我適奉香火，禁直連六閣。遂令宣室思，從今問晦朔。」「我適奉香火」，指閤門張説擢簽書樞密院，趙汝愚請祠而歸，事在乾道七年三月，正與汪大猷歸里同時。疑朱熹此詩與趙汝愚等侍從館臣賦詩皆入當時石刻，故得一併流傳。

贈傅道士 乾道九年

到處逢人説傅顛，相看知是幾生前。直攜北斗傾天漢，去作龍宫第一仙。（歷世真仙體道通鑑續編卷三。）

按：歷世真仙體道通鑑續編卷三傅得一傳云：「師諱得一，字寧道，又字齊賢，清江新淦人也。

……孝宗乾道九年癸巳，晦庵朱文公爲扁『雲庵』二大字，及贈一絶句……其後范石湖大參（成大）、張公樞使（悦）諸賢，題贈不可勝紀。淳熙元年甲午，史越王（浩）帥閩，一日，師遂呼徒弟葉永壽曰：『我欲福州見丞相。』次早遂行……後之君子欲考其詳，則有史越王之墓誌在云。」今史浩鄮峰真隱漫録無傳得一墓誌，然卷三十五有洪都道士傅得一求贊淳熙改元四月吉日三山郡齋書，可見兩人交往之迹。三山即福州，是傅得一淳熙元年嘗來福州，與傳所述相合。歷世真仙體道通鑑中傅得一傳乃本史浩傅得一墓誌寫成，疑此詩原在傅得一墓誌中。

汪端齋聽雨軒 淳熙三年

試問池堂春草夢，何如風雨對床詩？三薰三沐事斯語，難弟難兄此一時。爲母静彈琴幾曲，遣懷同舉酒千巵。蘇公感寓多游宦，豈不臨風尚爾思。（弘治衢州府志卷十三，雍正浙江通志卷四十八。）

按：衢州府志原云：「聽雨軒，在開化縣北。汪觀國，字廷元，於所居作逍遥堂，翼之以軒，扁曰『聽雨』。與其弟端齋燕息以終老。復遣其子浤從游東萊之門。時晦庵自建安來過，張南軒、陸象山、吕祖儉各賦聽雨軒詩以美之。」古今圖書集成方輿彙編職方典卷一千零十六録此詩，題作題包山書院聽雨堂，乃非，蓋南宋時汪宅尚未名包山書院。朱熹自建安來過開化時在淳熙三年，見朱文公文集卷三十三答吕伯恭書四十五等。浙江通志卷四十八另録有吕祖儉次韻聽雨軒詩：「弟兄真樂有誰知，頗憶蘇公聽雨詩。小院深沉人静後，虚檐蕭瑟夜分時。對床魂夢歸燈火，浮世身名付酒卮。書册一窗生計足，怡然戲彩慰親思。」

題程燁程燧兄弟雙桂書院

淳熙三年

尹家構屋積玉堆，兩種天香手自栽。清影一簾秋澹蕩，任渠艷治鬥春開。（朱培朱子大全集補遺卷一，朱啟昆朱子大全集補遺卷一，朱子文集大全類編補遺，雍正江西通志卷二十二，同治德興縣志卷四。）

按：朱培云此詩出自朱氏家譜。江西通志卷二十二云：「饒州雙桂書院，在德興縣游奕塢，相傳朱子贈程燁、程燧兄弟詩。」「蒙齋書院，朱子門人程端蒙講學所，舊在德興縣游奕塢。」似程燁兄弟與程端蒙（正思）爲同宗姻戚。

仙霞嶺

道出夷山鄉思生，霞峰重叠面前迎。嶺頭雲散丹梯聳，步到天衢眼更明。（同治江山縣志卷一，光緒衢州府志卷三。）

淳熙戊戌七月廿九日早發潭溪西登雲谷取道芹溪友人丘子野留宿因題芹溪小隱以貽之作此以紀其事

淳熙五年

我來屏山下，奔走倦僮僕。亭亭日已中，冠巾濕如沐。訪我芹溪翁，解裝留憩宿。茗椀淪甘寒，温泉試新浴。抖擻神氣清，散步揞筇竹。蘆峰在瞻望，隱隱見雲谷。頓覺塵慮空，豁然洗心目。君居硯山西，高隱志不俗。窗几列琴書，庭皋富花木。往來數相過，主賓情意熟。開尊酌香醪，磬欬話衷曲。從容出妙句，滿幅粲珠玉。邀約登赫曦，襟期伴幽獨。兹遊得良朋，道義推前夙。扁字爲留題，深愧毛錐秃。（新安文獻志卷五十一。）

按：朱文公文集卷六有詩云：「淳熙戊戌七月廿九日與子晦、純叟、伯休同發屏山，西登雲谷，越夕乃至；而季通、德功亦自山北來會，賦詩紀事……」正與此詩所述相同，「越夕乃至」者，即留宿於芹溪丘子野處故。

南塘詩

南塘舊是尚書宅，今作僧居水石清。半夜月明禪定後，松風猶帶管弦聲。（同治餘干縣志卷十八。）

贈劉虛谷 淳熙中

細讀還丹一百篇，先生信筆亦多言。元機謾向經書覓，至理端於目睫存。二馬果能爲我馭，五芽應自長家園。明朝駕鶴登山去，此話更從誰與論？（歷世真仙體道通鑑卷五十一，毛德琦廬山志卷十一，吴宗慈廬山志卷十。）

按：毛、吴廬山志「明朝駕鶴登山去」作「明朝酒醒下山去」，似非。歷世真仙體道通鑑劉烈傳稱「道士劉烈，號虛谷子……晦庵朱文公與談易，論還丹之旨，唱詩……有還丹百篇、雜著詩文、周易解義及歷代君臣括要圖，并行於世。」按朱子語類卷六十七有云：「向在南康見四家易，如劉居士變卦……如周三教及劉虛谷，皆亂道。」是朱熹確識劉虛谷。

華蓋石 淳熙七年

醉扶藜杖少盤桓，四遠煙蘿手自捫。此石至今無處問，只因來自太微垣。（正德南康府志卷十。）

昭德源 淳熙中

幽景人跡少，惟有此源長。水接天池緑，花分繡谷香。僧閑多老大，寺古半荒凉。却怪尋山客，何由到上方？（正德南康府志卷十，同治德化縣志卷四十九，盧山紀事卷八，毛德琦盧山志卷九，吴宗慈盧山志卷十。）

廬山雙劍峰二首 淳熙中

山神呵護寶雲遮，儼若騰空兩莫耶。光彩飛名震千古，望中肝膽落奸邪。

雙劍峰高削玉成，芒寒色淬曉霜清。腦脂壓眼人高卧，誰斬天驕致太平？（正德南康府志卷十，同治德化縣志卷七。）

鶴鳴峰 淳熙中

不見山頭夜鶴鳴，空遺山下瀑布聲。野人惆悵空無寐，一曲瑶琴分外清。（正德南康府志卷十，毛德琦廬山志卷五，吴宗慈廬山志卷十。）

獅子峰 淳熙中

石骨苔衣雖賦形，蹲空獨呈忒猙獰。威尊百獸終何用？寧解當年吼一聲。（正德南康府志卷十，吴宗慈廬山志卷十。）

北雙劍峰 淳熙八年

雙劍名峰也逼真，品題拍拍滿懷春。鉛刀自别干將利，折檻應須表直臣。（嘉靖九江府志卷二。）

隆岡書院四景詩 淳熙八年

卜築隆岡遠市朝，個中風景總堪描。溪雲帶雨來茅屋，澗水浮花出石橋。緑遍莎汀牛腹飽，青歸麥隴鳥聲嬌。東鄰西舍渾相似，半是魚人半是樵。

簾卷薰風半掩扉，五侯車馬往來稀。緑楊門巷鶯鶯語，青草池塘燕燕飛。掃石圍棋銷白晝，解衣沽酒醉斜暉。山園莫道多寥落，梅子初黄杏子肥。

水繞荒村竹繞墻，儼然風景是柴桑。車繅白雪絲盈軸，銍刈黄雲稻滿場。幾樹斜暉楓葉赤，一籬疏雨菊花黄。東鄰畫鼓西鄰笛，共慶豐年樂有常。

土築低墻草結庵，尋常愛客伴清談。地爐有火湯初沸，布被無寒夢亦酣。風卷翠松鳴晚笛，雪飄疏竹響春蠶。閉門不管榮枯事，坐傍梅花讀二南。（雍正江西通志卷一百五十四，南昌府志卷十七。）

按：江西通志卷七云：「象尾岡，在（南昌）府城南四十里，形如象尾，相近有澹岡及隆岡。宋淳熙間進士劉邦本建隆岡書院，其裔孫藏有朱子所題四景詩。」蘇州胥門壽寧弄朱家院姚宅壁嵌有朱熹手書石刻詩一首，即此四景詩之秋詩，後題「晦庵熹」。此石刻詩今藏蘇州市博物館。

題景范廬 淳熙九年

非棄清明樂隱居，特因景范面鴛湖。觀瀾興罷春風軟，濯足歌殘夜月孤。照貌不須臨玉鏡，洗心常得近冰壺。幾回魚躍鳶飛際，識破中庸率性圖。（光緒嘉興府志卷十五。）

按：嘉興府志云：「景范廬，在報忠坊金明寺後。宋淳熙戊戌狀元姚穎築圃范蠡湖側，讀書妝臺之下，顏其廬曰『景范』。」袁燮絜齋集卷十五有姚穎行狀，葉適水心文集卷十三有姚穎墓誌銘。

題任氏壁 淳熙九年

舟兮，子猷剡溪也；屐兮，謝安東山也。不舟不屐，其水濂乎！水濂其人乎，人其水濂乎！任公成道，遊於斯，詠於斯，朝而往，暮而歸，其樂豈有涯哉！

水濂幽谷我來游，拂面飛泉最醒眸。一片水濂遮洞口，何人卷得上簾鈎？（萬曆新昌縣志卷三。）

按：新昌縣志卷九名宦志云：「（朱熹）紹興（按：應爲淳熙）中提舉浙東常平茶鹽公事，往來新昌……與石宗昭、石𡼏爲師友，講明性理之學……又嘗游南明山，建濯纓亭，游水濂洞，留題任氏壁。」朱熹詩下并録有石𡼏和詩：「洞門千尺掛飛流，碎玉聯珠冷噴湫。萬古無人能手卷，紫蘿爲帶月爲鈎。」

游水濂訪平叔宿清虛庵 淳熙九年

幽齋共坐論工夫，借問先生識此無？悟得此中真妙訣，人間始信有仙壺。（新昌查林梁

氏宗譜卷一之一）

題清虚庵來月軒 淳熙九年

夜吟惟覺月來遲，正憶先生獨坐時。離緒幾多無着處，不堪清氣入詩脾。（萬曆新昌縣志卷十三，又新昌查林梁氏宗譜卷一之一。）

按：萬曆新昌縣志云：「來月軒，在桃源觀西清虚庵。宋乾道中，朱文公游水濂，還訪梁平叔，同宿於此。」梁平叔名准。乾道中朱熹無往新昌之事，唯淳熙九年朱熹於浙東提舉任上，爲賑災嘗往還新昌。民國新昌縣志卷十六：「朱子提舉浙東常平茶鹽公事……嘗游南明山及水濂洞諸勝，留題任氏壁，爲梁氏（平叔）書大學呂氏書、東坡竹石卷，至今寶藏弗失。」

游會稽東山 淳熙九年

江路經由數十回，無因到此爲潮催。嘗聆文靖曾游後，欲問薔薇幾度開？今日掣身推案去，暫時秉燭入山來。高僧不問誰家客，獨計雲軒自把懷。（古今圖書集成方輿彙編山川典卷一百一十三。)

夜宿洪亭長家 淳熙九年

才到秋來氣便高,雁聲天地總寥寥。客懷今夜不成寐,風細月明江自潮。(嘉靖太平府志卷一,萬曆黄巖縣志卷七,朱培朱子大全集補遺卷一,朱子文集大全類編補遺。)

對菊 淳熙九年

解印歸來歎寂寥,黄花難覓舊根苗。祇緣三徑荒凉後,移向洪門不姓陶。(嘉靖太平府志卷一,萬曆黄巖縣志卷七,朱培朱子大全集補遺卷一,朱子文集大全類編補遺。)

按:上二詩,朱培朱子大全集補遺合題作治常豐閘宿閘頭洪鋪長家詠詩二首(朱啟昆朱子大全集補遺同),朱子文集大全類編補遺合題作宿閘頭洪鋪長家,俱云出自台寓録。台寓録乃輯録朱熹在台州之行事與詩文,今佚。黄巖縣志卷七:「洪亭長家遺墨,宋朱文公爲常平使者,與蔡武博鎬、林府判鼐經營蛟龍閘,夜宿洪亭長家,題詩云……又對菊詩云……遺墨至今存之。」太平府志卷八亦云：「文公遺墨，朱文公爲常平使者，與蔡博士鎬、林府判鼐經營六閘，夜宿洪亭長家，有題壁二詩……至國朝洪宣間，遺墨猶在，後爲有力者取去。」朱熹巡訪黄巖奏言浚河建閘，詳見朱文公文集卷十八奏巡歷至台州奉行事件狀。太平府志卷二云：「永豐閘、黄望閘、周洋閘，俱元祐間羅提刑適始建爲閘，淳熙九年朱文公修。遷浦閘、金清閘，俱淳熙間朱文公建。鮑步閘、長浦閘、蛟龍閘、陡門閘，俱淳熙間朱文公建。」朱培朱子大全集補遺「才到秋來」作「才到重陽」，疑非。朱熹七月二十三日到台州，至八月十八日即離台州。「據解印歸來」一句，則後詩作在九月底棄官歸家後，與前詩非在同時。

唐門山將軍巖 淳熙九年

將軍巖上插雙筆，將軍巖下泉泌泌。域中狀元次第出……（萬曆黄巖縣志卷一。）

按：黄巖縣志引明袁令應祺雙塔記云：「（唐門）山之西有將軍巖，巖下有泉清冽，歲大旱不涸。宋朱元晦先生提舉浙東也，每行部閱歷巖邑諸勝，於此山尤注意焉。蓋謂『山之椒插雙筆，則域中及第者出』，此晦庵先生語也。見郡人林九思所著永寧樵話中，可考而鏡云。」

馬融故宅 淳熙九年

疊錦溪邊馬融宅，坐看春雨落斜暉。石渠流出桃花片，知是當年宰輔家。（光緒上虞縣志卷十六。）

按：疊錦溪在上虞縣，光緒上虞縣志卷十六：「疊錦溪，在縣北三十里，馬融故宅之西。」

四時讀書樂 淳熙九年

春景

山光照檻水繞廊，舞雩歸詠春風香。好鳥枝頭亦朋友，落花水面皆文章。蹉跎莫遣韶光老，人生唯有讀書好。讀書之樂樂何如？綠滿窗前草木舒。

夏景

修竹壓檐桑四圍，小齋幽敘明朱曦。晝長吟罷蟬鳴樹，夜深燼落螢入幃。北窗高卧羲皇侶，只因素念讀書趣。讀書之樂樂無窮，瑶琴一曲來薰風。

秋景

庭前昨夜葉有聲，扁豆花開蟋蟀鳴。不覺秋意滿林薄，蕭然萬籟亦知情。床頭賴有短檠在，對此讀書功更倍。讀書之樂樂陶陶，朝弄明月霜天高。

冬景

水盡木落千巖枯，自然吾亦見真吾。坐對遺篇燈晃壁，高歌夜半雪壓廬。香茶地爐恭鼎烹，活水清心足稱于。讀書之樂何處尋？數點梅花天地心。（廣西朱氏族譜。）

按：民國廬山志卷五山川勝跡録云：「朱熹四時樂詩碑，淳熙壬寅，周嗣修之。」即此詩。道光惠安縣續志卷十一載朱熹弟子張巽子文作和晦庵先生四時讀書樂：「蒼痕草色映簾櫳，無限春風無限香。鶯轉林中催好友，花開水上自成章。鬓華易逝天易老，始知世上讀書好。讀書之樂樂誰知？莫歎吾心臘未除。草舍三間竹四圍，一輪海角吐初羲。停午蟬鳴來馬帳，薄暮螢火燦董帷。夢成一枕頻驚破，仿佛讀書神相告。讀書之樂樂無窮，空中樓閣拂涼風。風來水殿度秋聲，玉露瀼匕萬籟鳴。天飄蟬桂香滿落，壺貯明月色同清。幸有紙窗并浄几，乘興讀書讀不已。讀書之樂樂融陶，喜見鵬程九萬高。　松柏雖寒自不枯，耿介孤騫惟一吾。任他霜雪侵山骨，定有風雲會蘧廬。三冬且潛龍蟄首，正好讀書忘見肘。讀書之樂樂可尋，孔顔真處是天心。」

右軍宅　淳熙九年

因山盛起浮屠舍，遺像仍留内史祠。筆冢近應爲塔冢，墨池今已化蓮池。書樓觀在人隨遠，蘭渚亭存世幾移。數紙黄庭誰不重？退之猶笑博鵝時。（嘉慶山陰縣志卷二十八。）

按：此詩一作趙抃作。

訪竹溪先生　淳熙九年

路逢個老翁，自負柴一束。烏巾插在腰，背手牽黄犢。借問何處居？指點破茅屋。午鷄啼短墻，麥飯方炊熟。（民國台州府志卷一百三十八。）

按：台州府志云：「徐竹溪先生大受，未仕，開講舍授徒於東横山，時朱文公行部至台，因訪先生，遇之，口占一詩云……先生答云：『曲徑沿山去，煙村四五家。兩行金綫柳，一樹紫荆花。壁上琴三尺，堂中書五車。當門一叢竹，便是老夫家。』遂留信宿，定至交焉。」陳耆卿赤城志卷三十四特科：「淳熙十一年，徐大受，天台人，字季可，終監行在草料場。號竹溪先生。有文集、經解藏於家。事見朱文公所遺帖及丁可所爲行狀。」陳耆卿爲葉適弟子，猶及見朱熹遺竹溪手帖及竹溪行狀，疑此詩及所述兩人交游之况原載於手帖及行狀中。

謁二徐先生 淳熙九年

道學傳千古，東甌說二徐。門清一壺水，家富五車書。但喜青氈在，何憂白屋居？我懷人已遠，揮淚表丘虛。（林表民天台續集別集卷四。）

按：宋史卷二百一十八徐中行傳云：「徐中行，台州臨海人……子三人，庭筠其季也……鄉人崇敬之，以其父子俱隱遁，稱之曰二徐先生。淳熙間，常平使者朱熹行部，拜墓下，題詩有『道學傳千古，東甌說二徐』之句，且大書以表之曰『有宋高士二徐先生之墓』。」

追和徐氏山居韻 淳熙九年

山岫孤雲意自閑，不妨王事似連環。解鞍盤礴忘歸去，碧澗修筠似故山。（仙都志卷下，縉雲縣志卷八。）

按：四庫本仙都志詩題「追和」下有「李士舉」三字。據縉雲縣志卷六云：「朱熹爲台州提舉（按：應爲浙東提舉），以彈劾忤旨，嘗寄居仙都徐凝故宅。」知「徐氏」即徐凝。

題東嶼書院

淳熙九年

書房在東嶼，編簡亂抽尋。曙色千山曉，寒燈午夜深。江湖勤會面，坐臥獨觀心。秋浦瓜期近，何當寄此吟？（嘉靖太平府志卷八，戚鶴泉台州外書卷十三。）

按：太平府志引此詩末并有注云：「時子植將赴池州青陽縣令。」丁子植名木，台州外書卷十三：「東嶼書院，亦丁少雲建。其子進士木與朱文公友善，赴青陽縣任，文公爲題詩。」

詠南巖

淳熙九年

南巖兜率境，形勝自天成。崖雨楹前下，山雲殿後生。泉堪清病目，井可濯塵纓。五級峰頭立，何須步玉京？（同治上饒縣志卷五。）

按：南巖在上饒之南、鵝湖之北。韓淲澗泉集卷二有訪南巖一滴泉：「憶昨淳熙秋，諸老所閑燕：晦庵持節歸，行李自畿甸；來訪吾翁廬，翁出成飲餞；因約徐衡仲，西風過游衍；辛帥倏然至，載酒具殽膳。四人語笑處，識者知歎羡。摩挲題字在，苔蘚忽侵遍。壬寅到庚申，（按：當作戊申。）風景過如箭……」朱熹淳熙九年九月十二日去任歸過信上，時稼軒家居，帶湖新宅落成，乃與韓元吉無咎、徐安國衡仲有四老共游南巖盛舉。澗泉詩所云「摩挲題字在」，即指此留題巖穴之詩。

詠一滴泉 淳熙九年

遥望南巖百尺崗，青山迭迭樹蒼蒼。題詩壁上雲生石，入定巖前石作房。一竅有靈通地脈，半空無雨滴天漿。鵝湖此去無多路，肯借山間結草堂？（同治廣信府志卷二之一。）

按：廣信府志引明江偉朱文公祠記云：「南巖去郡治絶溪而南十四許，公蓋嘗至焉。景泰癸酉四明姚傒堂得寺僧口識公五言詩一律，又得公詠一滴泉詩一聯於郡學訓導李學僮，姚守謹而傳之。二詩舊書於法堂之壁，壁圮，詩逸不存。非姚傒之好事，則墜地久矣。」所謂「五言詩一律」即詠南巖，而「詠一滴泉詩」即此詩。

廓然亭 淳熙十年

遲留訪隱古祠旁，眼底樛松老更蒼。山得吾儕應改觀，坐無惡客自生凉。（朱培朱子大全集補遺卷一，朱啟昆朱子大全集補遺卷一，朱子文集大全類編補遺。）

按：朱培云此詩輯自一統志。廓然亭在泉州九日山，朱熹淳熙十年十月往泉州吊傅安道喪，與休齋陳知柔共游九日山等。據朱文公文集卷八寄題九日山廓然亭等，知陳知柔結茅於廓然亭旁，「訪隱」、「吾儕」云云，應指陳知柔。

游靈石詩 淳熙十年

百尺樓臺九叠山，個中風景脱塵寰。危亭勢枕蒼霞古，靈石香沾碧蘚斑。佳景每因勞企仰，勝游未及費躋攀。何當酬却詩書債，遂我浮生半日閑？（乾隆福州府志卷六。）

題南湖書堂 淳熙十年

倡學功高澤且宏，慶流奕葉盛雲礽。三賢文獻儼然在，雲案薪傳夜夜燈。（陳瞻岵歷代名人對莆田南山廣化寺的題詠，張琴莆田廣化寺志。）

按：「三賢」者，興化府志卷十五：「湖山書堂（即南湖書堂），在莆田縣南五里，梁陳間邑儒鄭露讀書之所也……露有弟曰莊，曰淑，同讀書於此，莆人稱『南湖三先生』。」

寄石斗文先生 淳熙十三年

幾年不見石公子，白髮應添兩鬢秋。天地無私身世老，江湖有夢客懷愁。每懷闤闠人多詐，可嘆吾儕德未修。十室邑如忠信在，故知好學不如丘。（嘉靖寧州志卷十八，萬曆新昌縣志卷九。）

按：新昌縣志云：「（朱熹）紹興（應作淳熙）中提舉浙東常平茶公事，往來新昌……既而退居武夷，有詩寄石斗文，斗文亦有詩答之。」寧州志於此詩下録有石斗文和晦庵朱先生詩：「病枕經年卧沃州，滿庭楓葉又吟秋。書來如見故人面，讀了還添塵世愁。憂國至今成白髮，窮經空自愧前修。武夷休作相思夢，我已甘心老此丘。」石斗文字天民，孫應時燭湖集卷十有石斗文行狀，稱其「及交廣漢張先生栻、東萊先生祖謙、臨川二陸先生九齡、九淵，晚交新安朱先生熹。公年皆其長，而方惓惓師慕。」據朱熹答石天民書云：「拜違忽五六年。聞到官金華，嘗因便一再附書……乃承寄聲，有專人存問之意……」此所云「寄聲」即指寄詩，可見朱熹此詩作在淳熙十三年。參見後答石天民書所考。

挽崔嘉彥

關陝遺耆老，天資得勇多。雙瞳光射日，寸舌辨傾河。居俯三江近，鄰從五老過。廬空人不見，猿鶴奈愁何！林下相從舊，回頭一十年。君論金鼎訣，我賦白雲篇。泉石無閑意，丹砂結世緣。康山空葬骨，已作洞中仙。（永樂大典卷二千七百四十一。）

按：永樂大典引江州圖經志云：「崔嘉彥，字子虛，成紀人，修神農老子之術。東下吴越，以耕戰之策干時宰趙雄（按：應作趙鼎），雄（鼎）奇之，未及用而去國。嘉彥亦西歸，過廬山，得故西原庵址，築室居焉。……朱文公嘗訪之，傾蓋道説平生，熹爲賦詩：『無處堪投跡，空山寄一椽。懸門窺絶壑，繚徑上層巔。檻闊吞江浪，檐空響谷泉。丹經閑日讀，不爲學神仙。』（按：此詩見朱文公文集卷七，題作次張彦輔西原之作）。先是張楝（彦輔）寄詩曰：『厭踏千山折，欣逢屋數椽。衣冠存古制，松雪對華巔。自漉甕中酒，仍烹澗底泉。桃源疑此是，不必問神仙。』熹故和之，又記其庵。熹見卧龍庵與西原鄰，嘉彦實經紀之。熹秩滿去，嘉彦不復至城市，年八十三卒，熹寄詩挽之。」

題福山

迢迢百里外，望望皆閩山。皎日中天揭，浮雲也自閑。（正德新城縣志卷十二，正德建昌府志卷二。）

按：新城縣志卷十三云：「福山禪寺，在縣南四十里二十四都界内，一名雙林寺。唐廣明元年僧紹隆棲隱於此。宋大中祥符中賜今額。元延祐間重建。國朝洪武二十四年奉例歸併白石等六院，爲叢林。有朱文公祠在焉。」

黄杞生日祝壽詩 紹熙元年

須信九秩饒好景，還遲十日作重陽。……（嘉靖龍溪縣志卷八。）

按：龍溪縣志云：「老儒黄杞九月十九日生日，朱熹祝壽詩……」此當是紹熙元年朱熹在漳州任上所作。

崇真觀 紹熙五年

蹬道千尋風滿林，洞門無鎖下秋陰。紫臺鳳去天關遠，丹井龍歸地軸深。野老尋真渾有意，道人謝客亦何心。一樽底處酬佳節？俯仰山林慨古今。（隆慶臨江府志卷十三，閣皂山志卷下。）

按：崇真觀在閣皂山，閣皂山志云：「崇真宮有竹軒曰蒼玉軒者，淳熙中羽士陳亢禮之所作也。爲之賦詩者三百餘人，如周平原必大、謝艮齋諤、楊誠齋萬里、洪野處邁、朱晦庵熹、羅樞密點、徐待制誼、何月湖異，皆一時名流鉅公。」

何君飛仙 紹熙五年

大地何人鑿小空，翛然一榻卧相容。巨靈擘破三千丈，西竺飛來第二峰。出洞風來疑有虎，藏舟夜半忽乘龍。怪來索我題詩句，稽首何君六石供。（隆慶臨江府志卷三，雍正江西通志卷九。）

按：何君洞在玉笥山九仙臺，江西通志卷九：「玉笥山，在峽江縣東南四十里，道書第十七洞天，曰『大秀法樂之天』。郁木坑爲第八福地。舊名群玉山……朱子飛仙石詩：『巨靈擘破三千丈，西竺飛來第二峰。』」

曇山題詩 紹熙五年

頹然見此山，一一皆天作。信手銘巖墻，所愿君勿鑿。（定鄉小識卷八，萬曆錢塘縣志，兩浙金石志卷十。）

按：此詩刻在曇山棋枰石南側石壁。定鄉小識卷八云：「右詩在曇山棋枰石側，磨崖甚低，字跡猶仿佛可讀。此公初游曇山時作，故有頹然忽見之意。」又卷十五：「宋朱文公題曇山詩，右廿字，正書二行，每行十字，左行，文公初游曇山所題也。君者，指山主鄭次山。」

挽王德修 紹熙五年

不到湖潭二十年，湖潭依舊故山川。聊將杯酒奠青草，風雨瀟瀟憶昔賢。（同治上饒縣志卷十九。）

按：王德修爲尹焞門人。上饒縣志云：「王時敏，字德修……嘗從呂東萊游，與朱子友善。教授鄉里，培植後進，維持斯文，有大儒風。著師説、語孟中庸大學説，并雜文若干卷。卒，葬本都湖潭。朱子爲作墓誌，哭以詩……」

和歐陽慶嗣 慶元元年

江山風月依然在，何日重來再盍簪？……（嘉靖建寧府志卷十八，雍正崇安縣志卷七。）

按：崇安縣志云：「歐陽光祖，字慶嗣，節和里人。從劉子翬、朱熹學，熹亦遣三子師事焉。登乾道壬辰進士，爲江西轉運。趙汝愚、張栻薦於朝。方欲召用，適汝愚去位，事不可爲，因不出，歸隱松坡之上。貽熹詩云：『白髮鬖鬖吾老矣，名場從此欲投簪。』熹和云云。」

小均四景詩

曉起坐書齋，落花堆滿徑。只是此文章，揮毫有餘興。
古木被高陰，晝坐不知暑。會得古人心，開襟静無語。
蟋蟀鳴床頭，夜眠不成寐。起閲案前書，西風拂庭桂。
瑞雪飛瓊瑶，梅花静相倚。獨佔三春魁，深涵太極理。

（福建泰寧縣文化館藏石刻，嘉靖邵武府志古蹟，泰寧縣志。）

按：朱熹小均四景詩石刻，用黑色頁岩四塊鎸刻，朱熹手跡，行書陰刻，每板兩行直書，每行十字，一板二十字。原置泰寧城内孔廟，後移至文化館保存。泰寧縣志云：「朱文公讀書處，在小均坳，朱子隱此讀書，有題壁詩，詩板存小均農家。清乾隆年間，邑諸生丁師儒見而購之，新其塾以珍藏。」

無題 慶元五年

白鶴高飛不逐群，嵇康琴酒鮑照文。此身未有棲歸處，天下人間一片雲。

（臺灣朱熹傳

記資料第九册朱子學特輯，手跡影件。）

絶句三首　慶元五年

才多不肯浪容身，老大詩章轉更新。遷得天台山下縣，一家渾作學仙人。
五度溪頭躑躅红，高陽寺裏講時鐘。春山處處行應好，一月看花到幾峰？
水北原南草色新，雪消風暖不生塵。城中車馬應無數，解出閑人有幾人？（沈彩春雨樓書畫録。）

按：三絶句後題「慶元己未臘月既望，晦翁朱熹書。」沈彩（字虹屏）春雨樓書畫録録此三詩，云：「宋朱熹三絶句卷，行書，極蒼勁。此紙原與元人書合裝成卷。主人嫌不類，將拆出重裝，不果，而爲錢仁培購去。」

竹

瀟瀟凌霜雪，濃翠異三湘。疏影月移壁，寒聲風滿堂。（全芳備祖後集卷十六。）

詠紅白蓮

紅白蓮花共一塘，兩般顔色一般香。宮娥梳洗争先後，半是濃妝半淡妝。（錦繡萬花谷後集卷三十七。）

按：楊萬里有紅白蓮詩云：「紅白蓮花開共塘，兩般顔色一般香。恰如漢殿三千女，半是濃妝半淡妝。」與此詩相類。

桂湖摩崖詩

磊落一雲窩，潺湲奔不止。泉且潔而温，滔滔皆如是。

按：此詩在福州北峰宦溪鄉桂湖溪邊岩石上，落款「朱熹訓」，似是後人將朱熹詩刻於石。

無題

鳶飛魚躍，海濶天空。松竹拱極，造物成春。山光凝翠，賜我好吟。樓臺清静，生涯長年。（閩學源流，有影件。）

按：此詩遺墨發現於福建泉州，後題「朱熹書」。

詠白蓮

淤泥不染如來性，净社如陪多士禪……（錦繡萬花谷後集卷三十七。）

無題

車馬往來文接武，天生富貴帝王家。（壯陶閣書畫録卷四。）

按：壯陶閣書畫録卷四宋米元章朱晦翁詩札合卷云：「又藏朱子行書立軸絹本，高幾盈丈，七絶一首，友人借閲未還，僅記末二句爲：『車馬往來文接武，天生富貴帝王家。』」

卷二　奏劄　書

上殿劄子　淳熙八年

伏覩去歲指揮，許人户以會子入納官物，及今年正月内，令諸州軍起發上供諸色窠名錢許用三分會子。比見浙中州縣交納税物全不交會子，只收一色見錢，却將見錢於所在兑置會子，以分數解發。其所得贏餘，皆不入官，唯以資給私費而已。夫公家既不用會子，民間何緣流通？欲乞州縣入納官物，許民户抄卜，分明聲説官會若干。如官司不受，許民户經户部、御史臺越訴。（古今合璧事類備要外集卷六十六。）

按：此劄古今合璧事類備要外集題作朱文公淳熙殿劄。同卷「上供三分」條下云：「淳熙臣僚上言，乞令諸州軍起發上供諸色窠名錢許用三分會子。州縣不依指揮，許民户經部、臺越訴，重行責罰。」即指朱熹此劄。朱熹淳熙八年冬以浙東提舉入奏事，凡七劄，其中三、四、五劄專言浙東荒政，疑此劄即此三劄中之小貼子。

與彦修少府書 紹興中

熹頓首彦修少府足下：別來三易裘葛，時想光霽，倍我遐思。黔中名勝之地，若雲山紫苑，峰勢泉聲，猶爲耳目所聞覩，足稱高懷矣。然猿啼月落，應動故鄉之情乎！熹邇來隱跡杜門，釋塵棼於講誦之餘，行簡易於禮法之外，長安日近，高卧維艱，政學荒蕪，無足爲門下道者。子潛被命涪城，知必由故人之地，敬馳數行上問，並附新茶二盝，以貢左右，少見遠懷。不盡區區，熹再拜上問彦修少府足下。熹，仲春六日。（三希堂法帖第十七册，故宫歷代法書全集十四宋册五。）

與開善道謙禪師書 紹興中

向蒙妙喜開示，應是從前記持文字，心識計較，不得置絲毫許在胸中，但以狗子話時時提撕。願受一語，警所不逮。（歷朝釋氏資鑑卷十一，佛法金湯編卷十五。）

按：歸元直指集卷下載朱熹此書，作「狗子佛性話頭，未有悟入，願授一言，警所不逮。」居士分燈録卷下云：「熹嘗致書道謙曰：『向蒙妙喜開示，從前記持文字，心識計較，不得置絲毫許在胸中，但以狗子話時時提撕。願投一語，警所不逮。』謙答曰：『某二十年不能到無疑之地，然忽知非勇猛直前，便是一刀兩段，把這一念提撕狗子話頭，不要商量，不要穿鑿，不要去知見，不要强承當。』熹於言下有省。」釋曉瑩雲卧紀談卷下：「謙後歸建陽，結茅於仙洲山，聞其風者，閲而歸之。如曾侍郎天游、吕舍人居仁、劉寶學彦修、朱提刑元晦，以書牘問道，時至山中。有答元晦，其略曰：『十二時中，有事時，隨事應變；無事時，便向這一念子上提撕「狗子還有佛性也無，趙州云無」。將這話頭只管提撕，不要思量，不要穿鑿，不要生知見，不要强承當。如合眼跳黄河，莫問跳得過跳不過，盡十二分氣力打一跳。若真箇跳得這一跳，便百了千當也；若跳未過，但管跳，莫論得失，莫顧危亡，勇猛向前，更休擬議。若遲疑動念，便没交涉也。』……」

與程允夫 紹興二十年

熹頓首：昨還里中，煩踏雪出山，以遂一見之歡，爲意甚勤。且賦詩以屬之，雖知不足以當盛意，至於意格超邁，程度精當，雖諸老先生猶撫手降歎，况某尚未足以盡窺一二，其敢有妄議乎？想從者甚衆。即日新正，所履多佳。某日前發縣中，崎嶇道路者六日，乃抵城府，勞藺可知。旦夕亦須西去，餘不足言。獨念相去之遠，不得時時執手一笑爲樂耳。更有少事，欲與吾弟言之，前日忽忽，不暇及此。某聞先師屏翁及諸大人先生皆言：作詩須從陶柳門庭中來，乃佳耳。蓋不如是，不足以發蕭散冲淡之趣，不免於塵埃局促，無由到古人佳處也。如選詩及韋蘇州詩，亦不可以不熟讀。近世詩人，如陳簡齋，絶佳，吴興有本可致也。張巨山愈冲澹，但世不甚喜耳，後旬當寄一讀。胸中所欲言者無他，大要亦不過如此。更須熟觀語、孟等書，以探其本。區區所禱，如此而已。初八日三鼓作此，不宣。某頓首上允夫賢弟。（新安文獻志卷六十九。）

按：程洵（允夫）尊德性齋集卷三董府君墓表下有注引朱熹一帖云：「意格超邁，程度精當，雖諸老先生猶撫手降歎，况熹尚未足以盡窺其一二，其敢有妄議乎？……」應即此帖。據雙溪王炎序，尊德性齋集乃由程洵婿黄昭遠輯訂，集中注應出自黄昭遠手，其所引此帖當得自程家，可信不僞。洪嘉植朱子年譜紹興二十年下録有與程允夫帖一，亦此書之節本而稍有異，兹録於下：「聞之諸先生皆云：作詩須從陶柳門庭中來，乃佳。不如是，無以發蕭散冲澹之趣，不免於局促塵埃，無由到古人佳處也。如選詩及韋蘇州詩，亦不可不熟觀。然更須讀語、孟，以深其本。」

與程允夫 紹興二十年

三百篇，性情之本；離騷，辭賦之宗。學詩而不本之於此，是亦淺矣。然學者所急，亦不在此。學者之要務，反求諸己而已。反求諸己別無要妙，語、孟二書精之熟之，求見聖賢所以用意處，佩服而力持之，可也。（洪嘉植朱子年譜紹興二十年下。）

答汪次山書 紹興二十年

別楮誨喻，良荷不鄙。已托德和弟布曲折矣，千萬！千萬！周禮文字此所無有，令郎今幾何年矣，他經何所不治，而必爲此，何哉？大凡治經之法，且先熟讀正經，次則參考注疏。至於禮樂制度名數，注疏得之尤多，不知令郎曾如此下工夫否？若資質大段警悟，亦須著下三年工夫於此，自然精熟貫穿，何待他求？彼學成而名顯者，豈必皆有異書乎！今人欲速，每事必求一捷徑，不肯安心循序，下實工夫，爲此所誤，一事不成者多矣，不可不自悟也。愚陋無所知，於此嘗究心焉，頗見利病如此，取以布聞，稱塞厚意。他不能有益於左右，徒以爲愧爾。（新安文獻志卷九，弘治徽州府志卷十一。）

答許平仲 紹興中

仁人之心，未嘗忘天下之憂，固如此也。漳、泉、汀三州經界未行，許公條究甚悉，監司郡守未有舉行者。（朱子大同集卷三。）

按：閩書有許平仲傳，云：「許衍，字平子，同安人。慷慨喜言事。隆興二年，以太學生伏闕上書，士論韙之。乾道八年上舍登第。嘗進本論二十篇，言四民利害及上供銀攬户之弊。朱子與書，謂其『仁人之心，未嘗忘天下之憂。』修究汀、漳、泉經界甚悉。通判建寧府未赴，卒。」

與汪應辰 隆興元年

延平先生之故，則已詳知之。雖悼□門之變，而甚幸其終事無可悔者。感大君子與之周，死生終始之際乃如此，至於涕隕而不知所言也……延平先生秋别於建溪之上，乃兹來還，遂隔生死。所欲質正者，無所與論。何當侍坐傾倒，以求誨約？非復有望於他人也。

（玉山縣志卷九汪文定公家傳。）

按：玉山縣志謂汪文定公家傳出自文定家乘。家傳云：「（汪應辰）除知福州，以紹興三十二年十月到任。公好賢樂善，既入閩，始得朱元晦文。時文公奉嶽祠家居，公一見如故相識，徧歷薦於朝。隆興元年，公除敷文閣待制，舉文公自代。……文公時被召，每咨公以出處，公亟問亟饋焉。……公又得延平李愿中先生之言行於朱文公，他日因文公屈致之。既至忽疾，頃之已不救矣。公使參議王伯序、觀察謝仿主治喪事，躬視喪具禮，意無不周備。朱文公與公書曰……公因爲延平先生作墓誌，蓋□□（按：應爲文公）所力請也。」

與汪應辰 乾道元年

停賣僧田，煩擾頓息，爲利不貲。追還揀兵官，亦甚快輿論。諸若此類，論之不爲侵官，而其利甚薄。熹願閣下不倦以終之，此亦論思獻納之助也。魏元履下第後，書來云：「挾之歸，遇閩人之就上庠試者，蓋以千計，人人劇談善政。問其所以然者，云侍郎以忠恕之心，行簡易之政。」（玉山縣志卷九汪文定公家傳。）

按：汪文定公家傳云：「寺觀之田，計口之餘，歸之於官，事鑽刺，雖凶年必取盈焉。公既請於朝，朝有所施舍矣，既而版曹又欲責之。方看追，會檢許厘土揭價，上下騷然，謂責之必先失其租，安知一年之所售，未足以敵一年之租乎？御營使欲差官於諸路募軍者，公奏已之。朱文公與公書曰……」

與汪應辰 乾道元年

近日陳應求侍郎來守建寧，一再相見，談當世之事，慨然憂憤。蓋亦以爲今日非閣下，殆不能濟東方之事。上天眷顧宗社，救敗扶衰之期，非大賢孰能任之！（玉山縣志卷九汪文定公家傳。）

與柯國材

辨孟不知何處得？仁廟時有一孫抃，仕至樞密副使、參知政事，不知便是此人否？據温公記聞說，此人敦厚，無他才，以進士高第，累官至兩府。今讀此書氣象似是，兼紙亦是百十年前物。所論雖無甚奇，孟子意亦正不如此，似亦可以見其淳質之風。不審左右以爲如何？前輩不可得而見，見遺物要可寶，豈必其賢哉？（朱子大同集。）

按：此篇朱子大同集題作批柯國材辨孟。

與祝直清書 乾道二年

熹頓首直清賢表解元：昨還里中，屢獲請見，撫存教誨，恩愛甚厚。別來切記，尊候萬福。熹侍旁幸遣，不足煩遠念。屏跡閉門讀書，有可樂者，恨莫與之同爾。近視太叔翁發至論孟訓釋，看得程氏之理透徹，涵泳其間，多有好處，頗合鄙意。内疑惑未敢據所見，俟榮旋討論，且留之。恨此中前輩寥寥，幸得古田林擇之邀至家館，教塾、埜二人，其見明切。近得湖南張魏公子欽夫者一二文字，觀所見正當，儘有發明，欲往見，相與講釋所疑。而千有餘年，道學不明，士人陋於耳聞目見，無以知道入德，其識趣往往如此。然世衰道微，邪説肆行而莫之禁，士夫心術安得而不日趨於壞？大抵爲學是自己分上事，孟子謂「歸而求之有餘師」是也。附去二程先生語録，詳備可觀，但患人之不讀。亦須積累涵泳，由之而熟，脱然自有知處。人能勉勵學古人著工夫，把做一件事，深思力行，不患不到聖賢之域。兩年來集得孟子説稿成，或有益於初學，後當録一本去。未由相見，千萬保愛。老母道意，閤中郎姪一一佳勝。奉狀，不宣。（新安文獻志卷九。）

按：程尚寬新安名族志：「祝氏，婺源中山，在邑南五十里。其先曰約，仕唐銀青光祿大夫，居德興。至諱承俊者，遷歙之望京門，號『半州祝氏』。宋忠州司户曰吉者，因伯父、朱子外大父確言徙州治事，舉家獲罪，始遷中山。傳二世曰直清，舉茂才，知無錫……」知祝直清爲祝確弟之孫，故朱熹以賢表相稱。

問張敬夫 乾道二年

和靖曰：「脱使窮其根源，謹其辭説，苟不踐行，等爲虚語。」石子重云：「愚以爲人之所以不能踐行者，以其從口耳中得來，未嘗窮其根源，無着落故耳。縱謹其辭，説終有疏謬。若誠窮其根源，則其所得非淺，自然欲罷不能，豈有不踐行者哉！」范伯崇云：「知之行之，此二者，學者終始之事，闕一不可。然非知之艱，行之惟艱也。知而不行，豈特今日之患，雖聖門之徒，未免此病。如曾點舞雩之對，其所見非不高明，而言之非不善也，使其能踐履，實有諸己而發揮之，則豈讓於顔、雍哉！惟其於踐履處未能純熟，此所以爲狂者也。又況世之人徒務知之，而不以行爲事，雖終身汲汲，猶夫人也，矧知之而未必得其真歟？和靖之言，豈苟云乎哉！」

和靖之言，固有所謂，然諸君子説，意皆未究也。孔子觀上世之化曰：「大哉知乎！」雖堯舜之民比屋可封，亦能使之由之而已。知者，凡聖之分也，豈可易云乎哉！傅説之告高宗，高宗蓋知之者，恭默思道，夢帝賚予良弼，非知之者有此乎？此舊學於甘盤之所得也。故君奭篇稱在武丁時，則有若甘盤而未及乎！傅説蓋發高宗之知者甘盤也，知之非艱，行之惟艱。説之意亦曰：雖已知之，此非艱也，貴於身親實履之，此爲知之者言也。若高宗未克知之，而告之曰：知之非艱，則説爲失言矣。自孟子而下，大學不明，只爲無知之者耳。若曰行，則學者事父兄事上，何莫不行也，惟其行而不著，習而不察耳。知之而行，則譬如皎日當空，脚踏實地，步步相應；未知而行者，如暗中摸索，雖或中，而不中者亦多矣。曾點非若今之人自謂有見，而直不踐履者也，正以見得開擴，便謂聖人境界不下顔、曾請事戰兢之功耳。顔、曾請事戰兢之功，蓋無須臾不敬者也。若如今人之不踐履，直是未嘗真知耳，使其真知，若知水火之不可蹈，其肯蹈乎！

叔京云：「經正則庶民興，蓋風化之行，在上之人舉而措之而已。庶民興，則人人知反其本，而見善明；見善明，則邪慝不能惑也。既人之不惑，則其道自然銷鑠而至於無也。」歐陽永叔云：「使王政明而禮義充，雖有佛，無所施與吾民也。」亦此意也。

經乃天下之常經，所謂堯舜之道也。經正，則庶民曉然趨於正道，邪説不能入矣。但反經之妙，乃在我之事，不可只如此説過也。只如自唐以來名士如韓、歐輩攻異端者，非不多，而卒不能屈之者，以諸子猶未能進夫反經之學也。如後周、李唐及世宗，蓋亦嘗變其説，旋失即興，復而愈盛者，以在上者未知反經之政故也。（南軒先生文集卷三十。）

按：朱熹此問，乃爲與張栻討論修改補訂孟子集解。是書博采衆家之説，其作法乃多與友人何鎬、石𡼖、范念德等往返討論，集衆人之説入書。張栻此答書引何、石、范等人之説即因此故，其所引實即孟子集解未定稿文。朱文公文集卷四十答何叔京書四云：「孟子集解重蒙頒示……欽夫、伯崇前次往還諸説，皆欲用此例附之。」即包括此一篇問張敬夫文。

與劉晦伯書 乾道五年

十二月十日某頓首：霜寒，遠惟侍奉吉慶。武夷鄭知觀來，説賜田紐租事，欲求一言於徐丞。渠自去面懇，幸與詳度言之，亦須不礙官府事體乃佳耳。提宫丈不敢拜書。韜仲已有新除未耶？向煩料理買山事，近又嘗托季通言之，不知竟如何。更覓一信，若十千可就則納錢去也。因鄭君行，草草附此。歲晚珍重，以迓新祉，不宣。某再拜晦伯知郡賢契友。

（道園學古録卷十一。）

答張欽夫 乾道八年

按遺書：「或問：『中之道，莫與喜怒哀樂未發謂之中同否？』先生曰：『喜怒哀樂之未發，是言在中之義，只是一個中字用處不同。』」又曰：「中之所以狀性之體段。」又曰：「中之爲義，自過不及而立名。」又曰：「不偏之謂中，道無不中，故以中形道。」又曰：「與叔謂『不倚之謂中』，甚善，而語由未瑩。或問：『何故未瑩？』曰：『無倚着處。』」熹按：此言中之道，與在中之義不同，不知如何分別？既狀性曰「狀性」，又曰「形道」，同異如何？所謂自過不及而得名之中，所謂不偏之中，所謂無倚着處之中，與所謂中之道，在中之義，復何異同，皆未能曉然無疑，敢請其説。

明道先生説「推己及物之謂恕」，乃違道不遠之事；而一貫之忠恕，自與違道不遠異。蓋一以貫之，則自然及物，無待乎推矣。伊川先生經解於「一以貫之」處，却云「推己之謂恕」，似與明道不同，而於「乾道變化，各正性命」之説，似亦相戾，不知何謂？解中又引孟子「盡其心者知其性也」一句，豈以盡心釋盡己之義耶？如此，則文意未足，且與尋常所謂盡心之意亦自不合。一本下文更有兩句云：「知性則知天矣，知天則道一以貫也。」若果有此兩句，則似不以盡心釋盡己，卻是以知天説一貫。然知天，亦方足真知得一貫之理與聖人一貫之實，又似更有淺深也。反覆推尋，未得其説，幸思之，復以見教。

曾子告孟敬子語，只明道、和靖説得渾全，文意亦順，其他説皆可疑。向來牽合，强爲一説，固未是；後來又以經解之説，指下句爲工用處，亦未然也。不審尊意以爲如何？（宋槧晦庵先生文集後集卷三。）

按：今朱文公文集卷三十一答張敬夫書六，即此書之前一半，而缺此後一半。此書六前半論及「類聚孔孟言仁處」，乃指張敬夫所作洙泗言仁録一書，作於乾道八年。南軒先生文集卷二十與朱元晦書五，即答此書。

問吕伯恭 乾道八年

子在川上，范内翰記程子之言，指此逝者爲道體，龜山以不逝者爲道體，同異如何？

龜山之論，疑未完粹。維天之命，於穆不已，貞也，所謂道體也。若曰知逝者如斯，則知有不逝者異乎此，是猶曰不已者如斯，則知有貞者異乎此，其可乎？

修道之謂教，自明誠謂之教，兩「教」字同否？其説如何？明道、伊川説修道自不同，吕、楊、游氏皆附明道説，古注亦然。但下文不相屬，又與明誠處不相貫，不知如何？

修道之謂教，設教者也；自明誠謂之教，由教以成者也。「教」字本同，但所以言之異耳。天下皆不失其性，則教不必設，道不必修；惟自誠明者不能人人而然，故爲此修道設教，然後人始得由此教故自明而至於誠也。使道之不修，設教有所偏，則由教者亦必有所差，安能自明而至於誠乎？二程諸家修道之説，或主乎設教，或主乎爲此而設教（如言「已失其本性，故修而求復之」，此言爲此而設教），其歸趨則一而已。

「中和」之「中」，與「中庸」之「中」，有同異否？遺書十八卷所謂「中之道」，與「在中」之義何别？

「中和」之「中」以人言（喜怒哀樂之未發就人上説），「中庸」之「中」以理言也（統論中之道）。遺書所論「在中」之義，蓋當喜怒哀樂之未發，此時則在中也。

參前倚衡指何物爲言？

誠之形，行之著也。

艮背之指，在學者當如何用？

艮背之義，在學者用之，莫若止其所。有所止，則外物之交乎前不能止之。故夫子釋彖之辭不曰「艮其背」，而曰「艮其止」，其意可見。

仁字之義如何？周子以愛言之，程子以公言之，謝子以覺言之，三者孰近？程子言：「仁，性也；愛，情也。」豈可專以愛爲仁？又曰：「仁，人心也。」前輩以爲言仁之功無如此者，其説安在？且程子以爲性，孟子以爲心，其不同者何邪？

指其用，則曰愛；指其理，則曰公；指其端，則曰覺。學者由此皆可以知仁，若直以愛、以覺爲仁，則不識仁之體，此所以非之。孟子曰：「仁，人心也。」此則仁之體也。程子以爲性，非與孟子不同，蓋對情而言。情之所發，不可言心（如遺書所謂「自性之有動者謂之情」，不曰「自心之有動者謂之情」）。程子之言非指仁之體，特言仁屬乎性爾。（有未是處，望一一指教）（東萊呂太史別集卷十六。）

問張敬夫　淳熙二年

近有人疑但能存心，自無不敬，而程子言敬乃以動容貌、整思慮爲言，却從外面做起，不由中出，不若直言存其心之爲約也。

某詳程子教人居敬，必以動容貌、整思慮爲先，蓋動容貌、整思慮，則其心一，所以敬也。今但欲存心，而以此爲外，既不如此用工，則心亦烏得而存其所存者？不過强制其思慮，非敬之理矣。此其未知内外之本一故也。今有人容貌不莊，而曰吾心則存，不知其所謂莊者是果何所存乎？推此可見矣！

爲佛學者，言「人當常存此心，令日用之間，眼前常見光爍爍地」，此與吾學所謂「操則存」者有異同否？

某詳佛學所謂與吾之云「存」字雖同，其所爲存者，固有公私之異矣。吾學操則者，收其放而已。收其放，則公理存，故於所當思而未嘗不思也，於所當爲而未嘗不爲也，莫非心之所存故也。佛學之所謂存心者，則欲其無所爲而已矣，故於所當有而不知有也，於所當思而不之思也。獨憑籍其無所爲者以爲宗，日用間將做作用（其云「令日用之間，眼前常見光爍爍地」，是弄此爲用也），目前一切以爲幻妄，物則盡廢，自利自私，此其不知無故也。（述爾，子罕）

論語「何有於我哉」文義。

吕與叔謂「我之道，舍是復何所有」，某舊只解作勉學者之義。後來詳與叔此説，文義爲順，亦正合程子「聖人之教，常俯而就之」之意，如曰「吾有知乎哉？無知也」之類也。至子罕篇所云，尤引而示之近門人，果能於此求聖人，於此學聖人，則夫高深者將可馴至矣。（南軒先生文集卷三十答朱元晦。）

按：朱文公文集卷三十一答張敬夫書十四，即爲對張栻此答書之覆書，乃作在淳熙二年。是年朱熹論語集注初稿草具，朱熹此問蓋爲作論語集注。

與陸子静 淳熙二年

某未聞道學之懿，兹幸獲奉餘論。所恨怱怱别去，彼此之懷皆若有未既者。然警切之誨，佩服不敢忘也。還家無便，寫此少見拳拳。（陸象山先生年譜。）

與吕子約 淳熙三年

諸況已具恭兄書中，腐儒之效如此，豈敢復有傳道授業之意？但欲杜門念咎，以畢餘生也。……一請往來，動逾兩月也。（金華黄先生文集卷二十二。）

按：金華黄先生文集跋乾淳四賢墨跡四首之一朱文公與大愚帖云：「淳熙丙申，公用執政薦除秘書郎，而羣小間之，尋降御批曰：『引虚名之士，恐壞朝廷。』公亦辭不拜，且有與東萊書。時公新作草堂於雲谷，以待來學，故帖中云：『諸況已具……』公以六月辭除命，七月不允，再辭，十月乃奉祠崇道，故帖中云：『一請往來，動逾兩月也。』大愚任四明倉曹在壬寅冬，距公之得祠首尾七年，帖中稱之曰『監倉』者，必作於其需次之時也。」此書所言「恭兄書」，即朱文公文集卷三十三答呂伯恭書四十九。

與某人帖 淳熙三年

十年前，率爾記張魏公行狀，當時只是據渠家文字做成，後見他書所記不同，嘗以爲恨。（池北偶談卷九。）

按：池北偶談云：「何彦澄家，家藏朱晦翁墨跡一帖，云……」朱子語類卷一百三十亦云：「問：『趙忠簡行狀，他家子弟欲屬筆於先生。先生不許，莫不以爲疑，不知先生之意安在？』曰：『這般文字利害，若有不實，朝廷或來取索，則爲不便。如某向來張魏公行狀，亦只憑欽夫寫來事實做將去。後見光堯實録，其中煞有不相應處，故於這般文字不敢輕易下筆。』」張魏公行狀乃朱熹乾道三年在長沙寫成，故此帖當作在淳熙三年。

與金希傅二書

書一 淳熙六年

希傅實吾鄉古博君子，不當在弟子列。至於論辨義理，窮極精微，吾甚重之。……

書二 慶元元年

君子事君當官，必以其道，希傅盍自勉……（休寧縣志。）

按：休寧縣志云：「金朋説，字希傅，汪溪人。父良能。……既冠，良能復命受業於其友朱晦翁。淳熙丁未中南省試，賜王容榜進士出身。初授臨安府學教授，丁内艱。服除，除淮東宣撫使制幹。遷鄱陽知縣。時丞相趙汝愚去位，韓侂胄當國……朋説應薦，上狀言：『幼習詩經，長從師朱熹，講孔孟及程氏遺書，向無爲僞。』浩然歎曰：『是尚可腼顔禄位乎！』遂解職歸。先是從晦翁問學信州時，晦翁嘗稱：『希傅實吾鄉古君子……』及知鄱陽，晦翁又遺書言：『君子事君當官……』慶元己未卒，年五十有三。」古今圖書集成明倫彙編氏族典卷三百六十一録金朋説汪溪金氏族譜序云：「……後過信州，游秘書朱元晦先生之門，間嘗質之，先生歎曰：『吾家譜亦殘缺，自九世祖茶院以下，漸失其墳墓，今不敢必信其地，亦傳其舊而已。』……」朱熹赴南康軍任過信州在淳熙六年。

答劉子澄書一 淳熙六年

熹頓首再拜：荆林、豫章人還，兩辱手示，深以得聞動静爲喜。又念别日之易久，爲之悵然。不審豫留幾日，今已歸廬陵未耶？秋氣已清，復有餘暑，起居定爲何如？熹粗如昔，但兩縣易置之後，訟牒頓稀，減往時略半矣。臨安人竟未歸，亦杳無消息，不知何故也。示以所聞見警，甚感念。但此數輩若不能少懲治之，即無以爲政，鰥寡貧弱永無休息之期。三教日間，以次决遣，當奉來教，與之更始耳。行紀甚佳，但人説天池光怪，有飛空往來，或入檐楹，或出自房闥者，與所記不類，豈偶有所遺，抑所見適止此耶？此爲陳寶之屬，無足深怪。世人胸次昏瞶隘狹，自以爲疑耳。此記流傳，亦足以少祛其惑也。四君書意，拳拳於此，甚幸，甚幸！各以鄙意報之，不知能中其意否？或下語未當，幸爲説破，勿令誤人也。陳君克己來見，云在建昌邂逅，亦不易得。又有趙希漢書記，自武昌丁憂來此寄居，亦知趨尚，但悔不留老兄作主耳。先集荷留念，悲感亡已兩日。楊漕在此，汩汩度日。附此托商伯轉致，未暇如及，惟以時進德自愛。不宣。八月九日，熹頓首再拜，子澄寺簿兄。

東園小堂近水者，欲以「愛蓮」榜之，仍刻濂溪舊説，並繫數語其後，尚未下手也。直節堂牌已刻，跋語並易傳後題識，並上呈。有未安者，訂之幸甚。熹又拜。煩於會要中檢白鹿洞事録示。熹。（鳳墅殘帖釋文卷三。）

答劉子澄書二 淳熙六年

熹在此匆匆鮮況。建昌竟失民和，吏困不良，民亦頑狡。今方來訢旱，不免亦與料理。然歸興益穠，比遣冬書，并申省自劾矣。若得早以微罪行，幸；其不然，亦當繼請祠禄，或乞充白鹿洞主矣。白鹿山水極佳，見議建五七間小屋於其處，亦已申省部，乞行下，庶幾久遠不至廢壞。若開斷未去，不知子澄更能一來視之否？臨汀楊子直在此，相聚甚樂，更得賢者臨之，幸也。公度若歸，能與俱來，甚佳。許、陳諸君能携以來，尤所願耳。伯恭屢得書，却不及抱子事，且得如此，亦是一事定叠，吾人亦且放心也。國書丐歸，甚悠悠，此正所謂作禮數者，得渠且在彼亦善，蓋亦粗足破白也。近有雜詩文數篇，偶此呂龍泉便，未暇録呈。卧龍聞伯恭許爲作記，未知如何？子澄所作，稱道過當，不敢用也。白鹿亦并屬伯恭矣。叔度書云伯恭稍安，又弄書册，招學徒，殊非病者所宜，今痛箴之，此意甚善。然病中若不作此，又太冷静，過生活不得也。所欲言者無限，匆匆不能書致。所委文字，稍暇當爲之。但逐日公私衮衮，苦無好意思耳。熹再拜。（鳳墅殘帖釋文卷三。）

與時宰二劄

劄一 淳熙六年

熹前者便中累奉鈞翰之賜，去月末間拜啟，略叙謝誠，竊計已遂登徹。繼此未遑嗣問，下情但切瞻仰。熹前所具禀減税、請祠二事，伏想已掌鈞念矣。但延頸計日，以俟賜可之報，而杳然未有聞。衰疾之軀日益疲憊，舊症之外，加以洞泄不時，兼旬未止，兩目昏澀，殆不復見物。如作此字，但以意摸索寫成，其大小濃淡，略不能知。又以鄙性狹劣，不能自覺，簿書期會之間，又不敢全然曠弛，日夕應接吏民，省閲文案。若更旬日不得脱去，即精神氣血内外枯耗，不復可更支吾矣。至於郡計空乏，有失料理，猶未暇以爲憂也。今有劄目申懇，乞賜憐念。二公之門，不敢數致私書，亦已各具禀劄，託劉堯夫國正宛轉關白矣。論道之餘，賜以一言，俾得早從所欲，實不能無忘於門下。東望拜手，不勝祈扣之切，伏乞鈞照。右謹具呈。宣教郎、權發遣南康軍事、兼管内勸農事朱熹劄子。（六藝之一録卷二百九十五，式古堂書畫彙考書考卷十四，過雲樓書畫記卷一，穰梨館書畫過眼録卷二。）

按：劄云「減税、請祠二事」，乞減星子税錢在淳熙六年六月，請祠在六月末。劄稱請祠在「去月末間」，據朱文公文集卷二十六與曹晉叔書一亦云：「前月末已上祠請，度更半月，必有報……直卿已歸……子澄近到此，相聚甚樂。」黄榦直卿淳熙六年五月端陽尚在南康，旋在六月六日因兄喪歸去，見卷八十四記游南康廬山及卷三十四答吕伯恭書十九、二十七。又據卷七立秋日同子澄寺簿一詩，知劉清之子澄七月來南康。由此可確知「去月末」指淳熙六年六月，朱熹此劄必上在是年七月。按宋史宰輔表，其時宰相爲趙雄，應即朱熹此劄所上之人；樞密使王淮、參知政事錢良臣，即朱熹此劄所云「二公之門」。

劄二 淳熙九年

熹昨日道間已具稟劄。到婺，偶有豪民不從教者，不免具奏申省。聞其人姦猾有素，伏想丞相於里社間久已悉其爲人，特賜敷奏，重作行遣，千萬幸甚。熹即今走三衢，前路别得具稟次。右謹具呈。正月十六日，宣教郎、直秘閣、提舉兩浙東路常平茶鹽公事、借緋朱熹劄子。（六藝之一録卷三百九十五，式古堂書畫彙考書考卷十四，過雲樓書畫記卷一，穰梨館書畫過眼録卷二。）

按：此劄作於淳熙九年朱熹巡歷到婺州之時，乃與宰相王淮，蓋王淮爲婺州金華人，而朱熹所告之婺州豪民不從教者，爲金華豪户朱熙積，故劄云「丞相於里社間久已悉其爲人」。據朱文公文集卷十六奏巡歷合奏聞陳乞事件狀及奏上户朱熙積不伏賑米狀，朱熹於正月十三日入婺州界，十四日到金華，據此劄則十六日入衢州，正與奏狀所言「公然抵拒，首尾三日」相合。

與陸子静 淳熙七年

包顯道尚持初説，深所未喻。……（陸九淵集卷六。）

按：此劄見陸九淵集卷六與包顯道書二所引，該書云：「得曹立之書云：『晦庵報渠云：「包顯道猶有讀書親師友是充塞仁義之説。」注云：「乃楊丞在南豐親聞其語。」』故晦庵與某書，亦云……某答書云：『此公平時好立虛論，須相聚時稍減其性。近卻不曾通書，不知今如何也。』……」朱熹答曹立之書見朱文公文集卷五十一。

答楊元範 淳熙中

……字書音韻是經中一事，先儒多不留意。然不知如此等處不理會，却枉費了無限亂説牽補，而卒不得其本意，亦甚害事也。但恨蚤衰，無力整頓得耳。（程正敏剡溪野語。）

按：楊大法元範爲南康軍學教授，朱熹於淳熙六年任南康軍守，始與楊元範相識，以後多有通信往来。此書約作於淳熙七、八年中。

與傅安道書 淳熙七年

熹先人遺文，江西遂將刊行，而未有序引冠篇首。先友盡矣，不孤之惠，誠有望於門下，敢以爲請。（韋齋集傅自得序。）

按：傅自得韋齋集序作於淳熙七年四月。

與郭冲晦四書 淳熙七年

書一

某竊以中夏劇暑，共惟冲晦處士老丈燕居静勝，神相尊候，動止萬福。某遠籍餘蔭，未由瞻晤，敢幾以時爲道自重。前賡三聘，用慰輿論，區區不勝至望。

書二

仰服大名，得所論著而讀之，有年於此矣。某跧伏閩嶺，忽忽半生，無從望見德容，聽受誨藥，引領函丈，徒切拳拳。比者寅緣附致悃款，乃蒙謙眷，先枉教函，三復以還，感慰既深，又重自愧其不敏也。附便致謝，言不逮意，幸察。

書三

竊惟執事家傳正學，有德有言，遁世離群，聖主不得而致，清風素節愈久愈高。今經帷諫列尚多缺員，衆謂當得高世之士以格君心，庶有變通於將來，非執事者，孰任其責邪！加璧之徵，計在辰夕。某樂在臭味，尤深欣矚之至。

書四

僭易再拜上問，德門尊少，各惟佳福。是邦有委，幸示其目。（宋槧晦庵先生文集前集卷六。）

按：晦庵先生文集原有與郭冲晦五書，按時間先後編排，僅其第四書爲今朱文公文集卷三十七所有。據該第四書有云「今犬馬之年五十有一矣」，知此第一書所謂「中夏」者，乃指淳熙七年五月。第二書「有年於此」，指在南康任已一年。末書「是邦有委」，乃指南軒張栻卒後，另有人接湖北路任，蓋沖晦郭雍隱居於峽州長楊山谷間，故有是語。

與劉子澄書 淳熙七年

如今是大承氣證，渠卻下四君子湯，雖不爲害，恐無益於病爾。（鶴林玉露甲編卷二。）

按：鶴林玉露云：「周益公（必大）參大政，朱文公與劉子澄（清之）書云……益公初在後省，龍大淵、曾覿除閤門，格其制不下，奉祠而去，十年不用，天下高之。後入直翰林，覿以使事還，除節鉞，人謂公必不草制，而公竟草之……宜其不敢用大承氣湯也。」周必大淳熙七年五月戊辰除參知政事。朱文公文集卷三十四答呂伯恭書三十五有類似之説：「新參（按：指周必大）近通問否？大承氣證却下四君子湯，如何得相當？」

與楊德仲貢士柬 淳熙八年

熹頓首再拜：别教已久，政切傾向，伏拜翰墨之貺。恭審冬令稍肅，侍奉萬福。丈人宣義不知自雪竇還已得幾日？昆仲學士洎眷集一一均納殊祉。糯抄納，方是旬日間，糯米已叮嚀胥輩不得剗具矣。不及狀子，即令當面開銷，今謹封納。紙末之喻，政所願聞。但敝廳不曾催湖田米，恐只是丞廳或縣中自追耳。他有戒警，一一不外爲望。偶冗，作謝殊不端好，切希照亮。敬仲司理更不及狀。何時入城，慰此渴想。不宣。（雍正慈溪縣志卷十五。）

按：慈溪縣志於此柬前云：「（德仲）名篆，慈湖先生仲兄，嘗與舉送。作圖記過，自號『訟齋』。先生稱其『文雅灑然，深得復卦之旨』。」陸九淵集卷二十八楊承奉墓碣云：「公諱庭顯，字時發……子男六：籌、篆、簡、權卿、篪、籍。篆嘗與舉送……」柬中「丈人宣義」者，即楊庭顯。朱熹於淳熙八年任浙東提舉賑荒，楊簡爲紹興府司理，朱熹嘗薦之。朱文公文集卷四十九答滕德粹書十一：「四明多賢士……熹所識者楊敬仲簡、吕子約（監米倉），所聞者沈國正煥、袁和叔燮，到彼皆可從游也。」慈溪縣志此柬下録有趙汝愚與楊簡奉議書可參。

與黄直卿 淳熙八年

看書一過，頗有省發，因得讀書訣云：斂身正坐，緩視微吟。虚心玩味，切己省察。（勉齋先生黄文肅公文集卷十五答余瞻之書二。）

按：答余瞻之云：「比收先生書，又爲會稽行。」乃指朱熹赴浙東提舉任，知此書作於淳熙八年十月。

與黄直卿 淳熙九年

賑濟無效，匄歸甚力，不知果遂否，恐欲知之。浙間二麥亦不全好，重以疾疫，目下日色可畏，一日之熱比尋常三五日，近郊之田已龜坼，瀕海者已絶望矣。不知他處何如？若大率皆然，則甚可慮也。（勉齋先生黄文肅公文集卷十五答余瞻之書一。）

按：答余瞻之云：「比收先生四月十三日書，爲況甚適。」知此書作於淳熙九年四月十三日。

致某人劄子 淳熙九年

熹昨蒙賜書，感慰之劇。偶有小職事，當至餘姚，歸塗專得請見。人還，撥冗布禀，草草，餘容面既。右謹具呈提舉中大契丈台座。六月日，宣教郎、直秘閣、提舉兩浙東路常平茶鹽公事朱熹劄子。（故宫書畫録卷二，六藝之一録卷三百九十五，式古堂書畫彙考書考卷十四，故宮歷代法書全集十三宋册四。）

與季觀國 淳熙九年

省刑緩賦，以回天意，非體國愛民之切，不及此也……（攻媿集卷一百知嵊縣季君墓誌銘。）

與徐逸書 淳熙中

可放筆力稍低，使人見之，無假手之議也。……（稗史。）

按：仇遠稗史云：「徐逸，號抱獨子。少與朱文公爲友，公嘗托作謝恩表，書云……」此書又以爲致徐大受者，台州府志卷一百零四：「徐大受，字季可，號竹溪，天台人。早歲工詩，劉知過以詩名，一見奇之，曰：『自此當卧君百尺樓上矣！』朱子行部聞其賢，特造廬訪大受……嘗托以撰述，且云：『願少低筆力，使讀者不疑爲假手。』家甚貧，一夕朱子至，無以款，裂箕爲薪，出葱湯麥飯，相對甚歡。嘗與朱子書，自言：『淡於世味，薄於宦情，年十二三即有意求道。研窮於六經，泛濫於釋老幾二十年，未正有道，竊不自安。齋形服形，晝思夜索，十餘年間，始於吾門脱然信之，因得高視闊步於坦途，旋而視履，則向之所步，皆旁蹊曲徑，荒蕪榛莽，不可著足之地也。』」陳耆卿赤城志所云「事見朱文公所遺帖」，或即此書。

與陸放翁三帖 淳熙九年

書一

力疾南去……

書二

以罪戾遠行，迤邐南歸……

書三

再辭，未有處分。……昨發會稽，遂不詣違。……杜門讀書，畢此數年爲上策，自餘真可付一大笑。（匏翁家藏集卷五十五跋朱文公三帖，二林居集卷八朱子與陸放翁手帖跋。）

與某人帖 淳熙九年

熹頓首拜覆：竊聞卜築鍾山，以便養親，去囂塵而就清曠，使前日之所暫游而寄賞者，今遂得以爲耳目朝夕之玩，竊計雅懷亦非獨爲避衰計也，甚善，甚感。所恨未獲一登新堂，少快心目耳。蒙喻鄙文，此深所不忘者。但向來不度，妄欲編輯一二文字，至今未就，見此整頓，秋冬間恐可録浄。向後稍閒，當得具稿求教也。所編乃通鑑綱目，十年前草創，今復再修，義例方定，詳略可觀。亦恨未得拜呈，須異時携歸，請數日之間，庶可就得失耳。未由承晤，伏紙馳情。熹頓首上覆。（珊瑚網名書題跋卷七，六藝之一録卷三百九十五，式古堂書畫彙考書考卷十四。）

按：該帖所寄之人，據帖云「竊聞卜築鍾山」，當指婺源李繒參仲，「須異時携歸」者，乃指欲再歸婺源相見。李繒號鍾山（此爲婺源鍾山），朱文公文集卷八十三跋李參仲行狀云：「鍾山先生李公參仲……紹興庚午歲，予年二十餘，始得一歸故鄉……於是乃獲識公……中年復歸，而再見公，然後從游益親。」程洵尊德性齋集卷三有鍾山先生行狀，稱其「厭科舉之習，卜築雲山間，爲隱居計，名其山曰鍾山，牓其室曰中林。」朱文公文集卷七十九有淳熙八年作徽州婺源縣學三先生祠記，只稱「邑之處士李君繒」，卷九十有作於淳熙八年八月韓溪翁程君墓表，亦只稱「君學徒李君繒」，而新安文獻志卷十一有李繒婺源義役記，末署「淳熙九年十一月一日鍾山園翁李繒」，是李繒卜築鍾山在淳熙九年。此書即作在其時。

與段元衡帖 淳熙九年

見示佳句，正使江西諸先達在，不過如此。……（淳熙稿卷十九。）

按：淳熙稿卷十九有段元衡出示與晦翁九日登紫霄峰詩及手帖及賈十八兄詩讀之得三絶句，其二首云：「紫霄峰上登高節，想見笑談賓主間。我亦於今有遺恨，不隨巾履上南山。（晦翁比自浙東歸，過玉山留數日）文章定價如金玉，入手可知高與低。今代師儒晦庵老，許君先達并江西。（晦翁與元衡帖，見示佳句……）」是帖作於淳熙九年朱熹自浙東提舉任歸時。

與陳應求書 淳熙九年

除書朝下，章劾夕聞……（後村大全集卷一百零一朱文公與陳丞相書。）

按：此致陳俊卿丞相書，「除書」指朝廷除朱熹爲江東提刑，「章劾」指吏部尚書鄭丙上書攻道學，事在淳熙九年。

與陸子静 淳熙十年

比約諸葛誠之在齋中相聚，極有益。浙中士人，賢者皆歸席下，比來所得爲多，幸甚。（陸象山年譜。）

與陸子静 淳熙十年

歸來臂痛，病中絶學捐書，却覺得身心收管，似有少進處。向來泛濫，真是不濟事。恨未得款曲承教，盡布此懷也。（陸象山年譜。）

與陸子静 淳熙十一年

敕局時與諸公相見，亦有可告語者否？於律令中極有不合道理、不近人情處，隨事改正，得一二亦佳。中薦程可久於法令甚精，可以入局中，然此猶是第二義。不知輪對班在何時？果得一見明主，就緊要處下得數句爲佳。其餘屑屑不足言也。謙仲甚不易得，今日尚有此公，差强人意。元善爽快，極難得，更加磨琢沉浸之功乃佳。機仲既得同官，乃其幸會，當能得日夕親炙也。浙東諸朋友想時通問，亦有過來相聚者否？立之墓表今作一通，顯道甚不以爲然，不知尊意以爲如何？（陸象山年譜。）

答詹體仁書 淳熙十二年

熹竊以春雨復寒，伏惟知府經略殿撰侍郎丈閫制威嚴，神物擁護，台候動止萬福。熹區區托庇，幸粗推遣。但祠禄已滿，再請未報。前次延之諸人報云勢或可得，未知竟何如。居閑本有食不足之患，而意外之費復爾百出不可支。吾親舊有躬耕淮南者，鄉人多往從。亦欲妄意爲此，然尚未有買田雇夫之資，方此借貸。萬一就緒，二三年間或可免此煎迫耳。衰病作輟亦復不常，此旬月間方粗無所惱，絶不敢用力觀書。但時閱舊編，間有新益。如大學「格物」一條，比方通暢無疑。前次猶不免是强説，故雖屢改更，終不穩當。旦夕别寫求教。前本告商省閲，有紕漏處痛加辨詰，復以示下爲幸也。桂人蔣令過門相訪，云嘗疏論廣西鹽法，見其副封，甚有本末。渠歸必請見，因附以此。忽遽不暇詳悉。未有侍教之日，臨風惘然。切乞以時爲國自重，有以慰善類之望，千萬至禱。（萬曆遂安縣志卷四，康熙遂安縣志卷十，乾隆嚴州府志卷二十四。）

答某人書 淳熙十二年

熹再拜上白：提丈賜書，亦云欲過定海，恐已到，幸爲致問訊意。尊堂恭人伏唯尊候萬福，眷集均休。恭叔尚未到，只文叔到，已兩日矣。誠之在此相聚也。熹再拜上白。（李日華六研齋筆記三筆卷一。）

按：宋文憲公文集卷四十六題朱文公手帖亦引此帖，「誠之在此相聚也」作「見約誠之在此相聚也」。此書不知與何人，以書中言及潘恭叔、潘文叔及「尊堂」、「提丈」考之，則此書應是致潘端叔。按潘時有三子：潘友文文叔、潘友恭恭叔、潘友端端叔，皆問學朱熹。「提丈」爲潘時，而「尊堂」則爲潘時夫人（參見朱文公文集卷九十二潘氏婦墓誌銘）。此書稱潘時「提丈」，應是其任荆湖南路提點刑獄公事（參見朱文公文集卷九十四潘時墓誌銘）。按淳熙十二年六月二十四日湖南提刑潘時除知廣州（見宋會要輯稿职官六二之二六），其自金華北上入都奏事，自經過定海，故此書云「亦云欲過定海」，故可知此書作於淳熙十二年秋間。

與某人帖 淳熙中

熹僭易拜問，德門慶霖，恭惟均求多祉。諸郎學士侍學有休，兒輩謹時起居之問。無以伴書，茶兩盝時浼。小盝頗佳，大者乃食茶耳。閩中有委，幸不外。熹再拜上問。（停雲館帖卷七，大玉烟堂帖卷二十。）

按：是帖不知與誰，觀其中云「閩中有委」、「諸郎學士侍學有休」，應是一來閩任官者，疑即王師愈齊賢。王師愈於淳熙十四年來閩任轉運判官，與朱熹契誼尤密。王柏（王師愈孫）魯齋集卷十一跋朱子帖第八卷云：「寶祐丁巳夏六月，得此卷十有一帖於昌父弟……皆大父在福建漕臺之時……」是帖或即在此卷中。師愈子多爲朱熹弟子，朱熹王師愈神道碑云：「子男四人：長瀚，從事郎，新武當軍節度推官；次漢，迪功郎，新臨安府仁和縣尉；次洽，未仕；次潭，迪功郎，新紹興府會稽縣主簿。」即此帖所云「諸郎学士」。

與岳霖書 淳熙十四年

薛虔州弼直老以甲子正月道由建昌，謂戒曰：「弼之免於禍，天也。往者丁巳歲被旨從鵬入覲，與鵬遇於九江之舟中。鵬詫曰：『某此行將陳大計。』弼請問，鵬曰：『近諜報，敵人以丙午元子入京闕。爲朝廷計，莫若正資宗之名，則敵謀沮矣。』弼不敢應。抵建康，與弼同日對，鵬第一，弼次之。鵬下殿，面如死灰。弼造膝，上曰：『鵬適奏，乞正資宗之名。朕諭以卿雖忠，然握重兵於外，此事非卿所當預也。』弼曰：『臣雖在其幕中，然初不預聞。昨到九江，但見鵬習小楷，凡密奏，皆鵬自書耳。』上曰：『鵬意似不悦，卿自以意開喻之。』弼受旨而退。」此故殿院張公定夫戒所記。所謂資宗者，上時以宗子讀書資善堂也。又得薛公行狀，亦記此事，偶尋未見。恐永嘉士人家必有本，可尋訪。但不知忠穆公此奏今尚有傳本否耳。熹上覆。（寶真齋法書贊卷二十七。）

與子在書 淳熙中

過青田，不可不見陳叔向……（古今圖書集成理學彙編學行典卷一百七十。）

按：葉適水心文集卷十七有陳叔向墓誌銘云：「（叔向）疑呂伯恭誦書徒多，朱元晦修方不療。時呂公已下世矣。朱公雖論未合，然重其調直無隱，士有比君所者，必使往從之，曰：『可以寡過也。』」朱熹淳熙十年十月南下赴泉州弔傅自得喪，嘗與陳葵叔向一見，是爲初識。朱文公文集卷三十五答劉子澄書九云：「熹一出三月……到泉南宗司，教官有陳葵者，處州人，頗佳。其學似陸子靜，而温和簡直過之，但亦傷不讀書講學，不免有杜撰處，又自信甚篤，不可回也。」朱熹季子在娶呂祖謙女，其挈婦由金華歸五夫必經青田，而陳葵亦從南外睦宗院教官任歸家青田。

與某人書

講明正學，其道必本乎人倫，明乎物理。其教自小學灑掃應對以往，修其孝悌忠信，周旋禮樂。其所以誘掖激勵，漸磨成就之道，皆有節序。其要在于擇善修身，至於化成天下，自鄉人而可至於聖人之道。（游宦紀聞卷八。）

按：游宦紀聞云：「世南從三山故家，見朱文公一帖。」

與王齊賢帖 淳熙十四年

易書欲早賜鐫誨，及今改定爲大幸。伯禮所詢數條，且以鄙意報之，亦乞有以訂其失。沙隨古易章句之詳博，未知尊意以爲如何？（魯齋集卷九朱子帖第七卷。）

按：魯齋集云：「先大父（王齊賢）與朱子契誼之密，無如漕闥之時……見於諸帖，固可考也。……中一帖，先生嘗以易書求證於大父。」王齊賢任福建轉運判官在淳熙十四年，淳熙十三年朱熹成易學啟蒙，所云「以易書求證」者，即此書也。朱文公文集卷五十四有答王伯禮一書，乃逐條答覆易學之問，應即此書所云「伯禮所詢數條，且以鄙意報之」。

答石天民書 淳熙十四年

三月廿一日，熹頓首再拜上啟天民編修尊兄座下：拜違忽五六年。聞到官金華，嘗因便一再附書，久不得報，意已游沉，後見友書，乃承寄聲，有專人存問之意，而官事不閑，竟未暇及。雖感德之勤，然終不若一行之書爲足以慰此心也。正初偶有莆陽之役，歸來乃知果蒙踐言，頒所惠教，副以文籍衣資，感愧之心，未足以言諭也。使來及還，不得即布謝悃，又悚息夕惕，想辱情照。比日伏想已遂解秩，不審金華或已歸會稽新昌也。弟恐聲實久乎，不容遽遂香火之願，別當有照除耳。春夏之交，寒暄未定，伏想忠厚有相，台候萬福。熹歸來數年，初臂痛，繼而移於兩足，而昔痛處乃更變於麻木。去歲麻木方幸間作，而秋間蔬食傷胃，不能飲食，艾火丹符雜進，至今乃得少安。今春一出，初亦無事，歸途忽得奇疾，六腑不通者累日，絞刺疼痛不可支，吾又感時氣發熱，足疾發動，踵痛不可履地，衆疾交攻，氣血凋耗，氣息奄奄不絶者，僅如毫釐耳。兩三日來，方漸能吃粥飯，然亦殊不可也。承諭叔度、子約相從之樂，恨不能從容其間，日聞切磋之益，以自警勵也。因官而家，古人有之，不足爲嫌，恐終非久遠之計，剡中山水自有不惡也。趙書記恨未相識，頃得其書，議論亦可觀，但覺自許太過，爲説太汗漫耳。同父才雄一世，勇追千古，但疾之者既不復取其長，而愛之者又不能救其短，此區區不能無遺恨於伯恭，而所以愛同父者，獨有異於衆人之愛同父也。不審老丈以爲何如？病甚，不能作渠書，因風幸達此意。簡重自愛，極諭荷箴誨，閑人豈敢與聞政事？但生長窮鄉，從少至老，坐視其民，宛若失職，不能有以救之，會有賁緣可以發；發又不能容，一向禁止，失言之咎，祇自憝耳。崇禮諸人書信，皆以領胡狀。銘文敢不在念？但生前不能恭議，恐如揭白圖形，摸爲精神不出耳。在家多事，不容下筆，今春携行狀，欲於道間成之，三五程後，沿路紛擾，乃更甚於在家時。今又疾病如此，恐又須兩三月少康之後，方得措辭，但病熱如在前，所事固有難料者耳。因叔謹往見子約，附以此書，雖以視履尚未能救，所懷臨風太息而已。未由承晤，切冀以時爲道自愛，别以除用爲吾黨之望，千萬幸甚！熹衰病不能作字，作字即頭疼，不免口授兒子，令其代書簡，非禮，切幸尊察。熹再拜覆書。（暨陽石氏宗譜卷一。）

按：此書稱「正初偶有莆陽之役」，朱熹淳熙十四年正月南下莆田弔陳俊卿，二月歸。知此書作於淳熙十四年。朱熹歸途確嘗大病，朱文公文集别集卷三答劉子澄書三云：「某還自莆中，道間大病，幾不能支。卧家月餘，幸未即死。然神氣衰憊，比之春中又什四五矣。」淳熙九年朱熹在浙東巡歷新昌與石天民有一見，至是已六年，故此書中云「拜違忽五六年」。

與某人帖 淳熙十四年

熹竊以季夏極暑，恭惟知郡朝議丈旌麾在行，神物護相，台候起居萬福。熹講聞德望，爲日蓋久，而僻處窮壤，無從瞻見顔色，此懷鄉往，日以拳拳。兹承不鄙，枉書喻以惠顧蓬篳之初心，所以慰籍許與之意良厚。自顧衰陋，實無所能，其將何以稱此？愧荷悚惕，不容於心。深欲一趨道左，求見下風，且謝盛意之厚，而方此病暑，又屬天寒人饑，里中亦隨分有應酬之擾，以故未克如願。引領清塵，徒切馳企。竊承台體亦少違和，計旋即勿藥矣。開府有日，施設之方必已素定。下問之及，豈所敢當？然仰窺雅志，惟恐不盡於義理而務合於中和，是則必無違人自用之失、剛柔寬猛之偏矣。益以無倦，千里蒙福，可勝言哉！使還，略布萬一。暑行，切乞益厚保綏，前迓褒寵，幸甚，幸甚！右謹具呈。六月日，新安朱熹劄子。

（石渠寶笈續編第五十七寧壽宮藏宋賢遺翰。）

按：此帖向不知與何人，以帖稱「知郡朝議丈」考之，似爲潘時德鄜。朱文公文集卷九十四潘時墓誌銘云：「上聞公究心獄事，詔特轉朝議大夫進直徽猷閣、知潭州，安撫湖南，明年召還。……」此帖稱「知郡朝議丈」，蓋即指其以朝議大夫知潭州。潘氏由金華赴任，南下經信州轉臨川、臨江、宜春而達潭州，可於途中擬與朱熹一見，即此帖所云「枉書喻以惠顧蓬篳之初心」，「深欲一趨道左，求見下風」。潘赴潭在淳熙十四年，陳傅良止齋集有重修嶽麓書院記叙潘時重修嶽麓書院事，云：「某官桂陽，於長沙爲屬，時公（潘時）至鎮數月。」按陳傅良淳熙十四年六月免奏事，冬赴桂陽軍，據「時公至鎮數月」推算，則潘時赴潭州應在五、六月，與此帖所述時令亦相合。又朱熹與潘時晚而相交，書疏不斷，而向無緣見面相識，朱熹潘畤墓誌銘：「熹從公游雖不久，然相知爲最深，友恭等又來學。」潘氏婦墓誌銘：「予昔從友恭尊君湖南公游，見其施於官者治，友恭兄弟皆來學。」祭潘左司文：「熹不敏，辱知最深，書疏相尋問遺勸勉，勤懇之至。」此亦與帖中所云「講聞德望，爲日蓋久，而僻處窮壤，無從瞻見顔色」相合。

與志南上人二帖 淳熙十五年

書一

五月十三日熹悚息啟上：久不聞動静，使至，特辱惠書，獲審比日住山安穩爲慰。天台之勝，夙所願游。往歲僅一過山下，而以方有公事，不能登覽，每以爲恨。今又聞故人掛錫其間，想見行住坐卧不離泉聲山色之中，尤以不得往同此樂爲念也。新詩筆勢超精，又非往時所見之比，但稱説之過，不敢當也。二刻亦佳作也，但攙行奪市，恐不免去故步耳。寒山子彼中有好本否？如未有，能爲讎校刊刻，令字畫稍大，便於觀覽，亦佳也。寄惠黄精、筍乾、紫菜多品，尤荷厚意。偶得安樂茶，分上廿瓶，并雜碑刻及唐詩三册謾附回，便幸視至。相望千里，無由會面，臨書馳情，千萬自愛，不宣。熹悚息啟上國清南公禪師方丈。熹再啟。

書二

清泉各安佳，兒輩附問。黄婿歸三山已久，時得書也。出師表未暇寫，俟寫得轉寄去未晚也。寒山詩刻成，幸早見寄，有便只附至臨安趙節推廳，托其尋便，必無不達。渠黄巖人也。熹再啟。（島田翰刻宋大字本寒山詩集，三隱集，寒山寺志卷三。）

按：朱文公文集别集卷五載此二帖，亦云「見寒山子詩集後」，但俱非完篇，故仍輯録於此。書舶庸談卷三記董康於日本圖書寮見一宋槧，云：「序後有四言贊語；次朱晦庵與志老四葉……末爲『淳熙十六年歲次己酉孟春十有九日，住山禹穴沙門志南跋國清禪寺三隱集記』。」朱熹此二帖應作在淳熙十五年。

與黄仁卿書 淳熙十五年

累承諭及女子歸期，即已隨事經葺，以趁此月中辦之期。忽得直卿書，欲且緩行，殊不可曉。不免且令兒輩送此女及二甥，定三十日就道，約直卿來建、劍間接去。（勉齋先生黄文肅公文集附黄榦年譜。）

卷三　書

與陸子静 淳熙十六年

荆門之命，少慰人意。今日之計，惟僻且遠，猶或可以行志，想不以是爲厭。三年有半之間，消長之勢又未可以預料，流行坎止，亦非人力所能爲也。聞象山墾闢架鑿之功益有緒，來學者亦益甚，恨不得一至其間，觀奇覽勝。某春首之書詞氣粗率，既發即知悔之，然已不及矣。（陸象山年譜。）

復學者書 淳熙十六年

南渡以來，八字着脚理會着實工夫者，惟某與陸子静二人而已。某實敬其爲人，老兄未可以輕議之也。（陸象山年譜。）

與學者書

陸子静專以尊德性誨人，故游其門者多踐履之士，然於道問學處欠了。某教人豈不是道問學處多了些子？故游某之門者踐履多不及之。（陸九淵集卷三十四語録上。）

與程絢書　淳熙十六年

敬惟先德，博聞至行，追配古人，釋經訂史，開悟後學，當世之務又所通該，非獨章句之儒而已。曾不得一試，而奄棄盛世，此有志之士所爲悼歎咨嗟而不能已者。然著書滿家，足以傳世，是亦足以不朽。（宋史卷四百三十七程迥傳。）

按：宋史程迥傳云：「（迥）卒官。朝奉郎朱熹以書告迥子絢曰：……」程迥卒於淳熙十六年秋間。

與馬會叔六書

書一 淳熙十六年

時論一變，朝士多不自安。所幸已在山中，誤恩又得丐免，似可少安。然事不可料，正恐亦難自保。（柳待制文集卷十八跋朱文公與馬會叔尚書二帖。）

書二 淳熙十六年

舉子倉今歲不免自爲受輸……此間歲支三四百石，而倉息只及其半。若得檢照舊例支除本錢，乘此冬收糴數百石，更三兩年，當無闕乏之患也。（柳待制文集卷十八跋朱文公與馬會叔尚書二帖。）

按：柳待制文集原云：「前一帖，正免南康、辭江東轉運副使歸武夷山居時所遣。後一帖，必除知漳州上任後所遣。蓋時尚書公爲福建安撫知福州，漳其屬郡，公至漳，知其事敝，欲稍爲疏理，故有是請耳。……子澄……前帖言其始病，而後帖遂悼其死……」此説乃誤。首帖言「誤恩又得丐免」，指淳熙十六年八月除江東轉運副使，辭。兩帖言及劉子澄病及卒，據朱文公文集别集卷四與向伯元書四：「子澄去秋以書來告别，方此憂念，繼得公度書，乃知遺書之後不六七日，遂至大故。」此書言及「某頃叨除用，出於意外，懇辭幸免，然猶復忝郡……免章再上，諒必得之也。」顯指淳熙十六年十一月改知漳州，再辭，作此書時已在紹熙元年歲初，故可確知劉子澄卒於淳熙十六年秋。宋史本傳稱「光宗即位，起知袁州，而清之疾作」。麟原文集卷九静春先生傳亦云：「寧宗（按：應作光宗）嗣位，越月，即起知袁州，而病已革矣。」光宗即位在淳熙十六年二月，此亦足證劉子澄卒於淳熙十六年。

書三 淳熙十六年

所請亦幸開允，更被褒詔……（金華黄先生文集卷二十一跋晦庵先生帖。）

書四 淳熙十六年

不知除授所由……（金華黄先生文集卷二十一跋晦庵先生帖。）

書五 淳熙十六年

婺相邪説奸心，陰自憑結，廟社之靈，實糾擊之。（金華黄先生文集卷二十一跋晦庵先生帖。）

按：金華黄先生文集云：「右文公先生與侍郎馬公十一帖。（淳熙十五年）六月，先生入對。……有旨仍赴江西，竟辭避不赴。帖中雖謂馬公交代，而實未嘗交承也。先生既用磨勘轉官，除職予祠，尋召入主管西太一宫兼崇政殿説書，未及上，俄俾以秘閣修撰，奉外祠。前兩帖結銜稱『朝奉郎主管嵩山崇福宫』者，方辭修撰而未允也。逮得旨依所乞，仍舊職，且降詔褒諭。次兩帖乃以直寶文閣入銜……又其次兩帖止稱階官貼職者，時已有旨起先生將漕江東，即帖中云『不知除授所由』者，先生方控辭，故祠官使職悉不以繫銜也。婺相蓋指魯公（王淮）……此六帖皆在十六年夏秋之間。最後兩帖，一稱『權發遣漳州事』，在紹熙元年春；一稱『秘閣修撰主管鴻慶宫』，在其二年秋。餘三帖則問眷請委之副楮也。」

書六 紹熙元年

榮被召還之命……（宋文憲公文集卷四十六題朱文公與馬鶴山諸帖。）

按：宋文憲公文集云：「朱文公元晦出守於漳……公（馬大同）時召入爲太常大卿兼檢正，實紹熙元年之八月也。」宋濂所見帖當均在黄溍所見十一帖中。

與黃仁卿書 紹熙元年

病中得直卿携女子輅孫歸來，甚慰。（勉齋先生黃文肅公文集附黃榦年譜。）

與黃仁卿書 紹熙二年

直卿告歸，并挈女子一房歸侍。（勉齋先生黃文肅公文集附黃榦年譜。）

答王子合言仁諸說 紹熙二年

一

來教云：「天地之心不可測識，惟於一陽來復，乃見其生生不窮之意，所以爲仁也。」熹謂若果如此說，則是一陽來復已前，別有一截天地之心，漠然無生物之意；直到一陽之復，見其生生不窮，然後謂之仁也。如此，則體用乖離，首尾衡决，成何道理？王弼之説便是如此，所以見辟於程子也。須知元亨利貞便是天地之心，而元爲之長，故曰：「大哉乾元，萬物資始。」便是有此乾元，然後萬物資之以始，非因萬物資始，然後得元之名也。

二

「仁者心之用，心者仁之體。」此語大有病，程子已嘗辟之矣。其下文乃有穀種之説，正是發明辟此之意。今引穀種爲言，而其立論乃如此，非惟不解程子所辟之意，切恐并穀種之意而不明也。

三

熹所謂「仁者，天地生物之心，而人物之所得以爲心」，此言雖出於一時之臆見，然竊自謂正發明得天人無間斷處稍似精密，若看得破，則見仁字與心字渾然一體之中，自有分别，毫厘有辨之際，却不破碎，恐非如來教所疑也。

四

性情一物，其所以分，只爲未發已發之不同耳。若不以未發已發分之，則何者爲性，何者爲情耶？仁無不統，故惻隱無不通，此正是體用不相離之妙。若仁無不統，而惻隱有不通，則體大用小，體圓用扁矣。觀謝子爲程子折難，直得面赤汗下，是乃所謂羞惡之心者，而程子指之曰「只此便是惻隱之心」，則可見矣。孟子此章之首，但言不忍之心，因引孺子入井之事以驗之，而其後即云「由是觀之，無惻隱羞惡辭讓是非之心，則非人也」，亦可見矣。

五

知覺言仁，程子已明言其非（見二十卷）。蓋以知覺言仁，只説得仁之用，而猶有所未盡；不若愛字，却説得仁之用處平正周徧也。（宋槧晦庵先生文集後集卷十一。）

按：朱文公文集卷五十七答陳安卿書三詳載陳淳（安卿）與王遇（子合，一字子正）討論元亨利貞、天地之心、心之體用等，正與此文諸説所論相同。陳淳之初見朱熹在紹熙元年，而其往見王遇相聚論學則在紹熙二年，朱熹答陳安卿書四有云：「知在王丞處甚善，且得朝夕講學，有商量也。昨所寄諸説，久已批報，但無便可寄，今并附還。」所謂「昨所寄諸説」，即指答陳安卿書三中陳淳之説及此王子合言仁諸説。

答王子合問詩諸説 紹熙二年

一

公羊分陜之説可疑。蓋陜東地廣，陜西只是關中雍州之地耳，恐不應分得如此不均。周公在外，而其詩爲王者之風；召公在内，而其詩爲諸侯之風，似皆有礙。陳少南以其有礙，遂創爲分岐東西之説，不惟穿鑿無據，而召公所分之地愈見促狹，蓋僅得今隴西、天水數郡之地耳。恐亦無此理。二南篇義，但當以程子之説爲正。

二

邶、鄘、衛之詩，未詳其説。然非詩之本義，不足深究，歐公此論得之。

三

「罪人斯得」，前書已具報矣，不知看得如何？此等處，須着個極廣大無物我底心胸看方得，若有一毫私吝自愛惜避嫌疑之心，即與聖人做處天地懸隔矣。萬一成王終不悟，周公更待罪幾年，不知如何收殺？胡氏家録有一段論此，極有意思，深思之如何？

四

「倬彼雲漢」，則「爲章於天」矣。「周王壽考」，則「何不作人」乎？（遐之爲言，何也）此等語言自有個血脈流通處，但涵泳久之，自然見得條暢浹洽，不必多引外來道理言語，却壅滯却詩人活底意思也。周王既是壽考，豈不作成人材，此事已自分明，更著個「倬彼雲漢，爲章於天」，唤起來便愈見活潑潑地。此六義所謂興也。興乃興起之義，凡言興者，皆當以此例觀之，易以言不盡意，而立象以盡意，蓋亦如此。（宋槧晦庵先生文集後集卷十一。）

按：此亦即朱熹答陳安卿書四「昨所寄諸説，久已批報」之一。

答鄭子上書 紹熙二年

……此間難得人講論，每深懷想。……近日朋友少看得如此，深惠鄙懷。……斯道不絶如綫，唯冀勉厲，以副所望。（陳宓復齋先生龍圖陳公文集卷二十一持齋先生鄭公墓誌銘。）

按：該墓誌銘云：「先生諱可學，字子上。……朱先生之守臨漳也，虚子弟之師席，俾先生西鄉而坐。既而歸富沙也，則又虚席以書招之，且致諸子孫慕向不忘之意，至再至三，又不已，爲其所往復之書，有曰……」朱熹歸建陽在紹熙二年四月，此書約作在是年秋間。

與陸子静 紹熙三年

去歲辱惠書慰問，尋即附狀致謝。其後聞千騎西去，相望益遠，無從致問。近辛幼安經由，及得湖南朋友書，乃知政教并流，士民化服，甚慰。某憂苦之餘，疾病益侵，形神俱瘁，非復昔時。歸來建陽，失於計度，作一小屋，期年不成，勞苦百端，欲罷不可。李大來此，備見本末，必能具言也。渠欲爲從戎之計，因走門下。撥冗附此，未暇他及。政遠，切祈爲道自重，以幸學者。彼中頗有好學者否？峽州郭丈著書頗多，悉見之否？其論易數頗詳，不知尊意以爲如何也。近著幸示一二，有委併及。（陸象山年譜。）

按：是書作於紹熙三年四月十九日。

與程允夫書 紹熙三年

叔重録廣叔墓表來，細讀之益有味，近年絶少得此文矣。（尊德性齋集卷三董府君墓表。）

按：程洵爲董銖叔重祖父董陵廣叔作墓表，朱文公文集卷五十一答董叔重書十云：「允夫所作令祖墓表尤佳，近歲難得此文也。」即指此董府君墓表。朱熹此答董叔重書言及爲董銖父董琦順之作墓誌銘事，此墓銘載朱文公文集卷九十三，作於紹熙三年，可知朱熹此與程允夫書亦作在該年。

與潘文叔明府書 紹熙四年

辛幼安過此，極談佳政……端叔嫂後來已安樂未也？（柳待制文集卷十八跋家中所藏文公帖。）

按：柳待制文集原云：「考之文公集中及門之士字文叔者五人，帖既不著氏名，亦莫之能定矣。……集中五人，獨潘文叔有兄弟曰端叔、恭叔，此或潘文叔未可知也。帖中亦及斯遠、叔謹……」據朱文公文集卷八十九旌忠愍節廟碑云：「始俟（王自中）既屬役於玉山令芮立言、永豐令潘友文。」此廟碑作於紹熙四年五月，知其時潘文叔任永豐令。又福建安撫使辛棄疾於紹熙三年末召赴行在，曾經建陽與朱熹一晤，稼軒詞集有水調歌頭題云：「壬子三山被召。」又西江月題云：「正月四日和建安陳安行舍人，時被召。」知辛朱相見在紹熙四年正月。陳亮龍川集卷十六有信州永豐縣社壇記云：「吾友潘友文文叔始作永豐也……稼軒辛幼安以爲文叔愛其民如古循吏，而諸公猶詰其驗，幼安以爲『役法之弊，民不肯入役，至破家而不顧，永豐之民往往乞及今令在時就役，是孰使之然哉？』」

貽朝士書 紹熙四年

林和叔初不識之，但聞其入臺，無一事不中的，去國一節，風誼凛然，當於古人中求之。（攻媿集卷九十八林大中神道碑，南宋書卷四十一，金華先民傳卷三，金華徵獻略卷八。）

按：宋史卷三百九十三林大中傳云：「初，占星者謂朱熹曰：『某星示變，正人當之，其在林和叔耶？』至是，熹貽書朝士曰：『聞林和叔入臺，無一事不中的，去國一節，風義凛然，當於古人中求之。』給事中尤袤、中書舍人樓鑰上疏……」據樓鑰林大中神道碑，林大中去國在紹熙四年，「朝士」者，疑即樓鑰自謂。

與朝士大夫書 紹熙四年

世間猶大，自有人在，鼠子輩未可跳梁也。（陳亮集卷十九與林和叔侍郎。）

按：陳亮與林和叔侍郎云：「朱元晦，人中之龍也，屢書與朝士大夫歎服高誼不容已，亦深歎二屬能相上下其論爲不易得，且曰……其降歎如此，舉天下無不在下風矣。」此與林和叔侍郎作於紹熙四年秋，「朝士大夫」者，疑亦樓鑰。

致教授學士 紹熙五年

正月卅日，熹頓首再拜教授學士契兄：稍不奉問，向往良深。比日春和，恭惟講畫多餘，尊履萬福。熹衰晚多難，去臘忽有季婦之戚，悲不可堪。長沙新命，力不能堪，懇免未俞，比已再上，計必得之也。得黄婿書，聞學中規繩整治，深慰鄙懷。若更有以開導勸勉之，使知窮理修身之學，庶不枉費鈐鍵也。向者經由，坐間陳才卿覿者登第而歸，近方相訪，云頃承語及吴察制夫婦葬事，慨然興念，欲有以助其役，此義事也。今欲便於區處，專人奉扣，不審盛意如何？幸即報之也。因其便行，草草布此。薄冗，不暇他及。正遠，唯冀以時自愛，前需異擢。上狀不宣。熹頓首再拜。（石渠寶笈三編養心殿藏，故宫歷代法書全集十二宋册三，故宫書畫録卷三，西清札記卷一。）

按：朱文公文集别集卷一答劉德修書四亦云：「近日復有季婦之戚，長沙除目，未之敢承。」「長沙新命」指紹熙五年除知潭州、荆湖南路安撫使。所與「教授學士」未明言何人，按「黄婿」指黄榦，家居福州閩縣，常往返於福州州學，故帖中云「學中規繩整治」，當指福州州學，而「教授學士」則爲福州州學教授常濬孫。朱文公文集卷八十福州州學經史閣記云：「紹熙四年，今教授臨邛常君濬孫始至……又爲之飭厨饌，葺齋館，以寧其居，然後謹其出入之防，嚴其課試之法，朝夕其間，訓誘不倦，於是學者競勸……又爲之益置書史，合舊爲若干卷，度故御書閣之後，更爲重屋以藏之，而以書來請記其事。」此即帖中所云「學中規繩整治」。朱文公文集續集卷一答黄直卿十三云：「彼中（按：指福州州學）且如來喻，亦善。世道如此……常教（濬孫）整頓學校，亦甚不易。」與此帖所謂「得黄婿書」云云相合。蓋常濬孫整頓州學，多招致朱熹弟子如黄榦、林用中等（均福建長樂人），朱文公文集卷六十二有答常鄭卿（按：常濬孫字鄭卿）云：「聞學中諸事漸有條理，尤以爲喜……須多得好朋友在其間表率勸導……今得林擇之（用中）復來，則可因之以招致其餘矣。」

與汪會之書 紹熙五年

八月七日熹頓首啟：比兩承書，冗未即報。比日秋深，凉燠未定，緬惟宣布之餘，起處佳福。熹到官三月，疾病半之。重以國家喪紀慶霈相尋而至，憂喜交并，匆匆度日，殊無休暇。兹又忽叨收召，衰病如此，豈堪世用。然聞得是親批出，不知誰以誤聽也。在官禮不敢詞，已一面起發，亦已伸之祠禄，前路未報，即思歸建陽俟命。昨日解印出城，且脱目前疲冗，而後日之慮無涯，無由面言。但恨垂老入此鬧籃，未知作何合殺耳。本路事合理會者極多，頗已略見頭緒，而未及下手。至如長沙一郡，事之合經理者尤多，皆竊有志而未及究也。來諭曲折，雖有已施行者，但今既去，誰復禀承？如寨官之屬，若且在此，便當爲申明省并，而補其要害不可闕處之兵乃爲久遠之計。未知今日與後來之人能復任此職否耳。學官之事可駭，惜不早聞，當與一按。只如李守之無狀，亦可惡也。劉法建人，舊亦識之，乃能有守，亦可嘉也。李必達者，知其不然，前日奉諉，乃以遠困之耳。得不追證，甚喜。已復再送郴州，令不得憑其虚詞，輒有追擾。州郡若喻此意，且羈留之，亦一事也。初聽其詞固無根，而察其夫婦之色，亦無悲戚之意，尋觀獄詞，决知其妄也。賢表才力有餘，語意明决，治一小郡，固無足爲，諸司亦已略相知。但恨熹便去此，不得俟政成而預薦者之列耳。目痛殊甚，草草附此奉報，不能盡所懷。惟冀以時自愛，前迓休渥。閤中宜人及諸郎各安佳，二子及長婦、諸女、諸孫一一拜問起居。朱桂州至此，欲遣人候之，未及而去，因書幸爲道意。有永福令吕大信者，居仁舍人之親姪，謹愿有守，幸其督之也。熹再拜啟會之知郡朝議賢表。（石渠寶笈三編延春閣藏，故宫歷代法書全集十宋册四。）

按：絜齋集卷十八有侍御史贈議大夫汪公墓誌銘，所銘者汪義和，字謙之，即此汪會之（蓋一名二字）。張之翰西巖集卷十八題汪景良所藏朱文公帖云：「曩歲過考亭，訪文公遺墨於諸孫……頃會越帥汪恕齋孫景良，出此巨軸，皆與景良高祖提刑、曾祖侍御往復之書。」此與汪會之書應即汪景良所藏巨軸之一。

與汪會之書 紹熙五年

八月十五日熹頓首上啟：大桂驛中草草奉問，想已達矣。行次宜春，乃承專介惠書，獲聞比日秋暑，政成有相，起處多福，爲慰。熹衰晚亡堪，辛苦三月，已不勝郡事，告歸未獲，而忽叨此，雖荷朝廷記憶之深，然疏闊腐儒，亦何補於時論之萬分哉？已上免牘，前至臨川，恭聽處分，即自彼東還建陽耳。辰傛復爾，應是小小讎殺，不知今復如何。昨來所以不免再喚蒲來矢輩赴司羈縻之，政以争競有端，不可不預防之。新帥素不快此事，不知其來復以爲何如耳。得其平心待之，不至紛更，亦幸事也。人還，草草附報，不它及。閤中宜人、諸郎、娘一一佳勝，兒女輩附問。益遠，惟善自愛，以須召用爲祝，不宣。熹再拜上啟會之知郡朝議賢表。（石渠寶笈續編第五十七壽寧宫藏宋賢遺翰。）

按：此亦汪景良所藏巨軸之一。

與趙子直 紹熙五年

分界限，立紀綱，防微杜漸，謹不可忽。（慶元黨禁，洪嘉植朱熹年譜，宋忠定趙周王别録卷一。）

按：洪嘉植朱熹年譜云：「韓侂胄益得志。時丞相（趙汝愚）方收召四方之士，聚於本朝……先生（朱熹）既屢言於上，又數以手書遣生徒密白丞相云云。丞相方謂其易制，所倚以腹心謀事之人，又皆持禄苟安，無復遠慮。」朱文公文集卷二十九有答黄仁卿云：「趙公（汝愚）相見，有何語？當時大事不得不用此輩，事定之後，便須與分界限，立紀綱……去冬亦嘗告之，而不以爲然，乃謂韓是好人，不愛官職……」所謂「去冬亦嘗告之」，即此書。

與趙子直 紹熙五年

侂胄怨望殊甚，宜以厚賞其勞，處以大藩，出之於外，勿使預政，以防後患。（齊東野語卷三紹熙内禪。）

按：四朝聞見録丁集慶元黨云：「時忠定（趙汝愚）方議召知名之士，海内引領，以觀新政，而事已多出於韓氏。文公既言於上，又數以手書遺其徒白忠定，欲『處韓以節鉞，賜第於北闕之外，以謝其勞，漸以禮疏之』。忠定不能用。」鶴林玉露甲編卷三慶元侍講則作：「且以書白趙丞相，云：『當以厚賞酬其勞，勿使干預朝政。』侂胄於是謀逐公。」

與滕承務二書 慶元元年

書一

六月五日熹頓首：奉告，審聞□況，爲慰。訊後庚暑，侍履當益佳。廟額聞已得之，足見朝廷表勸忠義之意。記文久已奉諾，豈敢食言，然以病冗因循，遂成稽緩。今又大病累月幾死，近日方有向安意。若以先正之靈，未即瞑目，少寬數月，當爲草定，㤅父歸日，必可寄呈矣。匆匆布復，餘惟自愛。令祖母太夫人康寧，眷集一一佳慶。不宣。熹再拜滕君承務。

（三希堂法帖第十七册，故宫歷代法書全集十三宋册四，藴真堂石刻卷三。）

按：恭、滕原缺，據朱熹義靈廟碑及辛丑消夏記卷一再與滕承務書補。

書二

八月廿二日熹頓首：昨者人還，附字計必達矣。即日秋凉，遠懷侍奉吉慶。廟記近方草定，已寫本寄周守及葉致政矣，幸試取一觀。其他曲折，已與恭父詳言之，幸并與諸丈熟議之也。匆匆附此，不能它及。餘惟以時自愛。令祖母太夫人壽履康安，眷集一一佳慶。不宣。熹再拜滕君承務。（辛丑消夏記卷一。）

按：恭原作慕，據朱熹義靈廟碑改。「滕君承務」即滕仲宜，亦見義靈廟碑。

與程允夫 慶元元年

欲令老僧升座普説，使聽者通身汗出，快哉，快哉……（誠齋集卷六十八答朱晦庵書。）

按：「老僧」指楊萬里，乃朱熹欲萬里出山入朝，感悟寧宗。楊萬里答朱晦庵書云：「令親程糾（允夫）袖出契丈六月二十一日手書，讀之，若督過其一不力疾一出山者，乃悟夢中事。程糾又出契丈與渠書，有『欲令老僧……』之語。」朱文公文集别集卷一答向伯元書四云：「楊丈（萬里）書已領，不知其已趨召否？今日之事，凡曾在趙子直處吃一呷湯水者，都開口不得。只有此老尚可極言，以冀主之一悟。不知其有意否，已作書力勸之。」所謂「作書力勸之」，即六月二十一日手書。

與程允夫 慶元元年

今日方見吾弟行止分明。……滕珙兄弟謂與吾弟爲中表，因其有志，宜善誘之。鄉里少知此學，得從學者衆，漸以成風，亦非細事。（汪幼鳳程知録洵本傳。）

按：道命録云：「婺源程洵允夫，晦庵先生内弟，就學於晦庵。再調廬陵録參，與新使君不協。臺章有『吉州知録程洵亦是僞學之流』等語，洵與晦庵書曰：『某濫得美名，恐爲師門之辱。』晦庵答曰：『今日方見吾弟行止分明。』然黨籍中不見其名。」黨籍未入程洵之名，蓋黨籍列在慶元三年，而程洵慶元二年九月八日已卒，見程曈程克庵傳。

與程允夫 慶元元年

七月六日熹頓首：前一日再附問，想無不達。使至承書，喜聞比日所履佳勝，小一嫂、千一哥以次俱安。老拙衰病，幸未即死，但脾胃終是怯弱，飲食小失節，便覺不快。兼作脾泄撓人，目疾則尤害事，更看文字不得也。吾弟雖亦有此疾，然來書尚能作小字，則亦未及此之什一也。千一哥且喜向安，若更要藥，可見報，當附去。吕集卷帙甚多，曾道夫寄來者，尚未得看，續當寄去。不知子澄家上下百卷者是何本也？子約想時相見。曾無疑書已到未？如未到，别寫去也。葉尉便中復附此，草草。餘惟自愛之祝。不宣。熹頓首允夫糾掾賢弟。

（石渠寶笈續編第十七養心殿藏，宋朱熹書翰文稿。）

與吕子約 慶元元年

熹以官則高於子約，以上之顧遇恩禮則深於子約，然坐視群小之爲，不能一言以報效，乃令子約獨舒憤懣，觸群小而蹈禍機，其愧歎深矣。（宋史卷四百五十五吕祖儉傳，金華縣志卷八，金華先民傳卷二，金華徵獻略卷二。）

按：金華縣志卷八云：「吕祖儉……慶元元年，除太府丞，忤侂胄，安置韶州，改送吉州，量移高安……朱熹與書曰云云。祖儉報書曰：『在行朝聞時事，如在水火中，不可一朝居。使居鄉閭，理亂不知，又何以多言爲哉！』」

與汪時法書 慶元元年

七月十六日熹頓首啟：去冬遠承訪及，得以少款，爲慰爲感。别後不能一奉問，但聞裂裳裹足，遠送遷客，爲數千里之行，意氣偉然，不勝歎服。未及致意，忽辱手示，獲聞比日動履殊勝，尤以爲喜。子約此行，無愧人臣之義，而學者得粗知廉耻。如熹等輩，有愧於彼多矣。聞廬陵寓舍有園亭江山之勝，又得賢者俱行，相與講貫，亦足以忘其遷謫之懷也。便中寓此，病倦草略，餘惟自愛。不宣。（敬鄉録卷七。）

按：朱文公文集别集卷四有此書，但非完篇，故仍輯録於此。吴禮部集卷十七跋汪元思固窮集及所録朱吕二先生詩帖云：「大愚吕忠公謫廬陵，獨善汪公裂裳裹足送之。……葉君審言家藏元思固窮集（元思，獨善之孫），因録朱吕所與獨善詩帖、約叟高安行程歷中哭大愚詩，并何、王諸公稱贊之語，萃爲一帙。」可見朱熹此帖乃吴師道録自汪元思固窮集，而實出汪氏家藏真跡。

與楊通老 慶元二年

死生禍福，久矣置之度外，不煩遠慮……（慶元黨禁。）

按：慶元黨禁云：「先是熹乞追還職名及改正過待制恩數，繼又乞致仕，朝廷不許。臺諫洶洶，争欲以熹爲奇貨。門人楊楫（通老）聞鄉曲射利者，多撰造事跡以投合言者，亟以書告熹。熹報曰云云。」洪嘉植朱熹年譜載是書作：「死生禍福，久已置之度外，不煩過慮久之。」而以爲致楊道夫，蓋不以楊通老爲朱熹門人，乃非。黄榦記楊恭老敦義堂云：「吾與通老從游於夫子之門二十年矣。」可證楊楫實爲朱熹弟子。

與某人帖 慶元三年

……生涯，未得究竟，竊恐遂爲千載之憾耳。往來傳聞神觀精明，筋力强健，登山臨水，飲酒賦詩，皆不減於其舊，不勝歎羡。計於譙、姚諸君必有不待目擊而道存者，亦可分減布施，起此溝中之盲乎？因鄰家陳君之行，勒此問訊。氣痞目昏，不能久伏案多作字，臨風不勝依依。唯冀以時益加毖護，以永壽祺，千萬至懇。右謹具呈。十月廿日，朝奉大夫朱熹劄子。溝中之盲。（壯陶閣帖。）

與某人書 慶元三年

十一月七日熹頓首：前日符舜功行，嘗附書，不審已達否？□至辱書，欣審比日冬寒，所履佳勝。尊丈書信已領，今有報章并藥物，却煩附去。所喻書目，極荷留意。其大者皆有之，但一二碎小者，或所未見。今具別紙，幸爲與史君求之，宛轉附來，幸甚。前書所煩借人送孫醫，不知如何？渠若不在彼，即不須啟口，此已自使人往建昌問之矣。若在臨川，即不免別作陳史君去也。衰病寒來愈甚，氣滿胸腹，不可屈伸。數日又加痰嗽，尤覺費力。便還，口占布此，餘凡情愛。（下缺十餘字）想且家居。時論反覆，未有定止，奈何，奈何！惠及黄雀，良感至意。窮居索然，無以爲報，幸勿訝也。不宣。熹頓首。（壯陶閣書畫録卷四。）

按：此劄與何人不明，以劄中言及建昌、臨川及符舜功爲建昌人等，顯與一江西士人，則應爲誠齋楊萬里長子楊長孺伯子，「尊丈」者，即楊萬里也。誠齋集卷三十六退休集有寄朱元晦長句以牛尾狸黄雀冬貓筍伴書：「大武尾裔名季狸，目如點漆膚凝脂。江夏無雙字子羽，九月授衣先着絮。何如苗國孤竹君，排霜傲雪高拂雲。子孫總角遁歸根，金相玉質芝蘭芬。三士脂韋與風節，借箸酒池俱勝絶。先生胸次有皂白，一醉不須向人説。」詩所言贈，即朱熹此帖所云「惠及黄雀，良感至意」者，蓋贈朱熹黄雀，唯見誠齋此詩。又帖中言借書事，乃因慶元三年朱熹纂修禮書，頗感書缺，曾於是年遣其婿黄榦特携書往廬陵見楊誠齋父子，托楊長孺借書，詳見朱文公文集卷五十四答應仁仲書四及誠齋集卷一百零四答朱侍講。

與陳景思 慶元三年

其然其然！韓丈於我本無怨惡，我於韓乂亦何嫌猜乎！（水心文集卷十八陳思誠墓誌銘。）

按：陳思誠墓誌銘云：「朱公之在建安，接犢續簡無曠時……攻僞既日峻，士重足不自保，浮薄者以時論相恐喝，思誠每爲所親正説不忌。與朱公書，具言其無他，公答曰云云。所親見之，意大折。道學不遂廢，思誠力爲多。」

與黄直卿 慶元三年

五夫不可居，不如只此相聚。爲謀一屋不就，别討屋基了，相去又十數步。若作小屋三間，儘可居也。（勉齋先生黄文肅公文集附黄榦年譜。）

按：朱文公文集續集答黄直卿書八十五云：「見謀於屋後園中作精舍……作此之後，并爲直卿作小屋，亦不難矣。」與此劄意同。

與楊庭秀二書 慶元四年

書一

苦於所居窮僻，無書可借，無人可問，疑義無與析。……（誠齋集卷一百零五答朱侍講書二。）

按：楊萬里答朱侍講原云：「契丈再歸五夫，遂無車馬喧。此某之所賀，而來教乃謂……信矣，逃虚耐静之難如此哉！」

書二

蒙以示易傳之秘……（誠齋集卷六十七答袁機仲寄易解書。）

按：答袁機仲寄易解書自稱誠齋易傳乃「自戊申發功，至己未畢務。……嘗出家人一卦於元晦矣，元晦一無所可否也，但云『蒙示易傳之秘』六字焉」。誠齋集卷一百零五答朱侍講書二云：「下問論著，脱稿者幾千萬言，曩者稚騃不曉事，作此狡獪。」即指誠齋易傳。

與度周卿 慶元四年

十月十六日熹頓首：去歲□何幸辱遠訪，得遂少款爲慰慰。次客舍□别忽忽，期年又兩三閲月矣。不審何日得遂舊隱，官期尚幾何時？比來爲況何如？讀書探道，亦頗有新功否邪？歲月易得，家理難明，但於日用之間，隨時隨處提撕此心，勿令放逸，而於其中隨事視理，講求思索，沈潛反覆，庶於聖賢之教漸有默相契處，則自然易得。天道性命，真不外乎此身，而吾之所謂學者，舍是無有别用力處矣。相望數千里，奚由再會一日？因書信筆，不覺縷縷，切勿爲外人道也。此書附建昌包生去，渠云自曾相識，且欲求一致公書，不知果有□否？刻舟求劍，似亦可笑，然亦可試爲物色也。所欲言者，非書可盡，燈下目昏，萬萬不宣。熹再拜周卿教授學士賢友。

□溪大字後事處曾訪同得否？去歲回建陽後方得□此。所惠書并書稿、策問、所需□□，又何敢復告邪？熹。（八瓊室金石補正卷一百十二。）

按：朱文公文集卷六十有答度周卿一書，僅自「比來爲況如何」至「切勿爲外人道也」，遠非完篇，故仍輯録於此。

與徐允叔 慶元四年

高安之政，義風凛然。……（宋史卷三百九十五徐應龍傳。）

按：徐應龍傳云：「（徐應龍）知瑞州高安縣，吕祖儉言事忤韓侂胄，謫死高安。應龍爲之經紀其喪，且爲文誄之。有勸之避禍者，應龍曰：『吕君吾所敬，雖緣此獲譴，亦所願也。』朱熹貽書應龍曰……」吕祖儉卒於慶元四年六、七月間，宋史本傳及畢沅續資治通鑑均以吕卒於慶元二年，乃誤。

與廬陵後生 慶元四年

便中承書，知比日侍奉安佳。吾子讀書，比復如何？只是專一勤苦，無不成就。第一更切檢束操守，不可放逸。親近師友，莫與不勝己者往來，熏染習熟，壞了人也。景陽想已赴省，季章當只在家，凡百必能盡心苦口，切須承禀，不可有違。諺云：「成人不自在，自在不成人。」此言雖淺，然實切至之論，千萬勉之。大學説漫納，試讀之，不曉處可問季章也。未即相見，千萬爲門户自愛。（鶴林玉露卷九，朱培朱子大全集補遺卷七。）

按：此帖不知與何人，朱培據羅大經云「此簡蓋與其親戚卑行也」，題作與親戚，乃非。以此簡爲廬陵士友所藏，劉季章爲吉州廬陵人，而帖云「季章當只在家，凡百必能盡心苦口，切須承禀，不可有違」。欲其「不曉處可問季章」，則此帖所與之人必是廬陵一後生小輩。考朱熹文集中，爲朱熹所賞識獎掖，并令其師事劉季章之廬陵後生，唯有一王峴晉輔，此帖應是與王峴。朱文公文集卷八十四有跋王行臣行實云：「慶元紀號之初，余友呂子約謫居廬陵……以書來稱王君之子峴，爲方有意於學，謂余當有以告語之者。峴亦以書來贄甚勤。余讀之，信子約之言不誣也。」蓋其時劉季章因省闈不利歸居廬陵，許景陽亦由崇安移家廬陵。朱熹於廬陵士子中獨重劉季章，故廬陵後生秀特如王峴者，乃托劉季章開發誘掖。朱文公文集卷五十三答劉季章書七：「曾再到晉輔處否？後生知所趨向，亦不易得。且勉與成就之，令靠里著實做工夫爲佳。」書十一：「晉輔亦開敏有志趣，不易得。但涉學尚淺，志氣輕率，須痛與切磨爲佳耳。」又卷二十九答劉季章：「知在晉輔處甚善，可更勉其收拾身心，向裏用力，不須向外，枉費心神。」卷六十二答王晉輔書四：「更願反躬自省……而取凡聖賢之言若大學、若論孟、若中庸者，朝夕讀之，精思力行……」皆與帖所云相合。此帖所云「大學説」，乃指大學章句，朱熹慶元四年修定刻板後嘗寄劉季章、王峴，朱文公文集卷五十三答劉季章書十一：「晉輔……須痛與切磨爲佳耳……大學近修改一兩處，旦夕須就板，改定斷手，即奉寄也。」書十八：「大學定本修换未畢，俟得之，即寄去。王晉輔好且勸它莫管他人是非長短得失，且理會教自家道理分明，是爲急務。」卷六十二答王晉輔書三：「大學已領……只看其間有大同小異處，子細咨問季章。」是帖即作在其時。

答劉德修書一

二月十一日，熹頓首再拜上記，德修宫使直閣左史舍人老兄：頃因閬中人還，拜狀，不知已達未也？不聞動静又許久，鄉往德義，未嘗去心。比已春和，恭惟燕居超勝，台候萬福。熹自去冬得氣痛足弱之疾，涉春以來，益以筋攣，不能轉動，懸車年及，不敢自草奏；又嬾作群公書，祇從州府申乞騰上，乃無人肯爲作保官者。近方得黄仲本投名入社，亦未知州郡意如何？萬一未遂，即不免徑自申省矣。機穽冥茫，不容顧避，姑亦聽之而已。去歲數月之間，朋舊凋落，類足關於時運氣脈之盛衰，下至布衣之士，亦不能免，令人愴恨，無復生意。然此豈人力之所能爲也哉！偶劉主簿還蜀，附此草草。邈無會面之期，唯冀以時自愛，爲吾道倚重，千萬至懇。不宣。熹頓首再拜上記。（中國書法全集第四十卷，臺北故宫博物院藏。水東日記卷三十二晦庵真蹟。）

按：是劄致劉光祖德修，作於慶元五年。朱文公文集別集卷一有是劄，然不全。

答劉德修書二

熹僭易拜問台眷，中外各惟佳慶。賢郎學士昆仲侍學有休，此間有委，勿外。熹再拜上問。

（中國書法全集第四十卷，臺北故宫博物院藏）

按：是劄與前劄合爲一卷，應爲致同一人。

與侄六十郎帖 慶元五年

書呈朱六十秀才，叔朝奉大夫致仕熹實封。

八月廿日書報六十郎賢侄：叔重人來，得書，知比日爲况安佳，足以爲慰。又聞有析居之擾，想見諸事不易。此既納禄，又有嫁遣之累，窘不可言。想吾侄既無館地，亦是此模樣。無可奈何，只得忍耐耳。墓木摧倒，此合與小七郎及四九侄、五四侄諸人商議打併。若本位那得修莊固善，然亦須吾侄同八十侄與衆人説過，此不及一一作書也。叔重人還，附此草草，餘惟自愛。房下諸孫一一安樂，埜必自有書。諸兒女婦孫一一附問。叔熹白。（六藝之一録卷三百九十五，式古堂書畫彙考書考卷十四。）

按：朱熹婺源茶院朱氏世譜蘆村府君三房發公支圖有茶院十世孫六十公朱塤，云：「塤公，字和父，行六十，熹公四子。生一子：小五。」即此六十秀才。

與胡伯量 慶元五年

所訂禮編，恨未之見。此間所編喪禮一門，福州尚未送來。將來若得賢者持彼成書，復來參訂，庶幾詳審不至差互。但恐相去之遠，難遂此期耳。（朱子語類卷八十四。）

按：朱子語類胡泳録云：「泳居喪時，嘗編次喪禮，自始死以至終喪，各立門目。嘗以門目呈先生。臨歸，教以編禮亦不可中輟……後蒙賜書云……『福州』謂黄直卿也。」胡泳慶元四年來謁朱熹，當年即歸，是帖作在慶元五年。

與黄仁卿書 慶元六年

直卿到此，葺治園屋方粗成次第，而彼中諸生復來迎致。此間殊恨失助，然又不可爽彼之約。今便登舟，極令人作惡也。（勉齋先生黄文肅公文集附黄榦年譜。）

與廖子晦 慶元六年

大學又修得一番，簡易平實，次第可以絶筆……（呂子抄釋卷一。）

按：呂子抄釋云：「先生捐館前一月，以書遺廖子晦曰……」呂枏抄釋原出楊與立朱子語略。

與黄商伯 慶元六年

伯量依舊在門館否？禮書近得黄直卿與長樂一朋友在此，方得下手整頓。但疾病昏倦時多，又爲人事書尺妨廢，不能得就緒。直卿又許了鄉人館，未知如何。若不能留，尤覺失助。甚恨鄉時不曾留得伯量相與協力。若渠今年不作書會，則煩爲道意，得其一來，爲數月留，千萬幸也。（朱子語類卷八十四。）

按：朱子語類胡泳録云：「慶元庚申二月既望，先生有書與黄寺丞商伯書……作書時去易簀只二十有二日。」

與輔漢卿 慶元中

得趙昌父書，以「致政大夫」見呼，此甚真實，而又雅馴。可爲報同社諸人，今後請依此例也。（游宦紀聞卷八。）

與趙訥齋論綱目八書 慶元中

書一 慶元五年

綱目看得如何？得爲整頓，續成一書，亦佳事也。

書二 慶元五年

綱目能爲整頓否？得留念幸甚。

書三 慶元五年

通鑑綱目以眼疾不能細看，但觀數處，已頗詳盡。東平王蒼罷歸藩連下文幸鄴事，元本漏，已依所示者補之矣。此書無他法，但其綱欲謹嚴而無脱落，目欲詳備而不煩冗耳。

書四 慶元五年

綱目想閑中整頓得儘可觀，恨相去遠，不得相聚討論也。

書五 慶元五年

通鑑綱目次第如何？有便幸逐旋寄來。

書六 慶元五年

所補綱目，幸早示及。他卷不知提要曾爲一一看過否？若閑中能爲整頓得一番，亦幸事也。巡幸還宫，當如所諭。但其間有事者，自當隨事筆削，不可拘一例耳。後漢單于繼立不書，本以匈奴已衰，不足詳載，如封王侯、拜三公、行赦宥之類耳。更告詳之，却於例中略見其意也。

書七　慶元六年

閑中了得綱目，亦是一事，不知已至甚處？自古治日少，亂日多，史書不好看，損人神氣。但又要知，不奈何耳。某今此大病幾死，幸而復蘇。未病時補得稽古録三四卷，今亦未敢接續整理。更欲續大事記熙寧以後，亦覺難措手也。此恐他日并累賢者，用功亦不多也。

書八　慶元六年

所補綱目今附還，亦竟未及細看，不知此書更合如何整頓。恐須更以本書目録及稽古録、皇極經世、編年通載等書參定其綱，先令大事都無遺漏，然後逐事考究首尾，以修其目。其有一時講論治道之言，無綱可附者，唯唐太宗紀中最多。雖以事類强而附之，然終未安。不知亦可去其太甚否，而於崩葬處作一總叙，略依次序該載，如何？某衰朽殊甚，次第只了得禮書，已無餘力。此事全賴幾道爲結裹了却，亦是一事也。又如稽古録中書亂亡事時或不著其用事人姓名，無以示懲而作戒。此亦一大眼目，不可不明著其人與其交黨之尤用力者，使其遺臭無窮，爲萬世之明鑒也。（資治通鑑綱目卷首，宋元學案補遺卷六十九。）

按：是論修通鑑綱目八書，大致作於慶元五年至六年間。蓋綱目草稿本由朱熹與蔡元定諸人共成，晚年整理修定亦自非蔡元定莫屬；然蔡氏於慶元三年編管道州而去，次年即卒，故朱熹乃以綱目修定屬之訥齋趙師淵幾道。按第八書云「次第只了得禮書」，朱熹始修禮書（後定名儀禮經傳通解）在慶元二年，至六年卒前已大致完成，故蔡沈夢奠記云：「作黄直卿榦書，令收禮書底本，補葺成之。」又第七書云「某今此大病幾死，幸而復蘇」，朱熹慶元五年冬間嘗一病甚重，即朱文公文集卷六十四答鞏仲至書十七云「長至前後因感冒伏枕，幾不能起」。至六年初始平復，三月遂病復發而卒。又是八書反覆言「補得稽古録三四卷」，「更以稽古録參定其綱」，是此次修定綱目有取於稽古録甚多，所謂「未病時」，即指慶元五年冬間生病前修補綱目。蔡沈夢奠記云：「三月初三日戊午，先生在樓下改書傳兩章，又貼修稽古録一段。」可見至卒前朱熹猶修定綱目不輟，與此第八書相合。

與彭鳳儀

陳公甫出處自有深意，閣下列薦於朝，實好賢之篤也。然吏起而任事，得無加魏桓之言乎？志有不行，得無作閔仲叔恨乎？天下之寶，當爲天下惜之，正不必强之出也。（明蕭士珂歷代名賢手劄卷四。）

與某人劄

熹頓首再拜上覆：熹所居深僻，黜陟不聞。近者呂□□來，乃聞已遂奉祠之請，寓居清曠，起處裕如，尉懌不可名喻。伏□長才遠略，效於已試，□□□之食，高明□□□一從吾所好焉可也。時寢□事，當路之君子以進退人物、圖起事功爲職業，豈得恝然無意乎？熹之所深感者，非敢私門下也。追□□來，將在朝夕，願强食自愛，拱而竢之耳。熹頓首再拜上覆。

（徐邦達古書畫過眼要録。）

答或人

心之虚靈，無有限量。如六合之外，思之則至。前乎千百世之已往，後乎千萬世之未來，皆在目前。……人之至靈，千萬里之遠，千百世之上，一纔發念，便到那裏。神妙如此，却不去養他，自旦至暮，只管輾轉於利欲之中，都不知覺。

（游宦紀聞卷九。）

與任伯起二帖

書一

循理而行，自然中節……

書二

平心熟看，自見滋味……（鶴山先生大全集卷六十一跋朱文公所予任伯起樞密柬。）

與某人書

熹僭易再拜上問台眷，伏惟中外均休，賢郎昆仲有佳侍，兒輩附拜問禮。此間有委，幸不外。熹僭易再拜上問。（日本書道全集卷十六。）

卷四 雜著

不自棄文 紹興十五年

夫天下之物，皆物也。而物有一節之可取，且不爲世之所棄，可謂人而不如物乎！蓋頑如石，而有攻玉之用；毒如蝮，而有和藥之需。糞，其污矣，施之發田，則五穀賴之以秀實；灰，既冷矣，俾之洗滌，則衣裳賴之以精潔。食黿之肉，甲可遺也，商人用之以占年；食鵝之肉，毛可棄也，峒民縫之以禦臘。推而舉之，類而推之，則天下無棄物矣。今人而見棄焉特其自棄爾。五行，以性其性；五事，以形其形；五典，以教其教；五經，以學其學。有格致體物，以律其文章；有課式程試，以梯其富貴。達則以是道爲卿、爲相，窮則以是道爲師、爲友。今人見棄，而怨天尤人，豈理也哉！故怨天者不勤，尤人者無志。反求諸己，而自尤自罪，自怨自悔，卓然立其志，鋭然策其功，視天下之物有一節之可取且不爲世之所棄，豈以人而不如物乎！今名卿士大夫之子孫，華其身，甘其食，諛其言，傲其物，遨游燕樂，不知身之所以耀潤者，皆乃祖乃父勤勞刻苦也。飲芳泉而不知其源，飯香黍而不知其由，一旦時異事殊，失其故態，士焉而學之不及，農焉而勞之不堪，工焉而巧之不素，商焉而資之不給。當是時也，窘之以寒暑，艱之以衣食，妻垢其面，子霽其形，雖殘杯冷炙，乞之而不慚，穿衣破履，服之而無恥，黯然而莫振者，皆昔日之所爲有以致之而然也。吾見房杜平生勤苦，僅能立門户，遭不肖子弟蕩覆殆盡，斯可鑑矣。又見河南馬氏倚其富貴，驕奢淫佚，子孫爲之燕樂而已，人間事業百不識一，當時號爲酒囊飯袋。及世變運衰，餓死於溝壑不可數計，此又其大戒也。爲人孫者，當思祖德之勤勞；爲人子者，當念父功之刻苦。孜孜汲汲，以成其事，兢兢業業，以立其志。人皆趨彼，我獨守此；人皆遷之，我獨不移。士其業者，必至於登名；農其業者，必至於積粟；工其業者，必至於作巧；商其業者，必至於盈資。若是，則於身不棄，於人無愧，祖父不失其貽謀，子孫不淪於困辱，永保其身，不亦宜乎！（朱培朱子大全集補遺卷八，朱子文集大全類編補遺。）

按：朱培云此文輯自朱氏家譜。「不自棄」乃本自孟子「自暴自棄」之説，而爲理學家所樂道。吕大臨中庸解有專論不自棄説，朱文公文集卷十四乞進德劄子有云：「臣聞中庸有言：『人一能之，己百之；人十能之，己千之。果能此道，雖愚必明，雖柔必强。』而元祐館職吕大臨爲之説曰：『君子所以學者，爲能變化氣質而已。德勝氣質，則愚者可進於明，柔者可進於强；不能勝之，則雖有志於學，亦愚不能明，柔不能强而已矣。……今以鹵莽滅裂之學，或作或輟，以求變其不美之質，及不能變，則曰：天質不美，非學所能變，是果於自棄，其爲不仁甚矣！』臣少時讀書，偶於此語深有省焉，憤厲感慨，不能自已。自此爲學，方有寸進。」朱子語類卷四亦云：「某年十五六時，讀中庸『人一己百，人十己千』一章，因見吕與叔解得此段痛快，未嘗不悚然警厲奮發。」此不自棄文疑即朱熹十五六歲讀吕大臨不自棄説有感而發。洪嘉植朱熹年譜云：「婺源鄉丈人俞仲猷嘗得先生少年翰墨，以示其友董穎，相與嗟賞。」此文應即朱熹少年翰墨之一。

乞汞帖 紹興二十一年

欲觀造化之理。（吴興金石記卷十二，湖州府志卷四十三。）

按：朱熹嘗於紹興二十一年銓試中等後北游湖州，朱文公文集卷七十一記和靖先生五事云：「熹紹興二十一年五月謁徐丈於湖州。」又朱熹叔朱槔時寓居湖州，卷八十七祭叔父崇仁府君文云：「昔拜叔父於霅之川，既南歸，遂不復見。」亦指紹興二十一年北游湖州。此帖即其游湖州道場時所留。

訓學齋規 隆興中

夫童蒙之學，始于衣服冠履，次及語言步趨，次及灑掃涓潔，次及讀書寫文字，及有雜細事宜，皆所當知。今逐目條列，名曰訓學齋規〔一〕。若其修身治心，事親接物，與夫窮理盡性之要，自有聖賢典訓，昭然可考，當次第曉達，兹不復詳著云。

衣服冠履第一

大抵爲人先要身體端正，自冠巾衣服鞋襪，皆須收拾愛護，常令潔凈整齊。我先人常訓子弟云：男子有三緊，謂頭緊，腰緊，脚緊。頭謂頭巾，未冠者總髻；腰謂以縧或帶束腰；脚謂鞋襪。此三者要緊束，不可寬慢，寬慢則身體放肆，不端嚴，爲人所輕賤矣。

凡着衣服，必先提整襟領，結兩衽紐帶，不可令有闕落。飲食照管，勿令污壞，行路看顧，勿令泥漬。

凡脱衣服，必齊整摺叠箱笥中，勿散亂頓放，則不爲塵埃雜穢所污。仍易于尋取，不致散失。着衣既久，則不免垢膩，須要勤勤洗澣，破綻則補綴之。儘補綴無害，只用完潔。

凡盥面，必以巾帨遮護衣領，捲束兩袖，勿令有所濕。

凡就勞役，必去上籠衣服，只着短便，愛護勿使損污。

凡日中所着衣服，夜卧必更，則不藏蚤蝨，不即敝壞。苟能如此，則不但威儀可法，又可不費衣服。晏子一狐裘三十年，雖意在以儉化俗，亦其愛惜有道也。此最飭身之要，毋忽！

語言步趨第二

凡爲人子弟，須要常低聲下氣，語言詳緩，不可高言喧鬨，浮言戲笑。父兄長上有所教督，但當低首聽受，不可妄自議論。長上檢責或有過誤，不可便自分解，姑且隱嘿，久却徐徐細意條陳，云「此事恐是如此，向者當是偶爾遺忘」。或曰「當是偶爾思省未至」。若爾，則無傷忤，事理自明。至于朋友分上，亦當如此。

凡聞人所爲不善，下至婢僕違過，宜且包藏，不應便爾聲言。當相告語，使其知改。

凡行步趨蹌，須是端正，不可疾走跳躑。若父母長上有所唤召，却當疾走而前，不可舒緩。

灑掃涓潔第三

凡爲人子弟，當灑掃居處之地，拂拭几案，常令潔净。文字筆硯凡百器用，皆當嚴肅整齊，頓放有常處。取用既畢，復置原所。父兄長上坐起處，文字紙劄之屬或有散亂，當加意整齊，不可輒自取用。凡借人文字，皆置簿抄録主名，及時取還。窗壁几案文字間不可書字，前輩云：「壞筆污墨，瘝子弟職。書几書研，自黥其面。」此爲最不雅潔，切宜深戒。

讀書寫文字第四

凡讀書，須整頓几案，令潔浄端正。將書册整齊頓放，正身體對書册，詳緩看字子細，分明讀之。須要讀得字字響亮，不可誤一字，不可少一字，不可多一字，不可倒一字，不可牽强暗記，只是要多誦遍數，自然上口，久遠不忘。古人云：「讀書千遍，其義自見。」謂讀得熟，則不待解説，自曉其義也。余嘗謂讀書有三到，謂心到、眼到、口到。心不在此，則眼不看子細；心眼既不專一，却只漫浪誦讀，決不能記，記不能久也。三到之中，心到最急，心既到矣，眼口豈不到乎？

凡書册須要愛護，不可損污縐摺。濟陽江禄書讀未竟，雖有急速，必待掩束整齊然後起，此最爲可法。

凡寫文字，須高執墨錠，端正硯磨，勿使墨汁污手。高執筆，雙鈎端楷書字，不得令手指着毫〔二〕。

凡寫字，未問寫得工拙如何，且要一筆一畫嚴正分明，不可老草。

凡寫文字，須要子細看本，不可差誤。

雜細事宜第五

凡子弟須要早起晏眠。凡喧閧鬭争之處不可近，無益之事不可爲。謂如賭博、籠養、打毬、踢毬、放風禽等事〔三〕。

凡飲食，有則食之，無則不可思索。但粥飯充饑，不可缺。凡向火，勿迫近火傍，不惟舉止不佳，且防焚爇衣服。凡相揖，必折腰。凡對父母、長上、朋友，必稱名。凡稱呼長上，不可以字，必云某丈。如異姓者〔四〕，則云某姓某丈。凡出外及歸，必于長上前作揖，雖暫出亦然。凡飲食于長上之前，必輕嚼緩嚥，不可聞飲食之聲。凡飲食之物，勿争較多少美惡。凡侍長者之側，必正立拱手，有所問則當誠實對，言不可妄。凡開門揭簾，須徐徐輕手，不可令震驚響。凡衆坐，必斂身，勿廣占坐席。凡侍長上出行，必居路之右，住必居左。凡飲酒，不可令至醉。凡如厠，必去上衣，下必浣手。凡夜行，必以燈燭，無燭則止。凡待婢僕，必端嚴，勿得與之嬉笑。執器皿必端嚴，惟恐有失。凡危險，不可近。凡道路遇長（春）〔者〕，必正立拱手，疾趨而揖。凡夜卧，必用枕，勿以寢衣覆首。凡飲食，舉匙必置筯，舉筯必置匙。食已，則置匙筯于案。

雜細事宜品目甚多，姑舉其略，然大概具矣。凡此五篇，若能遵守不違，自不失爲謹願之士。必又能讀聖賢之書，恢大此心，進德修業，入于大賢君子之域，無不可者。汝曹宜勉之。（明朱培朱子大全集補遺卷七。説郛弓七十一，朱子文集大全類編補遺，居家必備卷一，楊園先生全集卷三十五。）

〔一〕訓學齋規，原作童蒙須知，據楊園先生全集改。

〔二〕指：原作「楷」，據楊園先生全集改。

〔三〕此小注原缺，據説郛補。

〔四〕異姓：原作「弟行」，據楊園先生全集改。

按：此文朱子大全集補遺、朱子文集大全類編補遺均題作童蒙須知，云輯自朱氏家譜。最早提及朱熹此文者，爲元程端禮，其程氏家塾讀書分年日程卷一云：「又以朱子童子須知貼壁，於飯後使之記説一段。」此童子須知即訓學齋規（童蒙須知）。

太極圖説解二稿殘文 乾道六年

無極而太極。

〔注〕太極無聲無臭，而造化之樞紐、品彙之根柢繫焉。

〔呂氏質疑〕太極即造化之樞紐，品彙之根柢也，恐多「繫焉」兩字。

太極動而生陽，動極而静；静而生陰，陰極復動。一動一静，互爲其根。

〔注〕所謂一陰一陽之謂道。誠者，聖人之本，物之終始，而命之道也。動而生陽，誠之通也。繼之者善，萬物之所資始也。静而生陰，誠之復也。成之者性，萬物各正其性命。

〔呂氏質疑〕以動而生陽爲繼之者善，静而生陰爲成之者性，恐有分截之病。通書止云「一陰一陽之謂道，繼之者善也，成之者性也。元亨，誠之通。利貞，誠之復」。却自渾全。

分陰分陽，兩儀立焉。陽變陰合，而生水、火、木、金、土。五氣順布，四時行焉。

〔注〕太極，道也；陰陽，器也。

〔呂氏質疑〕此固非世儒精粗之論，然似有形名太過之病。

〔注〕太極立，則陽動陰静而兩儀分。

〔呂氏質疑〕太極無未立之時，「立」之一字，語恐未瑩。五行，一陰陽也；陰陽，一太極也；太極，本無極也。五行之生也，各一其性。

〔注〕然五行之生，隨其氣質，而所稟不同，所謂五行各一其性也。有一其性，則各具一太極，而氣質自爲陰陽剛柔，又自爲五行矣。

〔呂氏質疑〕五行之生，隨其氣質，而所稟不同，所謂各一其性，則各具太極，亦似未安。深詳立言之意，似謂物物無不完具渾全。竊意觀物者，當於完具之中，識統宗會元之意。

無極之真，二五之精，妙合而凝，乾道成男，坤道成女。二氣交感，化生萬物，萬物生生而變化無窮焉。惟人也，得其秀而最靈。形既生矣，神發知矣，五性感動而善惡分，萬事出矣。

〔注〕有無極二五，則妙合而凝。

〔呂氏質疑〕二五之所以爲二五者，即無極也。若「有無極二五」，則似各爲一物。陰陽五行之精，固可以云妙合而凝，至於無極之精，本未嘗離，非可以合言也。

〔注〕妙合云者，性爲之主，而陰陽五行經緯乎其中。

〔呂氏質疑〕陰陽五行非離性而有也，有爲之主者，又有經緯錯綜乎其中者，語意恐未安。

〔注〕男女雖分，然實一太極而已。分而言之，一物各具一太極也。道一而已，隨時著見，故有三才之別，其實一太極也。

〔呂氏質疑〕此一段前後皆粹，中間一段似未安。

〔注〕生生之體則仁也。

〔呂氏質疑〕「體」字似未盡。

聖人定之以中正仁義而主静（無欲故静），立人極焉。

〔注〕静者，性之貞也，萬物之所以各正性命，而天下之大本所以立也，中與仁之謂也。蓋中則無不正，而仁則無不義也。

〔呂氏質疑〕「中則無不正，仁則無不義」，此語甚善，但專指中與仁爲静，似未安。竊詳本文云「聖人定之以中正仁義而主静」，是静者用之源，而中正仁義之主也。

故聖人與天地合其德，日月合其明，四時合其序，鬼神合其吉凶。君子修之吉，小人悖之凶。故曰：立天之道，曰陰與陽；立地之道，曰柔與剛；立人之道，曰仁與義。

〔注〕五行順施，地道之所以立也；中正仁義，人道之所以立也。

〔呂氏質疑〕五行順施，恐不可專以地道言之。立人之道，統而言之，仁義而已；自聖人所以立人極者言之，則曰中正仁義焉，文意自不相襲。

〔注〕◐者，陽動也，○之用所以行也；◑者，陰之静也，○之體所以立也。◐者，◑之根也；◑者，◐之根也。無極二五，理一分殊。

〔呂氏質疑〕理一分殊之語，恐不當用於此。

〔注〕非中則正無所取，非仁則義無以行。

〔呂氏質疑〕未詳。

又曰：原始反終，故知死生之說。大哉易也，斯其至矣！

〔注〕陽也，剛也，仁也，◎也，物之始也；陰也，柔也，義也，◑也，物之終也。太極之妙，陰中有陽，陽中有陰，動靜相涵，仁義不偏，未有截然不相入而各爲一物者也。

〔呂氏質疑〕後章云「太極之妙，陰中有陽，陽中有陰，動靜相涵，仁義不偏，未有截然不相入而各爲一物者也」。此語甚善，似不必以陰陽剛柔仁義相配。（東萊呂太史別集卷十六太極圖義質疑。）

按：朱熹太極圖説解草成於乾道六年，其於是年修改後寄張栻、呂祖謙討論。呂祖謙太極圖義質疑所引，即朱熹太極圖説解二稿之文。呂東萊文集卷三答朱元晦書二云：「太極圖解近方得本玩味，淺陋不足窺見精藴，多未曉處，已疏於別紙。」「別紙」即指此太極圖義質疑。

訓子帖 乾道九年

塗中事：離家後，凡事不得縱恣，如在父母之側。逐日食後或晚間三兩次出，則徐行，共約十餘里，以寬僕夫之力。登高歷險，皆須出轎，以防不測。遇過津渡，切勿争先，舟人已多，寧少須後，戒戢僕從，勿與人争。尋店不可太迫巖險及侵水際，晚間少食，夜間早睡，留親僕在房内，以防寇盗。○過州縣市井，擇曠僻清浄店舍安泊，閉門静坐，不可出入離店，勿安與人接。尋常到店肆，自有一種閑人來相問勞，但正色待之，勿與親接可也。若與之飲食或同行出入，未有不爲所誤者，可戒之。酒食之肆，博戲之場，皆不可輒往。推此類，則其餘可知。不得妄費錢物買飲食雜物。

到婺州：事師如事父，凡事咨而後行。聽受其言，切須下氣怡聲，不得輒有争辯。朋友年長以倍，丈人行也。十年以長兄事之。年少於己而事業賢於己者，厚而敬之。○初到，便稟先生合做甚功夫，自寫一節目，逐日早起夜眠，遵依儹趁。日間勿接閑人，説閑話。雖同學，亦只可説義理、論文字而已。專意辦自己功，則自然習熟進益矣。課册隨衆趕了，不得拖延怠慢。早晚授業請益，隨衆例不得怠慢。日間思索有疑，用小册子隨手劄記，俟見質問，不得放過。所聞誨語，歸安下處思省。要切之言，逐日劄記，歸日要看。見好文字，亦録取歸來。○不得自擅出入，與人往還。初到，問先生有合見者見之，不令見則不必往。人來相見亦咨稟，然後往報之，此外不得出入一步。○居處須是恭敬，不得倨肆惰慢。言語須要諦當，不得戲笑喧譁。○凡事謙恭，不得尚氣淩人，自取耻辱。不得飲酒，荒思廢業。亦恐言動差錯，失己忤人，尤當深戒。不可言人過惡，及説人家長短是非。有來告者，亦勿酬答。於先生之前尤不可説同學之短。交遊之間，尤當審擇，雖是同學，亦不可無親疏之辨。此皆當請於先生，聽其所教。大凡篤厚忠信，能攻吾過者，益友也；其諂諛輕薄、傲慢褻狎，導人爲惡者，損友也。推此求之，亦自合見得五七分，更問以審之，宜無所失矣。但恐志趣卑凡，不能克己從善，則益者不期疏而日遠，損者不期近而日親。此須痛加檢點而矯革之，不可荏苒漸習，自趨小人之域。如此，則雖有賢師長，亦無救拔自家處矣。○見人嘉言善行，則敬慕而記録之。見人好文字勝己者，則借來熟看，或傳録而咨問之，思與之齊而後已。不拘長少，惟善是取。

以上數條，切宜謹守。其所未及，亦可據此推廣。大抵只是勤謹二字，循之而上，有無限好事，吾雖未敢言，而竊爲汝願之。反之而下，有無限不好事，吾雖不欲言，而未免爲汝憂之也。蓋汝若好學，在家足可讀書作文，講明義理，不待遠離膝下，千里從師。汝既不能如此，即是自不好學，已無可望之理。然今遣汝者，恐汝在家迫於俗務，不得專意，又父子之間不欲晝夜督責，及無朋友聞見，故令汝一行。汝若到彼能奮然勇爲，力改故習，一味勤謹，則吾猶有望。不然，則徒爾勞費，只與在家一般。他日歸來，又只是舊時伎倆人物，不知汝將何面目歸見父母親戚、鄉黨故舊耶？念之念之！夙興夜寐，無忝爾所生，在此一行，千萬努力！

浦城路雖差徑，然過太湖，不可不見余姨大、黄二十八丈。過臨江，不可不見諸徐丈、陳姨夫及百五叔兄弟。若但一見而行，亦不當留滯半日，況不止此，則何時可到？又轎夫亦不能候。不若只從崇安去，只道中見劉知府、王大姑，前路並無人可見，直到衢州，依舊只從陸路去，不必登舟也。○過鉛山，遣人投范宰書，書并深衣一角，不必相見。○過衢州，見汪尚書。○到婺州，先討店權歇泊定，即盥櫛具刺，去見呂正字。初見便禀：「某以大人之命遠來，親依先生講席之下，禮合展拜。儻蒙收留，伏乞端受。」便拜兩拜。如未受，即再致懇云：「未蒙納拜，不勝皇恐。更望先生尊慈特賜容納。況某於門下，自先祖父以來，事契深厚，切望垂允。」又再拜起，問寒暄畢，又進言：「某晚學小生，久聞先生德義道學之盛，今日幸得瞻拜，不勝慰幸。」坐定，茶畢，再起，叙晚學無知，大人遣來從學之意：「竊聞先生至誠樂育，願賜開允，使某得早晚親炙，不勝幸甚。」又云：「來時大人拜意，有書投納。」即出書投之。又進說：「大人再令拜禀，恨以地遠，不得瞻拜郎中公几筵。今有香一炷，令某拜獻。今參拜之初，未敢遽請，容來日再詣門下。令弟宣教大人亦有書，并俟來日請見面納。」揖退，略就坐，又揖而起。如問他事，即隨事應答。如附將來宿食去處，即云：「大人書中已具禀，更聽尊旨。」次日，將香再去，仍具刺，并以刺謁其弟。問看同居有幾子弟，皆見之，只問門下人可知也。見其兄弟皆拜。茶罷，便起禀：「某昨日禀知，乞詣靈筵瞻拜，更俟尊命。」如引入，即詣靈筵前再拜焚香，又再拜訖，拜其兄弟兩拜，進說：「大人致問，昨聞郎中丈人奄棄明時，恨以地遠，不獲奔慰，不勝慘愴之私。令某拜禀，切望以時節哀，爲道自愛。」又再拜，趨出。如問就學宿食去處，即說：「昨蒙喻潘丈教授許借安泊，大人之意，不敢以某久累其家，恐兩不穩便。已自有書與之，只欲就其家借一空閑房舍，或近宅屋宇安下，不知尊意如何？」看說如何。如令去相見，即借人引去，併問其兄弟幾人，并見之。如不問，即自出，俟午間再去見，問以此事。見潘丈亦如此説。大抵禮數務要恭敬詳緩，不要張皇顛錯。婺州有邵臺簿，是吾同年，恐知汝來。試問先生見之否，如見，亦當叙年家之契，請其納拜。○呂家諸位，如舍人位，子弟不知同居否，如異居，少定亦往見之。○何丈託問婺州寄居前輩有姜子方者，是李中書之甥，在婺州五通廟前住，建炎間曾從馬殿院伸辟，爲撫喻司屬官，今其家有何子弟？○問見先生，説吾問宗留守家子弟，聞多有在婺州者，其家記録留守公事頗詳，不知可託借傳一本否？墓誌似是曾侍郎作，呂家必自有本也。○所將去銀兩八錢，可納先生處，乞令人買置金穀支用。先問看如何，或只令人來取去買，不必送去也。茶一角三十斤，俟潘家借屋有定説，即自作來送去。○過崇安見潘尉，問宋家黄通託問陸宰取通鑑。○到信州，將林擇之書，去見上饒縣王丞，問他有回信，即付范富歸，或令范富回日取歸。更問他新知高州翁判院在此有事，今其家在甚處。其姪監丞自江西罷官赴召來此，今在甚處。如監丞尚在信州，即往見之。如只在高州家，即買紙贈去上紙。狀上稱「表甥孫狀獻知府判院翁公」。汝見監丞及高州之子縣丞皆拜，唤他作表舅，説吾不知他尚在信州，不曾得寓慰書，并説嫣致意監丞，昨承頒惠衣物，久不得拜問之意。汪尚書書可只留在家中，不用將去。如須要去見時，他是尊官，不可叙事契納拜，只便叙寒暄畢，又叙：「晚進小生，服膺甚久，今日遂獲瞻望道德之光，豈勝榮幸。」就坐吃茶了，便起再叙：「某山野小生，無所知識，徒以大人幸得出入門下，遂獲竊聞德業之隆，不勝景仰。今者大人遣詣吕正字先生席下，經由此邦，本不敢僭越參候，敬慕之深，輒干典謁。特蒙與進，下情不勝慰感之至。急於就學，即今遂行。無由再詣台墀，伏乞台察。」揖，就坐。少頃，再起揖。須有此揖，方索湯矣。不起揖，坐無了時。湯畢，便起，更不揖。今見達官多如此。降階兩三步，回揖。主人回，及（乃）出。若欲見時，須如此。（明刻本居家必用事類全集甲集。）

按：此爲訓長子朱塾受之帖。居家必用事類全集云：「右晦庵先生送其子游東萊先生門，於其行，訓云。」朱文公文集續集卷八有與長子受之，乃節取此訓子帖數段而成，遠非完篇。朱塾往詣金華吕祖謙師席在乾道九年夏，朱文公文集卷三十三答吕伯恭書十八：「欲遣兒子詣席下，會連雨未果行，俟梅斷看如何也。」書二十：「兒子久欲遣去，以此擾擾，未得行。謹令扣師席。此兒絶懶惰，既不知學，又不能隨分刻苦作舉子文。今不遠千里，以累高明，切望痛加鞭勒。」

中庸章句二稿殘文 淳熙元年

第一章

〔章句〕此天人性命之分，人物氣質之稟，所以雖隱顯或不同，而其理則未嘗不一也。

〔張氏批語〕此語似欠，如云「在天人雖有性命之分，而其理則一；在人物雖有氣禀之異，而其體則同」，則庶幾耳。

天命之謂性，率性之謂道。

〔章句〕言率夫性命之自然，是則所謂道也。

〔張氏批語〕是則是自然，然如此立語，學者看得便快了，請更詳之。

修道之謂教。

〔張氏批語〕後來所寄一段，意方正，但尋未見，幸别録示。

道也者，不可須臾離也；可離，非道也。是故君子戒慎乎其所不覩，恐懼乎其所不聞，莫見乎隱，莫顯乎微，故君子慎其獨也。

〔章句〕修道之君子，審其如此……

〔張氏批語〕此一段覺得叢迭有剩句處。以鄙意詳經意，「不覩不聞」者，指此心之所存，非耳目之所可見聞也。目所不覩，可謂隱矣；耳所不聞，可謂微矣。然莫見莫顯者，以善惡之幾一毫萌焉，即吾心之靈有不可自欺而不可以掩者，此其所以爲見顯之至者也。以吾心之靈獨知之，而人所不與，故言獨。此君子之所致嚴者，蓋操之要也。今以不覩不聞爲方寸之地，隱微爲善惡之幾，而又以獨爲合是二者，以吾之所見乎此者言之，不支離否？

〔章句〕此一節因論率性之道，以明修道之始。

〔張氏批語〕恐當云：「因論率性之道，以明學者循聖人修道之教之始也。」

喜怒哀樂之未發，謂之中；發而皆中節，謂之和。

〔章句〕此一節推本天命之性，以明修道之終。

〔張氏批語〕恐當云：「推本天命之性，以明學者循聖人修道之教之終也。」大抵天命之性，率性之道，聖人純全乎此；而修道立教，使人由之，在學者則當由聖人修道之教用力以極其至，而後道爲不離，而命之性可得而全也。

中也者，天下之大本也；和也者，天下之達道也。致中和，天地位焉，萬物育焉。

〔章句〕洪範之「初一」……正與此意合。

〔張氏批語〕洪範之説，固亦有此意，然似不須牽引以證所言五行、五事、皇極、三德，然則八政、五紀之在其間者復如何？引周子之所論，亦似發明其意未竟，轉使人惑，不若亦不須引也。或曰「然則中和果爲二物」云云，此數句却須便連前文，庶順且備耳。

第二章

〔章句〕隨時爲中。

〔張氏批語〕「爲」字未安。蓋當此時則有此時之中，此乃天理之自然，君子能擇而得之也。

第五章

〔章句〕「執其兩端，用其中於民」。兩端者，凡物之全體皆有兩端，如始終、本末、大小、厚薄之類，識其全體而執其兩端，然後可以量度取中，而端以不差也。

〔張氏批語〕此説雖巧，恐非本旨。某謂當其可之謂中。天下之理莫不有兩端，如當剛而剛，則剛爲中，當柔而柔，則柔爲中。此所謂執兩端用其中於民也。

第十章

〔章句〕「强哉矯」，矯，强貌，詩曰「矯矯虎臣」是也。每句言之，所以深歎美之辭，雖煩而不殺也。

〔張氏批語〕此説初讀之似好，已而思之，恐不平穩。疑聖人之辭氣不爾也，然此句終難説。呂、楊諸公之説雖亦費力，然於學者用工却有益耳。

第十一章

〔章句〕「素隱」，素，空也，無德而隱，無位而隱，皆素隱也。

〔張氏批語〕素隱，恐只是平日所主專在於隱者也。

第十二章

〔章句〕「夫婦之愚，可以與知焉」。「夫婦之不肖，可以能行焉」。君子之道，造端乎夫婦。男女居室，人道之常，雖愚不肖，亦能知而行。夫婦之際，有人所不覩不聞者，造端乎此，乃所以爲戒慎恐懼之實。

〔張氏批語〕此固切要下工夫處，然再三紬繹，恐此章之所謂「與知」、「能行」者，謂凡匹夫匹婦之所共知，如朝作夕息、饑食渴飲之類。凡庶民行而不著，習而不察，在君子則戒慎恐懼之所存，此乃所以爲造端。如所謂「居室，人道之常」，固然總在其中。若指夫婦之間人所不覩不聞者，却似未穩，兼益未盡也。

第十三章

〔章句〕「人之爲道而遠人，不可以爲道」。人心之安者即道也。

〔張氏批語〕此語有病，所安是如何安？若學者錯會此句，執認己意，以爲心之所安，以此爲道，不亦害乎？

〔章句〕君子知道不遠人……豈不慥慥爾乎？

〔張氏批語〕此説費力。某以爲「有所不足，不敢不勉；有餘，不敢盡」，惟游定夫説得最好，當從之。若夫大意，則謂道雖不遠人，而其至則聖人亦有所不能；雖聖人有所不能，而實亦不遠於人。故君子只於言行上篤實做工夫，此乃實下手處。

〔章句〕道不遠人……倣此。

〔張氏批語〕「費隱」之意，第十一章子思子發明之至矣。來説固多得之，若此二字，凡聖賢之言皆可如是看，似不必以爲下數章皆是發明此二字也。大抵所定章句，固多明晰精當，但其間亦不無牽挽處，恐子思當時立言之意却未必如此爾。蓋自此章以下至二十章，元晦所結之語，皆似强爲附合，無甚意味。觀明者之意，必欲附合，使之匣通縷貫，故其間不免有牽强以就吾之意處。以某之見，其間聯貫者，自不妨聯貫；其不可强貫者，逐章玩味，意思固無窮，不須如此費力。章句固合理會，若爲章句所牽，則亦不可耳。自二十一章而下，其血脈自是貫通，如此分析，無甚可議者。（南軒先生文集卷三十答朱元晦。）

按：朱文公文集卷三十一有答張敬夫論中庸章句、答張敬夫、再答敬夫論中庸章句，即對張栻此批語之再答覆。朱熹初成中庸章句在乾道八年，於淳熙元年修定後寄張栻、吕祖謙討論，此即南軒先生文集卷二十一答朱元晦書十三所云「所改定本亦幸早示，得以考究求教」，朱文公文集卷三十三答吕伯恭書三十六所云「中庸章句一本上納，此是草本，幸勿示人」。以朱熹晚年定本與此二稿本相較，面目全非。

拙逸子説 淳熙中

熊君世卿乞書「拙逸」二字，余曰：「作德心逸日休，作僞心勞日拙，毋乃與子之言異乎？」君笑曰：「彼巧者勞，智者憂，吾惟拙，故逸云爾。拙，非繆悠之謂也，物之自然，性之天也。蔽吾天，汩吾自然，窮年竟歲，方寸擾擾，隨富且貴，求吾一日之逸，有終身不可得者矣。」余曰：「噫！逃世網而解天刑，非君其誰哉！」（雍正江西通志卷九十一，同治安義縣志卷十四。）

按：江西通志引白志云：「朱子全集無拙逸子説，其裔孫孝廉名秉鐸，録以見示，附載於後。」正德南康府志卷六云：「熊兆，字世卿。受學於朱文公，得其傳。隱居不出，號拙逸先生。朱文公爲著拙逸説。」毛德琦廬山志引桑喬廬山紀事云：「朱子門人又有曹彦約簡甫……熊兆世卿，其所居并近鹿洞……兆號拙逸，朱熹嘗爲著拙逸説。」疑此文爲朱熹在南康軍任上作。

戒子塾文 淳熙中

吾不孝，爲先公棄捐，不及供養。事先妣四十年，然愚無知識，所以承顔順色所有乖戾，至今思之，常以爲終天之痛，無以自贖。惟有歲時享祀，致其謹潔，猶是可著力處。汝等及新婦等，切宜謹戒，凡祭肉臠割之餘，及皮毛之屬，皆當勿殘穢褻慢，以重吾不孝。（朱子學歸卷十三。）

題壁格言 淳熙九年

脱却凡近，以游高明。勿爲嬰兒之態，而有大人之志。勿爲終身之謀，而有天下之意。

勿求人知，而求天知。勿求同俗，而求同理。（兩浙金石志卷十三，鄞縣志卷五十九，金華雜録，高安縣志卷十六。）

按：金華雜録稱：「朱晦翁過婺州，常游武義王臣家，書其壁云……又扁『三槐堂』贈之，至今墨迹宛然壁間。」高安縣志則謂：「劉能，字貴才，號松壑。實齋次子。年十一，父命從晦庵於武夷精舍。晦庵與語，奇之，授以小學題詞。後數日問之，應對如流，遂以學庸章句、語孟集注、程氏遺書數十卷授之。居二年……後以母疾告歸，晦庵節取紙書四十八字以戒之曰……」又有以此格言爲上蔡謝良佐語録，湖南通志卷二百六十九金石有宋朱文公書上蔡先生語録碑，即此格言。碑在石鼓書院。金石續編卷一百十六録此刻，云：「朱子書上蔡先生語録。」查朱熹手編上蔡語録，無此語録，唯謝氏論語解序有云：「能反是心者，可以讀是書矣。孰能脱去凡近，以游高明；莫爲嬰兒之態，而有大人之器；莫爲一身之謀，而有天下之志；莫爲終身之計，而有後世之慮；不求人知，而求天知；不求同俗，而求同理者乎？」則朱熹格言乃隱括此序中語而成。

薦楊簡狀 淳熙九年

學能治己，材可及人。……（錢時慈湖先生行狀，慈湖先生年譜。）

按：慈湖先生行狀稱：「朱文公持庾節，薦先生……」朱熹之薦楊簡見朱文公文集卷四十九答滕德粹書十一、續集卷四上答劉晦伯書三、四。

校定急就篇（拾遺五則）淳熙九年

急就章九

綸組縌綬以高遷　越本：縌作綎

急就章十二

旃裘韇韈蠻夷民　越本：韇作鞻

急就章十六

五音總（一本作集）會歌謳聲　越本：總作雜

急就章三十二

憂念緩急悍勇獨　越本：憂作更

依溷汙染貪者辱　越本：溷作清

（王應麟急就篇補注。）

按：戴表元剡源文集卷七急就篇注釋補遺自序云：「急就篇一卷，漢黄門令史游所撰，唐弘文館學士顔師古所注，又經新安朱先生仲晦所校。」王應麟急就篇補注末亦注云：「越本，朱文公刊於浙東。」此越本即淳熙九年朱熹在浙東提舉任上校定刊刻。次年羅願、劉子澄再刊急就篇於鄂州，即據朱熹此越本。

書庚子山樂府　淳熙十年

客有以素繭贈，時值大寒，竹屋無温氣，而愛其光潔明浄，因就爐火，温墨書之。……

（梁章鉅退庵所藏金石書畫跋尾卷七朱子大楷册。）

按：梁章鉅云：「朱子大楷册。余在吴中先購得朱子楷書册，爲金華宋學士藏本，書庚子山樂府三章，字方徑寸餘。此本乃得於嶺右，亦書庚句而有節去之語，又有前後移置之語。……前册作於淳熙元年，此册作於淳熙十年。……後幅有虞伯生跋，稱此册先藏集賢學士許魏公家，後轉入金華許白雲處。許以贈虞，虞跋而返之。」

手記 淳熙十年

姚江孫朋遠來訪歷陽張温夫於翠巖山中，具言邑大夫永嘉君之政甚美。去年明、越饑，姚爲甚，而民不貴糴，官無抑糴之擾，吏不得舞於其民，和樂不知爲儉歲，真有古循吏之風矣。（萬曆新修餘姚縣志卷十二。）

河圖初稿 淳熙十三年

右河圖，舊説「河龍圖發」。又云：「戴九履一，左三右七，二四爲肩，六八爲足，五居其中，縱横十五。伏羲觀之，以畫八卦。」然今求之於圖，粗見八方之位，其他於易無所見。惟關氏洞極經以此爲洛書，自一至九應九疇之數，而皇極居中，理亦可通。然他未有可考，姑記而闕之，以俟知者。（宋槧

（晦庵先生文集後集卷十二。）

洛書初稿 淳熙十三年

右洛書，舊説「洛龜書感」。

又云：「天一地六，合而爲水，居北方；地二天七，合而爲火，居南方；天三地八，合而爲木，居東方；地四天九，合而爲金，居西方；天五地十，合而爲土，居中央。」箕子所謂「天乃賜禹洪範九疇」者，即此圖也。九疇以五年爲本，蓋觀於此得之。關氏洞極經以此爲河圖，應大傳天一地十，果亦可通。今并闕之。（宋槧晦庵先生文集後集卷十二。）

伏羲八卦次序 淳熙十三年

	八	七	六	五	四	三	二	一	
卦									天
象									人
儀									地
	極					太			
	偶偶而偶八坤以畢	偶偶而奇艮居次七	偶奇而偶坎六斯睹	偶奇而奇巽居次五	奇偶而偶四震以隨	奇偶而奇次三曰離	奇奇而偶兑二次焉	奇奇而奇初一曰乾	

右伏羲始畫八卦，其序如此，說見發例、原象篇。以乾居南，以坤居北，以離居東，以坎居西，兑居東南，震居東北，巽居西南，艮居西北，初爻居中，以次而外，即爲邵氏所傳先天八卦圖。

伏羲六十四卦次序圖 淳熙十三年

右六十四卦次序圖，說亦見發例、原象二篇。凡下卦即是八卦，與前圖次第不異。但每卦之上復以八卦，依次第重之，而爲六十四卦。内卦爲貞，外卦爲悔。若逐爻相生，即自第三爻（四陰四陽）生第四爻（八陰八陽），第四爻生第五爻（十六陰十六陽），第五爻生第六爻（三十二陰三十二陽），亦如前位。（宋槧晦庵先生文集後集卷十二。）

按：宋槧晦庵先生文集板刻於紹熙初，爲最早之朱熹文集。此四篇圖與圖説，據其中云「説見發例、原象二篇」，知原在易學啟蒙中，實爲最早初稿，與今本易學啟蒙、周易本義所載大異。以河圖、洛書考之，宋劉牧以五行生成圖爲洛書，以九宫圖爲河圖，主圖九書十説。至蔡元定、朱熹方上本關子明洞極經，一反劉牧，提出圖十書九之説，即以九宫圖爲洛書，以五行生成圖爲河圖。然觀此河圖、洛書初稿，朱熹猶主圖九書十説，與劉牧同，此顯乃朱熹早年未定之説。

皇極辨初稿

淳熙十四年

洛書九數而五居中，洪範九疇而皇極居五，故自孔安國訓皇極爲大中，而後之諸儒莫有以爲非者。予嘗考之，皇者，君之稱也；極者，至極之義，標準之名，嘗在物之中央而四外望之以取正焉者也。故以極爲在中之至則可，而直謂極爲中則不可。若北辰之爲天極，屋棟之爲屋極，其義皆然。而周禮所謂民極者，於皇極之義爲尤近。顧今之説者既誤於此而並失之於彼，是以其説展轉迷謬而終不能以自明也。即如舊説，姑亦無問其它，但於洪範之文易「皇」以「大」、易「極」以「中」而讀之，則所謂「惟大作中」、「大則受之」之屬，爲何等語乎？故予竊獨以爲皇者君也，極者至極之標準也。人君以一身立乎天下之中，而能修其身以爲天下至極之標準，則天下之事固莫不協於此而得其本然之正，天下之人亦莫不觀於此而得其固有之善焉，所謂皇極者也。是其見於經者，位置法象蓋皆本於洛書之文。其得名則與夫天極、屋極、民極者皆取居中而取極之意，初非指中爲極也，則又安得以是而訓之哉？

曰「皇建其有極」者，言人君以其一身而立至極之標準於天下也。曰「斂時五福，用敷錫厥庶民」者，言人君能建其極，而於五行焉得其性，於五事焉得其理，則固五福之所聚；而又推以化民，則是布此福而與民也。曰「惟時厥庶民于汝極，錫汝保極」者，言民視君以爲至極之標準而從其化，則是以此還錫其君而使之長爲天下之標準也。曰「凡厥庶民無有淫朋，人無有比德，惟皇作極」者，言民之所以能若此者，皆君之德有以爲至極之標準也。曰「凡厥庶民，有猷有爲有守，汝則念之。不協于極，不罹于咎，皇則受之」者，言君既立極於上，而民之從化或有遲速深淺之不同，則其有謀爲操守者固當念之而不忘，其不能盡從而未抵於大戾者，亦當受之而不拒也。曰「而康而色，曰予攸好德，汝則錫之福，時人斯其惟皇之極」者，言人有能革面而以好德自名，雖未必出中心之實，亦當教以修身求福之道，則是人者亦得以君爲極而勉其實也。曰「無虐煢獨而畏高明，人之有能有爲，使羞其行，而邦其昌」者，言君之於民不當問其貴賤强弱而皆欲其有以進德，故其有才能者必皆使之勉進其行，而後國可賴以興也。曰「凡厥正人，既富方穀。汝不能使有好于而家，時人斯其辜。于其無好德，汝雖錫之福，其作汝用咎」者，言欲正人者，必先有以富之，而後納之於善。若不能使之有所顧於其家，則此人必將陷於不義而不復更有好德之心矣。至此而後始欲告之以修身求福之説，則已緩不及事，而其起而報汝，惟有惡而無善矣。蓋人之氣禀不同，有不可以一律齊者。是以聖人所以立極於上者至嚴至正，而所以接引於下者至寬至廣。雖彼之所以趍於此者遲速真僞、才德高下有萬不同，而吾之所以應於彼者，矜憐撫奄，懇惻周盡，未嘗不一也。曰「無偏無陂，遵王之義。無有作好，遵王之道。無有作惡，遵王之路。無偏無黨，王道蕩蕩。無黨無偏，王道平平。無反無側，王道正直。會其有極，歸其有極」者，言民皆不溺於己之私，以從夫上之化而歸會于至極之標準也。析而言之，則偏陂好惡，以其生於心者言也。偏黨反側，以其見於事者言也。遵義、遵道、遵路，方會其極也。蕩蕩、平平、正直，則已歸于極矣。曰「皇極之敷言，是彝是訓，于帝其訓」者，言人君以身爲表而布命于下，則其所以爲常爲教者，一皆循天之理而不異乎上帝之降衷也。曰「凡厥庶民，極之敷言，是訓是行，以近天子之光」者，言民於君之所命能視以爲教而謹行之，則是能不自絶遠而有以親被其道德之光華也。曰「天子作民父母，以爲天下王」者，言能建其有極，所以有作民父母而爲天下之王也。不然，則有其位無其德，不足以建立標準，子育元元，而履天下之極尊矣。

天之所以錫禹，箕子之所以告武王者，其大指蓋如此。雖其奧雅深微，或非淺聞所能究測，然嘗試以是讀之，則亦坦然明白而無一字之可疑者。但先儒昧於訓義之實，且未嘗講於人君修身立道之本，既誤以皇極爲大中，又見其辭多爲含洪寬大之意，因復誤認，以爲所謂中者不過如此。殊不知居中之中既與無過不及之〔中〕不同，而無過不及之中乃義理精微之極，有不可以毫釐差者，又非含糊苟且、不分善惡之名也。今以誤認之中爲誤認之極，不謹乎至嚴至密之體而務爲至寬至廣之量，則漢元帝之優游，唐代宗之姑息皆是物也。彼其是非雜揉，賢不肖混殽，方且昏亂陵夷之不暇，尚何斂福錫民之可望哉！

吾意如此，而或者疑之，以爲經言「無偏無陂」，「無作好惡」，則所謂極者，豈不實有取乎得中之義，而所謂中者，豈不真爲無所去就憎愛之意乎？吾應之曰：「無偏無陂者，不以私意而有所去就爾。然曰遵王之義，則其去惡而從善未嘗不力也。無作好惡者，不以私而自爲憎愛爾。然曰遵王之道、遵王之路，則其好善而惡惡固未嘗不明也。是豈但有包容，漫無分別之謂？又况經文所謂王義、王道、王路者，乃爲皇建有極之體，而所謂無所偏陂反側者，自爲民歸有極之事，其文義亦自不同也邪。必若子言，吾恐天之所以錫禹，箕子之所以告武王者，上則流於老莊依阿無心之説，下則溺於鄉原同流合汙之見，雖欲深體而力行之，是乃所以幸小人而病君子，亦將何以立大本而序彝倫哉？」作皇極辨。

或曰：「皇極之爲至極，何也？」予應之曰：「人君中天下而立，四方面内而觀仰之者，至此輻湊於此而皆極焉。自東而望者不能過此而西也，自西而望者不能踰此而東也。以孝言之，則天下之孝至此無以加；以弟言之，則天下之弟至此而無小過也。此人君之位之德所以爲天下之至極，而皇極所以得名之本意也。故惟曰聰明睿智，首出庶物，如所謂天下一人而已者然後有以履之而不疚，豈曰含容寬□□德之偏而足以當之哉！」客曰唯唯，因復記于此，以發前之未盡。

莊子曰：「爲善無近名，爲惡無近刑，緣督以爲經。」「督」，舊以爲中。蓋人身有督脈，循脊之中，貫徹上下，見醫書。故衣背當中之縫亦謂之督，見深衣註。皆中意也。老莊之學不論義理之當否，而但欲依阿於其間，以爲全身避患之計，正程子所謂閃姦打訛者也。故其意以爲爲善而近名者，爲善之過也；爲惡而近刑者，亦爲惡之過也。唯能不大爲善，不大爲惡，而但循中以爲常，則可以全身而盡年矣。然其爲善無近名者，語或似是而實不然。蓋聖賢之道但教人以力於爲善之實，初不教人以求名者。自非爲己之學，蓋不足道。若畏名之累己而〔不〕敢盡其爲學之力，則其爲心亦已不公而稍入於惡矣。至謂爲惡無近刑，則尤悖理。夫君子之惡惡如惡惡臭，非有所畏而不爲也。今乃擇其不至於犯刑者而竊爲之，至於刑禍之所在，巧其途以避之而不敢犯，此其計私而害理，又有甚焉。乃欲以其依違苟且之兩間爲中之所在而循之，其無忌憚亦益甚矣。

客嘗有語予者曰：「昔人以誠爲入道之要，恐非易行。不若以中易誠，則人皆可行而無難也。」予應之曰：「誠而中者，君子之中庸；不誠而中，則小人之無忌憚耳。今世俗苟偷恣睢之論蓋多類此，不可不深察也。」或曰：「然則莊子之意得無與子莫之執中者類耶？」曰：「不然。子莫執中，但無權耳，蓋猶擇於義意而誤執此一定之中也。老莊之意，則不論義理，專計利害，又非子莫之比矣。蓋迹其本心，實無以異乎世俗鄉原之所見，而其揣摩精巧，校計深切，則又非世俗鄉原之所及，乃賊德之尤者。所以清談盛而晉俗衰，蓋其勢有所必至。而王通猶以爲非老莊之罪，則吾不能識其何説也。」既作皇極辨，因感此意有相似者，謾筆之於其後云。（宋槧晦庵先生文集後集卷十三，性理群書句解卷八，十先生奥論注後集。）

按：朱文公文集卷七十二有皇極辨，與此文大異，蓋此文亦爲初稿。晦庵先生文集編刻於淳熙末、紹熙初，而皇極辨之作年，據朱文公文集卷五十二答吴伯豐書二云：「皇極辨并往。」此書作於淳熙十六年六、七月間，可知皇極辨寫於淳熙十六年。晦庵先生文集即收此初稿也。

薦邵囦狀 紹熙五年

文學自將，誨誘不倦。……（金華先民傳卷七。）

按：金華先民傳云：「邵囦，字萬宗，蘭溪人。登淳熙八年進士，授柳州教授，改潭州。朱子時爲湖南帥，薦其學行……」另見蘭溪人物考。朱熹在湖南安撫任上印刻三家禮範、州縣釋奠儀圖、稽古録、詩集傳等，實均由長沙教授邵囦負責。

朱子讀書法 紹熙五年

居敬持志

朱子曰：程先生云：「涵養須用敬，進學則在致知。」此最精要。方無事時，敬以自持，心不可放入無何有之鄉，須是收斂在此。及應事時，敬乎應事；讀書時，敬乎讀書，便自然該貫動静，心無不在。今學者説書，多是捻合來説，却不詳密活熟。此病不是説書上病，乃是心上病。蓋心不專静純一，故思慮不精明。須要養得虚明專精，使道理從裏面流出，方好。

循序漸進

朱子曰：以二書言之，則通一書而後及一書；以一書言之，篇章句字，首尾次第，亦各有序而不可亂，量力所至而謹守之，字求其訓，句索其旨，未得乎前，不敢求乎後，未通乎此，不敢志乎彼。如是，則定理明，而無疏易陵躐之患矣。若奔程趁限，一向趲著了，則看猶不看也。近方覺此病痛，不是小事。元來道學不明，不是上面欠工夫，乃是下面無根脚。

熟讀精思

朱子曰：荀子説「誦數以貫之」，見得古人誦書亦記遍數。乃知橫渠教人讀書必須成誦，真道學第一義。遍數已足，而未成誦，必欲成誦；遍數未足，雖已成誦，必滿遍數。但百遍時，自是强五十遍；二百遍時，自是强一百遍。今人所以記不得，説不去，心下若存若亡，皆是不精不熟，所以不如古人。學者觀書，讀得正文，記得注解，成誦精熟，注中訓釋文意，事物名件，發明相穿紐處，一一認得，如自己做出底一般，方能玩味反復，向上有通透處。

虚心涵泳

朱子曰：莊子説「吾與之虚而委蛇」，既虚了，又要隨他曲折去。讀書須虚心方得。聖賢説一字是一字，自家只平著心去秤停他，都使不得一毫杜撰。今人讀書，多是心下先有個意思，却將聖賢意思來凑，有不合，便穿鑿之使合，如何能見得聖賢本意！

切己體察

朱子曰：入道之門，是將自身入那道理中去，漸漸相親，與己爲一。而今人道在這裏，自家在外，元不相干。學者讀書，須要將聖賢言語體之於身。如「克己復禮」，如「出門如見大賓」等事，須就自家身上體覆，我實能克己復禮、主静行恕否？件件如此，方有益。

著緊用力

朱子曰：寬著期限，緊著課程，爲學要剛毅果決，悠悠不濟事。且如發憤忘食，樂以忘憂，是甚麽精神，甚麽筋骨！今之學者，全不曾發憤。直要抖擻精神，如救火治病然，如撑上水船，一篙不可放緩。(程端禮讀書分年日程卷三集慶路江東書院講義。)

按:程端禮原六條讀書法次序爲:一循序漸進,二熟讀精思,三虚心涵泳,四切己體察,五著緊用力,六居敬持志。然程氏此讀書法原本之朱熹弟子輔廣漢卿,讀書分年日程卷首列輔廣所編朱子讀書法次序,正作一居敬持志,二循序漸進,三熟讀精思,四虚心涵泳,五切己體察,六著緊用力。參以朱熹一向主張以主敬爲本等,則輔廣所定更合朱熹思想。據張洪、齊熙編朱子讀書法前齊熙序云:「讀書法者,文公朱子之所常言,而門人輔公漢卿之所編集也……巴川度侍郎正屬遂寧于和之校而刻之,外舅雙澗張先生家藏刊本,熙因此得借觀……但其間疏略未盡,雜亂無倫者,間亦有之……竊疑此漢卿草定而未修改之本……相與搜集附益,更易次第……復於中撮其樞要,厘爲六條,曰循序漸進,曰熟讀精思,曰虚心涵泳,曰切己體察,曰著緊用力,曰居敬持志。」是輔廣所編定讀書法次序爲張洪、齊熙所更易,遂爲程端禮所沿用。今朱子語類有輔廣紹熙五年來武夷所記語録,多記朱子讀書之法,與此朱子讀書之法相合,可知此朱子讀書法應是輔廣問學歸後據其所聽受記録整理編成。

戒子書

比見墓祭土神之禮,全然滅裂,吾甚懼焉。既爲先公托體山林,而祀其主者豈可如此?

今後可與墓前一樣，菜果炸脯共十器，滷魚饅頭各一大盤，凡所具之物悉陳之，羹飯茶湯各一器，以盡吾寧親事神之意，勿令少有隆殺。（家禮附録。）

按：此書原爲朱熹門人楊復附注於家禮祭禮之下，云「竊取先生後來之考訂議論」。後爲人置於家禮之附録中。

訓子書

起居坐立，務要端莊，不可傾倚，恐至於昏怠。出入步趨，務要凝重，不可剽輕，以害德性。以謙遜自牧，以和敬待人。凡事切須謹飭，無故不須出入。少説閑話，恐費光陰，勿觀雜書，恐分精力。早晚頻自點校所習之業。每旬休日，將一旬内書温習數過，勿令心少有放佚，則自然漸近道理，講習易明矣。（張伯行養正類編卷二小學。）

戒子帖 慶元二年

年來衰病，多因飲食過度所致。近覺肉多爲害尤甚。自丁巳正旦以往，早晚飯各不得過一肉。如有肉羹，不得更設肉飣。如是菜羹熟水下飯，即肉飣不得用大楪，只用菜楪大小一般。晚食尤須減少，不肉更佳。一則寬胃養氣，一則節用省財，庶幾全生盡年，儉德避難之方一。埜等如有愛親之心，切宜深體此意。（古今事文類聚别集卷十八，紫微集卷三十三，古今合璧事類備要續集卷三十五，宋元學案補遺卷四十九。）

徽州朱子切韻譜

依鄭樵七音韻鑒，以唇舌腭齒喉爲序，故就斗唇之聲分列。

綳　閉唱收東　開輕收冬
收正齒中冲亦歸本韻

逋　合重收模　開輕收魚
正齒朱除同收魚

陂　開重收齊　重收舌上知遲正
齒支癡轉貲差皆收　輕收微

牌　開重收灰　閉輕收皆正齒齊釵亦收
重得杯陪亦可錯收愚所謂字無定也

賓崩　賓平口唱收青　舌上真嗔正齒征稱收真
奔字開重收盆　閉輕分焚收文
開重崩烹收庚尾閉琴心收侵
波　獨韻閉重　或以何分
巴　獨韻開重　角輕加伽齒得查槎喉得蝦遐同收
此韻古混今明正韻分之是也
邦　開唱收陽　輕收方忘　角閉光匡
商閉莊窗同收陽
包　開重收豪　開輕收宵
則肴在内矣
豪　開重收喉　正齒周抽
同　開輕彪丘收尤
鞭　開重唱收仙　閉輕收元
尾閉收廉纖
班　開重收寒　開輕收山　按：此讀寒叶桓

尾閉收監咸（通雅卷五十七切韻韻考。）

按：通雅云：「撝謙門人柴廣進云：『朱子定本，此黎美周所藏者。』後見丶庵許遂所抄，即此譜也。」又云：「自鄭漁仲、温公、朱子、吴幼清……趙凡夫，皆有辨説，聚訟久矣……徽傳朱子法，以河圖生序，唇舌腭齒喉，爲羽徵角商宫，律生之後，黄鍾上旋，南吕回旋，自然符合，即鄭漁仲所明七音韻鑒也。」朱熹晚年嘗作音考，朱文公文集卷六十四答鞏仲至書十八云：「此嘗編得音考一卷。音，謂集古今正音協韻，通而爲一；考，謂考諸本同異，并附其間。」疑朱熹所定此譜原在音考中。

辟廱泮宫説

王制論學曰：「天子曰辟廱，諸侯曰泮宫。」説者以爲辟廱，大射行禮之處也，水旋丘如璧，以節觀者。泮宫，諸侯鄉射之宫也，其水半之。蓋東西門以南通水，北無也。故振鷺之詩曰：「振鷺于飛，于彼西雝。」説者以雝爲澤，蓋即旋丘之水，而其學即所謂澤宫也。蓋古人之學與今日不同，孟子所謂「序者，射也」，則學蓋有以射爲主者矣。蘇氏引莊子言文王有辟廱之樂，遂以辟廱亦爲學名，而曰古人以學教胄子，則未知學以樂而得名歟，樂以學而得名歟？則是又以爲習樂之所也。張子亦曰辟廱古無此名，其制蓋始于此。故周有天下，遂以名天子之學，而諸侯不得立焉。記所謂「魯人將有事于上帝，必先有事于泮宮」者，蓋射以擇士云爾。（文獻通考卷四十。）

蓬户手卷

蓬户掩兮井徑荒，青苔滿兮履綦絶。園種邵平之瓜，門栽先生之柳。曉起呼童子，問山桃落乎，辛夷開未？手甕灌花，除蟲絲蛛網。于是不巾不履，坐北窗，追凉風，焚好香，烹苦茗。忽見異鳥來鳴樹間，小倦即卧牀，凉枕一覺，美睡蕭然無夢，即夢亦不離竹坪茶塢間。朱熹（維基百科綱。）

按：朱熹是卷真迹在網上公布，草書。後有文天祥、方孝孺、唐寅、海瑞諸人題跋。

勸學文

勿謂今日不學而有來日，勿謂今年不學而有來年。日月逝矣，歲不我延。嗚呼老矣，是誰之愆？（諸儒注解古文真寶卷上，文翰類選大成卷一百一十。）

家訓

父之所貴者，慈也；子之所貴者，孝也。君之所貴者，仁也；臣之所貴者，忠也。兄之所貴者，愛也；弟之所貴者，敬也。夫之所貴者，和也；婦之所貴者，柔也。事師長，貴乎禮也；交朋友，貴乎信也。見老者，敬之；見幼者，愛之。有德者，年雖下於我，我必尊之；不肖者，年雖高於我，我必遠之。慎勿談人之短，切勿矜己之長。讎者以義解之，怨者以直報之。隨所遇而安之。人有小過，含容而忍之；人有大過，以理而責之。勿以善小而不爲，勿以惡小而爲之。人有惡，則掩之；人有善，則揚之。處公無私讎，治家無私法。勿損人而利己，勿妬賢而嫉能。勿逞忿而報横逆，勿非理而害物命。見不義之財勿取，遇合義之事則從。詩書不可不學，禮義不可不知。子孫不可不教，婢僕不可不恤。斯文不可不敬，患難不可不扶。守我之分者，禮也；聽我之命者，天也。人能如是，天必相之。此乃日用常行之道，若衣服之於身體，飲食之於口腹，不可一日無也，可不謹哉！（明朱培朱子大全集補遺卷八引朱氏家譜。）

家政

有公家之政，有私家之政。士君子修一家之政，非求富益之也，植德而已爾，積善而已爾。父子欲其孝慈，兄弟欲其友恭。夫婦欲其敬順，宗族欲其和睦。門闌欲其清白，帷簿欲其潔修。男子欲其知書，女子欲其習業。姻婭欲其擇偶，婚嫁欲其及時。祭祀欲其豐潔，用度欲其儉節。墳墓欲其有守，鄉井欲其重遷，先業欲其不壞。農商欲其知務，賦税欲其及期。私負欲其知償，私恩欲其知報。私怨欲其不逞，私忿欲其不蓄。親戚欲其往來，賓客欲其延接。里閈欲其相歡，故舊欲其相親。交游欲其必擇，行止欲其必謹。事上欲其無諂，待下欲其無傲。公門欲其無擾，訟庭欲其勿臨。非法欲其勿爲，危事欲其勿與。官長欲其必敬，桑梓欲其必恭。有無欲其相通，凶荒欲其相濟。患難欲其相恤，疾病欲其相扶。喪葬欲其相哀，喜慶欲其相賀。臨財欲其勿苟，見利欲其勿争。交易欲其廉平，施與欲其均一。吉凶欲其知變，憂樂欲其知時。内外欲其相諧，忿恚欲其含忍。過惡欲其隱諱，嫌疑欲其知避。醜穢欲其不談，奴婢欲其整齊。出納欲其明白，戲玩欲其有節。飲酒欲其不亂，服飾欲其無侈。器用欲其無華，廬舍欲其葺修。庭宇欲其灑掃，文籍欲其無毁。門壁欲其勿污，鞭笞欲其勿苛，賞罰欲其必當。如是而行之，則家政修明，内外無怨，上下降祥，子孫吉昌。移之于官，則一官之政修；移之於國與天下，則國與天下之政理。嗚呼！有官君子，其可不修一家之政乎！家政不修，其可語國與天下之事乎！（明朱培朱子大全集補遺卷八引朱氏家譜。）

按：各種朱氏宗譜、族譜都載有此家訓、家政及童蒙須知等，云是朱熹晚年作此以訓其孫朱鑑。

無題

學者聖道未見，固必即書以窮理。苟有見焉，亦當博考諸書，有所證驗而後實，有所禆助而後安。不然，則德孤而與枯槁寂滅者無以異矣，潛心大業何有哉？矧自周衰教失，禮樂養德之具，一切盡廢，而所以維持此心者，惟有書耳，詎可轏轢經傳，遽指爲糟粕而不觀乎？要在以心體之，以身踐之，而勿以空言視之而已矣。以是存心，以是克己，仁豈遠乎哉！

（西山讀書記卷三十一引李方子紫陽年譜。）

周易本義繫辭稿

……小疵也。無咎者，善補過也。此卦爻辭之通例。是故列貴賤者存乎位，齊小大者存乎卦，辯吉凶者存乎辭，位，謂六爻之位。齊，猶定也。乾大坤小，泰大否小之類。憂悔吝者存乎介，震無咎者存乎悔。介，謂幾微之際。震，動也。是故卦有小大，辭有險易。辭也者，各指其所之。小險大易，各隨所向。〇此第三章，釋卦爻辭之通例。

〇易與天地準，故能彌綸天地之道。易書具有天地之道，與之齊準。彌，連合之意，所謂彌縫也。綸，理之也。仰以觀於天文，俯以察於地理，故知幽明之故。原始反終，故知死生之說。精氣爲物，游魂爲變，是故見鬼神之情狀。此窮理之事。以，聖人以易之書也。易者，陰陽而已。幽明死生鬼神，皆陰陽之變，天地之道也。天文，則有晝夜上下，地理，則有南北高深。原者，推之於前，反者，要之於後。精氣聚而成物，神之申也；魂既游則魄降，鬼之歸也。與天地相似，故不違。知周乎萬物，而道濟天下，故不過。旁行而不流，樂天知命，故不憂。安土敦乎仁，故能愛。安者，隨遇而安也。仁者，愛之理；愛者，仁之用。能愛萬物，故濟天下也。範圍天地之化而不過，曲成萬物而不遺，通乎晝夜之道而知，故神無方而易無體。此聖人至命之事也。範，如鑄金之有模範。圍，匡郭也。天地之化無窮，而聖人爲之範圍，不使過於中道。通，猶兼也。晝夜，即幽明死生鬼神之謂。於此可見至神之妙，無有方所，易之變化，無有形體也。○此第四章，言易道之大，聖人用之如此。

○一陰一陽之謂道，陰陽迭運者，氣也。其理則所謂道。繼之者，善也，成之者，性也。道具於陰，而行乎陽。繼，言其發也。善，謂化育之功，陽之事也。成，言其具也。物所受爲性，言物生則有性，而各具是道也，陰之事也。周子、程子之書，言之備矣。仁者見之謂之仁，知者見之謂之知。仁陽知陰，各得是道，亦承上章仁知而言。百姓日用而不知，故君子之道鮮矣。莫不飲食，鮮能知味。顯諸仁，藏諸用，鼓萬物而不與聖人同憂，盛德大業至矣哉。顯者，仁也，用也，業也；藏者，知也，體也，德也。程子曰：「天地無心而成化，聖人有心而無爲。」富有之謂大業，日新之謂盛德。張子曰：「富有者大無外；日新者久無窮。」生生之謂易，陰生陽，陽生陰，其變無窮。理與書皆然也。（下缺）

……繼。○此第六章。

○聖人有以見天下之賾，而擬諸其形容，象其物宜，是故謂之象。賾，雜亂也。象，卦之象，如說卦所列者。聖人有以見天下之動，而觀其會通，以行其典禮，繫辭焉以斷其吉凶，是故謂之爻。會，謂理之所聚。通，謂事之所宜。言天下之至賾而不可惡也，言天下之至動而不可亂也。惡，猶厭也。擬之而後言，議之而後動，擬議以成其變化。觀象玩辭，觀變玩占而行之。此下七爻，則其例也。「鳴鶴在陰，其子和之；我有好爵，吾與爾靡之。」子曰：「君子居其室，出其言善，則千里之外應之，況其邇者乎；居其室，出其言不善，則千里之外違之，況其邇者乎。言出乎身，加乎民，行發乎邇，見乎遠。言行，君子之樞機，樞機之發，榮辱之主也。言行，君子之所以動天地也，可不慎乎。」釋中孚九二。「同人先號咷而後笑。」子曰：「君子之道，或出或處，或默或語。二人同心，其利斷金。同心之言，其臭如蘭。」釋同人九五爻義。言君子之道不同，惟同心，則物莫能間，而其言有味也。「初六，藉用白茅，無咎。」子曰：「苟錯諸地而可矣，藉之用茅，何咎之有。慎之至也。夫茅之爲物薄，而用可重也。慎斯術也以往，其無所失矣。」釋大過初六爻義。「勞謙君子，有終吉。」子曰：「勞而不伐，有功而不德，厚之至也。語以其功下人者也。德言盛，禮言恭，謙也者，致恭以存其位者也。」釋謙九三爻義。德言盛，禮言恭，言德欲其盛，禮欲其恭也。「亢龍有悔。」子曰：「貴而無位，高而無民，賢人在下位而無輔，是以動而有悔也。」釋乾上九爻義，已見文言，此蓋重出。「不出户庭，無咎。」子曰：「亂之所生也，則言語以爲階。君不密，則失臣。臣不密，則失身。幾事不密，則害成。是以君子慎密而不出也。」釋節初九爻義。子曰：「作易者，其知盜乎？易曰：『負且乘，致寇至。』負也者，小人之事也。乘也者，君子之器也。小人而乘君子之器，盜思奪之矣。上慢下暴，盜思伐之矣。慢藏誨盜，冶容誨淫。易曰：『負且乘，致寇至。』盜之招也。」釋解六三爻義。〇此第七章，言卦爻之用。

〇天一，地二；天三，地四；天五，地六；天七，地八；天九，地十。此章本在第十章之首，程子曰宜在此，今從之。言天地之數，陽奇陰耦也。天數五，地數五，五位相得而各有合。天數二十有五，地數三十。凡天地之數，五十有五，此所以成變化而行鬼神也。此簡本在「大衍」之後，今按：宜在此，繼上文。相得有合，謂一與六相得，合而爲水；二與七相得，合而爲火；三與八相得，合而爲木；四與九相得，合而爲金；五與十相得，合而爲土也。程子曰：「變化言功，鬼神言用。」大衍之數五十，其用四十有九。分而爲二以象兩，掛一以象三，揲之以四以象四時，歸奇於扐以象閏。五歲再閏，故再扐而後掛。參天兩地，合而爲五十，所謂大衍也。五十，體數也；四十九，用數也。其一不用，體在用中也。餘見序例。兩，謂兩儀。三變之間，一掛再扐，故再扐而後掛也。乾之策，二百一十有六；坤之策，百四十有四。凡三百有六十當期之日。凡此……（下缺）（朱子遺墨，過雲樓書畫記書卷一。）

按：此爲周易本義初稿。

論語顏淵注稿

……晁氏曰：「不憂不懼，由於德全而無疵，故無入而不自得，非實有憂懼而强排遣之也。」

司馬牛憂曰：「人皆有兄弟，我獨亡。」

亡讀爲無。牛有兄弟而云然(無)者，憂其爲亂而將死也。

子夏曰：「商聞之矣：死生有命，富貴在天。

(子夏蓋聞之夫子也。)命稟於有生之初，非今所能移；天莫之爲(能)而爲，非我所能必，但順受而已。

君子敬而無失，與人恭而有禮，四海之內，皆兄弟也。君子何患乎無兄弟也？」

既安於命，又當修其在己者，故又言苟能持己以敬而不間斷，接人以恭而有節文，則天下之人皆愛敬之如兄弟矣。蓋子夏欲以寬牛之憂，而爲是不得已之辭，讀者不以辭害意可也。胡氏曰：「子夏四海皆兄弟之言，特以廣司馬牛之意，意圓而語滯者也，惟聖人則無此病矣。且子夏知此而以哭子喪明，則以蔽於愛而昧於理，是以不能踐其言耳。」

子張問明。子曰：「浸潤之譖，膚受之愬，不行焉，可謂明也已矣。浸潤之譖，膚受之愬，不行焉，可謂遠也已矣。」

譖，莊蔭反。膚如字。浸潤，如水之浸灌滋潤，漸漬而不驟也。譖，毁人之行也。膚受，謂愬冤者急迫而切身，則聽者不及致詳，而發之暴矣。二者難察，而能察之，則可見其心之明而不蔽於近矣。此亦必因子張之失而告之，故其詞繁而不殺，致丁寧之意云。楊氏曰：「驟而語之，與利害不切於身者，不行焉，有不待明者能之也。」故浸潤肌膚所受利害切身，如易所謂「剥床以膚」，切近災者也。恕，恕己之寃也。毁人者漸漬而不驟，則聽者不覺其入，而信之深矣。心之譖、膚受之愬不行，然後謂之明，而又謂之遠，遠則明之至也。書曰：「視遠唯明。」

子貢問政。子曰：「足食，足兵，民信之矣。」

言倉廩實而武備修，然後教化行而民信於我，不離叛也。

子貢曰：「必不得已而去，於斯三者何先？」曰：「去兵。」

言食足而信孚，則無兵而守固矣。

子貢曰：「必不得已而去，於斯二者何先？」曰：「去食。自古皆有死，民無信不立。」

（民以食爲天，）無食必死。然死者，人之所不免；無信，則雖生而無以自立，不若死之爲安（也）。故寧死而不失信於民，使民亦寧死而不失信於我也。程氏曰：「孔門弟子善問，直窮到底。如此章者，非子貢不能問，非聖人不能答也。」愚謂以人情爲言，則（民一日不食則饑，再不食則死，人之常情也。）兵食足，而後吾之信可以孚於民。以民德而言，則信本人之所固有，非兵食所得而先也。是以爲政者當身率其民而……（下缺）

……法，欲公布節用以厚民也。

曰：「二，吾猶不足，如之何其徹也？」

二，即所謂什二也。公以（用不足而意欲）有若不喻其旨，故言此以示加賦之意。

對曰：「百姓足，君孰與不足？百姓不足，君孰與足？」

民富則君不至獨貧，民貧則君不能獨富。有若深言君民一體之意，以止公之厚斂。爲人上者，所宜深念也。楊氏曰：「仁政必自經界始。經界正，然後井地均，穀禄平，而軍國之需皆量是以爲出焉。」故一徹而百度舉，上下寧憂不足乎？以二猶不足而教之徹，疑若迂矣。然什一，天下之中正，多則桀，寡則貉，不可改也。然世不究其本，惟末之圖，故征斂無藝，費出無經，而上下困矣。又惡知盍徹之當務而不爲迂也？

子張問崇德、辨惑。子曰：「主忠信，徙義，崇德也。

主忠信，則本立；徙義，則日新。

愛之欲其生，惡之欲其死。既欲其生，又欲其死，是惑也。

惡，去聲。愛惡，人之常情也。然人之生死有命，非可得而欲也。以愛惡而欲其生死，則惑矣。既欲其生，又欲其死，則惑之甚也。

『誠不以富，亦祇以異。』」

此詩小雅我行其野之詞也（篇）。舊説，夫子引之，以明欲其生死者，不能使之生死，如此詩所言，不足以致富，而適足以取異也。程子曰：「此錯簡，當在第十六篇『齊景公有馬千駟』之上，因此下文亦有齊景公字而誤也。」楊氏曰：「堂堂乎張也，難與并爲仁矣，則非誠善補過，不蔽於私者，故告之如此。」

齊景公問政於孔子。

齊景公名杵臼。魯昭公末年，孔子適齊。

孔子對曰：「君君，臣臣，父父，子子。」

此人道之大經，政事之根本也。是時景公失政，而大夫陳氏厚施於國，景公又多内嬖，而不立太子。其君臣父子之間皆失其道，故夫子告之以此。

公曰：「善哉！信如君不君，臣不臣，父不父，子不子，雖有粟，吾得而食諸？」

景公善孔子之言，而不能用，（所謂悦而不繹者。）其後果以繼嗣不定，啓陳氏弑君篡國之禍。楊氏曰：「君之所以君，臣之所以臣，父之所以父，子之所以子，是必有道矣。景公知善夫子之言，而不知反求其所以然，蓋悦而不繹者，齊之所以卒於亂也。」

子曰：「片言可以折獄者，其由也與？」

折，子舌反。與，平聲。片言，半言（也）。折，斷（決）也。子路忠信（敏）明決，數言出而人信服之，不待其辭（言語）之畢（終而已定）也。

子路無宿諾。

宿，留也，猶宿怨之宿。急於踐言，而不留其諾也。記者因夫（孔）子之言而（并）記此，以見子路之所以取信於人者，由其養之有素也。尹氏曰：「小邾射以句繹奔魯，曰：『使季路要我，吾無盟也。』千乘之國，不信其盟，而信子路之一言，其見信於人可知矣。一言而折獄者，信在言前，人自信之故也。不留諾，所以全其信也。」

子曰：「聽訟，吾猶人也，必也使無訟乎！」

范氏曰：「聽訟者，治其末，塞其流也；正其本，清其源，則無訟矣。」楊氏曰：「子路片言可以折獄，而不知以禮遜爲國，則未能使民無訟也。故又記孔子之言，以見聖人之不以聽訟爲難，而使民無訟爲貴。」

子張問政。子曰：「居之無倦，行之以忠。」

居，謂存諸心。無倦，則（能久），始終如一。行，（謂）發於事以忠，則表裏如一。程子曰：「子張少仁，無誠心愛民，則必倦而不盡心，故告之如此。」

子曰：「博學於文，約之以理，亦可以弗畔矣夫！」

重出。

子曰：「君子成人之美，不成人之惡。小人反是。」

成者，誘掖獎勸，以成其事也。君子小人，所存既有厚薄之殊，而其所好又有善惡之異，故其用心不同如此。

季康子問政於孔子。孔子對曰：「政者，正也。子帥以正，孰敢不正？」

范氏曰：「未有己不正而能正人者。」胡氏曰：「魯自中葉，政由大夫，家臣效尤，據邑背叛，不正甚矣。故孔子以是告之，欲康子以正自克，而改三家之政。惜乎康子之溺於利欲而不能也。」

季康子患盜，問於孔子。孔子對曰：「苟子之不欲，雖賞之不竊。」

言子不貪欲，則雖賞民使之爲盜，民亦耻而不（肯矣。）竊。胡氏曰：「季氏竊柄，康子奪嫡，民之爲盜，固其所也。盍亦反其本耶？孔子以不欲啟之，其旨深矣。」

季康子問政於孔子曰：「如殺無道，以就有道，何如？」孔子對曰：「子爲政，焉用殺？子欲善而民善矣。君子之德風，小人之德草。草上之風，必偃。」

焉，音煙。爲政者，民所視效（固人之所則），何以殺爲（若以專殺爲事）？欲善，則民善矣（何爲而善乎？以加也）。上，一作尚，加也。偃，仆也。（言君子行政，如風行草上，民之易從如此。）尹氏曰：「殺之爲言，豈爲人之上者語哉？以身教者從，以言教者訟，而况於殺乎？」

子張問：「士何如斯可謂之達矣？」

達者，德孚於人而行無不得之謂。

子曰：「何哉，爾所謂達者？」

子張務外，夫子（問之也，）蓋已知其發問之意，故反詰之，將以（啟）發其病而藥之也。

子張對曰：「在邦必聞，在家必聞。」

言名譽著聞也。

子曰：「是聞也，非達也。

聞與達，相似而不同，乃誠僞之所以分，學者不可以不審也。故夫子既明辨之，下文又詳言之（也如此）。

夫達也者，質直而好義，察言而觀色，慮以下人。在邦必達，在家必達。

夫，音扶，下同。（好，去聲。）内主忠信，而所行合宜（質直者，忠信之存諸中，好義者，事之制於慮之詳），審於接物，而卑以自牧（則接物審，能下人，則益尊），皆自修之事。然德修於己（故德修，人信而能達矣），而人自信之，則所行之無窒礙矣。

夫聞也者，色取仁而行違，居之不疑，在邦必聞，在家必聞。」

行，去聲。善其顔色以求於仁，而行實背之，又自以爲是，而無所忌憚，此不務實，而專務求名（此不能用力於切，而專事虚名），故虚語雖隆，而實德則病（從而喪）矣。程子曰：「學者須是務實，不要近名。有意近名，大本已失，更學何事！爲名而學，則是僞也。今之學者，大抵爲名與爲利，雖清濁不同，然其利心則一也。」尹氏曰：「子張之學，病在乎不務實。故孔子告之，皆篤實之事，充乎内而發乎外者也。當時門人親受聖人之教，而差失有如此者，況後世乎！」

樊遲從游於舞雩之下，曰：「敢問崇德、修慝、辨惑？」

慝，吐得反。胡氏曰：「慝之字，從心從匿，蓋惡之匿於心者。修者，治而去之。」

子曰：「善哉問！

以善（善）其切於爲己（故善之也）。

先事後得，非崇德與？攻其惡，無攻人之惡，非修慝與？一朝之忿，忘其身，以及其親，非辨惑與？」

與，平聲。先事後得，猶言先難後獲也。爲所當爲，而不計其功，則德日積而不自知矣。專於治己，而不責人，則己之惡無所匿矣。樊遲（之爲人粗）鄙（而）近利，故（夫子言此）告之三者，皆所以（救之）救其失。范氏曰：「先事後得，上義而下利也。人惟有利欲之心，故德不崇。惟不自省己過，而知人過，故慝不修。感物而宜動者，莫如忿，忘其身以及其親，惑之甚者也。惑之甚者，必起於細微，能辨之於早，則不至於大惑矣。故懲忿所以辨惑也。」

樊遲問仁。子曰：「愛人。」問知。子曰：「知人。」

上知字，去聲，下同。愛人，仁之施；知人，知之務。

樊遲未達。

曾氏曰：「遲之意，蓋以愛欲其周，而知有所擇，故疑二者之相悖耳。」

子曰：「舉直措諸枉，能使枉者直。」

舉直（而已當）錯枉者，知（之明）也。能使枉者（亦變而）直，則（是仁之也）仁矣。如此，則二者不惟不相悖，而反相爲用矣。

樊遲退，見子夏曰：「鄉也吾見於夫子而問知，子曰：『舉直錯諸枉，能使枉者直。』何謂也？」

鄉，去聲。見，賢遍反。遲以夫子之言，專爲知者之事，又未達所以能使枉者直之理。

子夏曰：「富哉言乎！

歎其所包者廣，不止言知。

舜有天下，選於衆，舉皋陶，不仁者遠矣。湯有天下，選於衆，舉伊尹，不仁者遠矣。」

選，息戀反。陶，音遥。遠，如字。（伊尹，湯之相也。不仁者遠，言）人皆化而爲仁，不見有不仁者，若其遠去耳。（善矣。）所謂使枉者直也，子夏蓋有以知夫子之兼仁知而言矣。程子曰：「聖人之語，因人而變化，雖若有淺近者，而其包含無所不盡。觀於此章可見矣。非若他人之言，語近則遺遠，語遠則不知近也。」尹氏曰：「學者之問也，不欲獨聞其説，又必欲知其方；不欲獨知其方，又必欲爲其事。如樊遲之問仁，知也，夫子告之盡矣，樊遲未達；故又問焉，而猶未知其何以爲之也；及退而聞諸子夏，然後有以知之。使其未喻，則必將復問矣。既問於師，又辨諸友，當時學者之務實也如是。」

子貢問友。子曰：「忠告而善道之，不可則止，毋自辱焉。」

告，工毒反。道，去聲。友，所以輔仁，故盡其心以告之，善其説而道之；然以義合者也，故不可則止。若以數而見疏，則自辱耳。（數告之，非惟彼之不能變其善，蓋有反傷於□，而自取疏者矣。非惟自取疏者矣，彼不聽而反以爲謗也，是取辱矣，何益於友善哉！）

曾子曰：「君子以文會友，以友輔仁。」

講學以會友，則道益明；取善以輔仁，則德日進。（穰梨館過眼録卷二，吴越所見書畫録卷一。）

按：此爲論語集注草稿。審此手稿，乃在前一稿上修改而成，似即定本之前之最後一稿。文中括弧中句，爲前一稿被删除塗改之字。

居家四本

讀書，起家之本；勤儉，治家之本；和順，齊家之本；循理，保家之本。（法教佩珠卷一。）

論茶

凡物食之甘者，過後必酸，苦者必甘。茶本苦而能甘，是有理存焉。始於憂患者，終於逸樂，禮而後和。禮本天下之至嚴，行之各得其分，則至和。苦，□□之類也。易：「家人嗃嗃，悔厲吉。」苦而甘也；「婦子嘻嘻，終吝。」甘而酸也。（黄希憲續自警編卷五。）

按：朱子語類卷一百三十八有林夔孫記喫茶一條，與此同，但記叙不明。此或是另一弟子在場所記。

陶潛論

張子房五世相韓。韓亡，不愛萬金之産；弟死，不葬，爲韓報讐。雖博浪之謀不遂，横陽之命不延，然卒藉漢滅秦，誅項以攄其忿。然後棄人間事，導引辟穀，託意寓古，將與古之數翁銷化者，相期於八埏九垓之外。千載之下，聞其風者，想像歎息，不知其心胸面目爲何如人，其志可謂壯哉！陶元亮自以晉世宰輔子孫，耻復屈身後代。自劉裕簒奪勢成，遂不肯仕，雖其功名事業不少概見，而其高情逸想播於聲詩者，後世能言之士自以爲莫能及也。蓋古之君子，其於天命民彝君臣父子大倫大法之所在，惓惓如此，是以大者既立，而後節概之高，語言之妙，乃有不可得而言者。如其不然，則紀逡、唐林之節非不苦，王維、儲光羲之詩非不修然遠也，然夫身於新奔禄山之朝，則其平生之所辛勤而僅得以傳世者，適足爲後世嗤笑之資耳。（陳繼儒古論大觀卷十七。）

李綱論

惟天下之義莫大於君臣，其所以纏綿固結而不可解者，是皆生於人心之本然，而非有所待於外也。然而世衰俗薄，學廢不講，則雖其中心之所固有，亦且淪胥陷溺，而爲全軀保妻子之計以後其君者，往往指迹於當世。有能奮然撥起於其間如李公之爲人，知有君父，而不知有其身，知天下之有安危，而不知其身之有禍福，雖以讒間竄斥，屢擯九死，而其愛君憂國之志，終有不可得而奪者，是亦可謂一世之偉人矣！以李綱之賢，使得畢力殫慮於靖康、建炎間，莫或撓之，二帝何至於此行，而宋豈至南渡之偏安哉？夫用君子則安，用小人則危，不易之理也。綱居相位僅七十日，其謀數不見用，獨於黄潛善、汪伯彦、秦檜之言信而任之，何高宗之見與人殊哉！綱雖屢斥，忠誠不少貶，不以用舍爲語默，若赤子之慕，其母怒呵，猶嗷嗷焉挽其裳裾而從之。嗚呼！中興功業之不振，君子固歸之天，若綱之心，非諸葛孔明之儔與！（古論大觀卷二十二。）

按：朱熹丞相李公奏議後序云：「顧嘗論之：以爲使公之言用於宣和之初，則都城必無圍迫之憂；用於靖康，則宗國必無顛覆之禍；用於建炎，則中原必不至於淪陷……」此所云「顧嘗論之」，似即指此李綱論。

二程論

明道德性寬大，規模廣闊；伊川氣質剛方，文理密察。其道相同，而造德各異。故明道嘗爲條例司官，不以爲凂；而伊川所作行狀乃獨不載其事。明道猶謂青苗可且放過；而伊川乃於西監一狀較計如此，此可謂不同矣。然明道之放過，乃孔子之獵較爲同耶？但明道所處是大賢以上事，學者未至而輕議，恐失所守；伊川所處雖高，然實中人皆可企及，學者只當以此爲法，則可寡過矣。然又當觀用之淺深，事之大小，裁的其宜，難執一意，此君子所以貴窮理也。（古論大觀卷二十二。）

附論賈誼進説於君

前世固有草茅韋布之士獻言者，然皆有所因，皆有次第，未有無故忽然犯分而言者；縱言之，亦不見聽，徒取辱爾。若是明君，自無壅蔽之患，有言亦見聽；不然，豈可不循分而徒取失言之辱哉？如史記説商鞅、范雎之事，彼雖小人，然言皆有序，不肯妄發。商鞅初説孝公以帝道，次以王道，而後及霸道，彼非常爲帝王之事也，特借是爲漸進之媒，而後吐露其胸中之所欲言，先説得孝公動了，然後方深説。范雎欲奪穰侯之位以擅權，未敢便深説穰侯之惡，先言外事以探其君，曰穰侯越韓、魏而取齊之剛壽，非計也。昭王信之，然後漸漸深説。彼小人之言尚有次序如此，君子之言豈可妄發也？某嘗説賈誼固有才，文章亦雄偉，只是言語急迫，先進言之序，看有甚事，都一齊説了，宜絳、灌之徒不悦，文帝之謙讓未遑也。且如一間破屋，教自家修，須有先後緩急之序，不成一齊拆下，雜然並修。看他會做事底人便别，如韓信、鄧禹、諸葛孔明輩，無不有一定規模，漸漸做將去，所爲皆卓然有成，這樣人方是有定力，會做事。如賈誼胸次，終是鬧著事不得，有些子在心中，盡要迸出來，只管跳躑，爆趠不已，如乘生駒相似，制御他未下，所以言語無序，而不能有所爲也。易曰：「艮其輔，言有序，悔亡。」聖人之意可見矣。（古今圖書集成 理學彙編 經籍典卷四百七十九卷諸子部。）

卷五 序跋記

南豐先生年譜序 紹興中

南豐先生者，諱鞏，字子固，姓曾氏，南豐人。丹陽朱熹曰：予讀曾氏書，未嘗不掩卷廢書而歎，何世之知公淺也！蓋公之文高矣，自孟、韓子以來〔一〕，作者之盛，未有至於斯。夫其所以重於世者，豈苟而云哉！然世或徒以是知之，故知之淺也。知之淺，則於公之事論之猶不能無所牴牾，而况於公之所以爲書者，宜其未有以知之也。然則世之自以知公者，非淺而妄與？其可歎也已。公書或頗有歲月，參以史氏記及其他書舊聞次之，著于篇。（隱居通義卷十四，元豐類稿卷首，乾隆建昌府志卷七十一，同治南豐縣志卷三十五，曾文定公年譜卷一。）

〔一〕子：原缺，據元豐類稿補。

南豐先生年譜後序 紹興中

丹陽朱熹曰：世有著書稱公文章者，予謂庶幾知公。求而讀之，湫然卑鄙，知公者不爲是言也。然則世之自以知公者何如哉？豈非徒以其名歟？予之説於是信矣。其説又以謂公爲史官，薦邢恕、陳無己爲英録檢討，而二子者受學焉，綜其實不然。蓋熙寧初詔開實録院，論次英宗時事，以公與檢討，一月免。豈公於是時而能有以薦士哉？其不然一也。恕治平四年始登進士第，元豐中用公薦，爲史館檢討，與修五朝國史，其事見於實録矣。爲實録院檢討而與修英録於熙寧之初，則未有考焉，其不然二也。師道見公於江淮之間而受教焉〔一〕，然竟公時爲布衣，元祐中乃用薦起家，爲郡文學。是公於史館猶不得以薦之，況熙寧時，豈有檢討事哉！其不然三也。一事而不然者三，則公所以教恕者，其在元豐史館之時乎？未可知也。此予所謂牴牾者。斯人爲世所重，又自以知公，故予不得不考其實而辨其不然者。其書世或頗有，以故不論著其非是者焉〔二〕。（隱居通議卷十四，元豐類稿卷首，乾隆建昌府志卷七十六，同治南豐縣志卷三十五，曾文定公年譜卷一。）

〔一〕淮：元豐類稿作「漢」。

〔二〕非是：元豐類稿作「是非」。

按：朱子語類卷一百三十九楊方録云：「先生舊喜南豐文，爲作年譜。」直齋書録解題卷十七元豐類稿下亦云：「中書舍人南豐曾鞏子固撰，王震爲之序。年譜，朱熹所輯也。」謝采伯密齋筆記卷三云：「朱文公爲南豐作年譜，云：『自孟、韓子以來，作者之盛，未有至於斯。』『何世之知公淺也！』」即引此年譜序語。朱熹作南豐先生年譜在紹興二十年至二十三年間，序中所斥「湫然卑鄙」之人，乃爲秦檜。

書少陵送路六侍御入朝詩寄伯恭 隆興二年

童穉情親四十年，中間消息兩茫然。更爲後會知何地？忽漫相逢是别筵。不分桃花紅勝錦，生憎柳絮白於綿。劍南春色還無賴，觸忤愁人到酒邊。

仲春後三日寓劍川，書寄伯恭友丈。朱熹載拜。（西陂類稿卷二十八。）

按：劍川即延平（南劍）。隆興二年春朱熹因吊李侗嘗一至南劍。

忠獻王誥跋 淳熙九年

靖康亂後，人家圖籍亦厄，靡有孑遺。忠獻王誥命，自洛而縉，炳若日星，何修而克臻此？蓋盛德偉烈，昭揭天壤間，綸綍褒崇，不遽廢墜故耳。厥後光禄公、節度公護駕建儲，踵仁人之芳躅，積更厚矣。流光云來，奕葉未艾，將有繼忠獻而起者，寧獨與王氏寶章較遠近已哉！淳熙壬寅仲秋望後，新安朱熹謹言。（民國縉雲趙氏總祠志卷一。）

按：忠獻王即宋初宰相趙普，光禄公爲趙期，節度公爲趙渡。趙普追封韓國王謚忠獻，誥亦載總祠志中。朱熹淳熙九年浙東提舉任上，曾於八月二十二日巡歷至縉雲，徐木所云「須趕到縉雲相從」（見陳亮又癸卯秋書），即指此，正與此跋「仲秋望後」相合。

易序 淳熙中

易之爲書，卦爻彖象之義備，而天地萬物之情見。聖人之憂天下來世，其至矣。先天下而開其物，後天下而成其務。是故極其數以定天下之象，著其象以定天下之吉凶。六十四卦，三百八十四爻，皆所以順性命之理，盡變化之道也。散之在理，則有萬殊；統之在道，則無二致。所以「易有太極，是生兩儀」。太極者，道也；兩儀者，陰陽也。陰陽，一道也；太極，無極也。萬物之生，負陰而抱陽，莫不有太極，莫不有兩儀，絪緼交感，變化不窮。形一受其生，神一發其智，情僞出焉，萬緒起焉。易，所以定吉凶而生大業。故易者，陰陽之道也；卦者，陰陽之物也；爻者，陰陽之動也。卦雖不同，所同者奇耦；爻雖不同，所同者九六。是以六十四卦爲其體，三百八十四爻互爲其用。遠在六合之外，近在一身之中，暫於瞬息，微於動静，莫不有卦之象焉，莫不有爻之義焉。

至哉易乎！其道至大而無不包，其用至神而無不存。時固未始有一，而卦亦未始有定象；事固未始有窮，而爻亦未始有定位。以一時而索卦，則拘於無變，非易也；以一事而明爻，則窒而不通，非易也。知所謂卦爻彖象之義，而不知有卦爻彖象之用，亦非易也。故得之於精神之運、心術之動，與天地合其德，與日月合其明，與四時合其序，與鬼神合其吉凶，然後可以謂之知易也。

雖然，易之有卦，易之已形者也；卦之有爻，卦之已見者也。已形已見者可以言知，未形未見者不可以名求。則所謂易者，果何如哉？此學者所當知也。（别本周易本義卷首，性理群書句解卷五，雍正山東通志卷三十五。）

按：熊節編、熊剛大注性理群書句解以此序爲朱熹作。熊節爲朱熹弟子，熊剛大受學於黄榦、蔡淵，自當有據。然稍後王霆震編古文集成，以此序題作「伊川」作，至元譚善心編二程文集，遂收作程頤遺文，實誤。考朱熹生平易學著作有三：易傳、周易本義、易學啟蒙，而易傳亡佚。此易序應爲朱熹易傳之序，而非程頤易傳之序，程氏易傳本自有序，蓋以書名相同致誤。觀此序所云，同朱熹思想相合，而不類程頤之説。如云：「太極者，道也，兩儀者，陰陽也。陰陽，一道也；太極，無極也。」是以太極即無極，無極即太極，此乃朱熹獨家之解説，程頤向無此説。僅此即足可斷此序爲朱熹作而非程頤作。直齋書録解題録朱熹易傳十一卷，云：「（朱）初爲易傳，用王弼本；復以吕氏古易經爲本義，其大旨略同而加詳焉。」朱熹弟子度正書易學啓蒙後亦云：「後之學者觀之易傳，則可見先生初年學易所以發明象、象、文者如此。」吕祖謙定古易經在淳熙九年，朱熹以王弼本作易傳當在淳熙九年以前。朱熹生前板刻流行，乃爲熊節編性理群書句解所取。

禮序 紹熙中

禮儀三百，威儀三千，皆出於性，非僞貌飾情也。鄙夫野人卒然加敬，逡巡遜却而不敢受；三尺童子拱而趨市，暴夫悍卒莫敢狎焉。彼非素有於教與邀譽於人而然也，蓋其所有於性，物感而出者如此。故天尊地卑，禮固立矣；類聚群分，禮固行矣。

人者，位乎天地之間，立乎萬物之上，天地與吾同體，萬物與吾同氣，尊卑分類，不設而彰。聖人循此，制爲冠、昏、喪、祭、朝、聘、射、饗之禮，以行君臣、父子、兄弟、夫婦、朋友之義。其形而下者，具於飲食器服之用；其形而上者，極於無聲無臭之微。衆人勉之，賢人行之，聖人由之。故所以行其身與其家與其國與其天下，禮治則治，禮亂則亂，禮存則存，禮亡則亡。上自古始，下逮五季，質文不同，罔不由是。然而世有損益，惟周爲備。是以夫子嘗曰：「郁郁乎文哉！吾從周。」逮其弊也，忠義之薄，情文之繁，林放有禮本之問，而孔子欲先進之從，蓋所以矯正反弊也。然豈禮之過哉？爲禮者之過也。

秦氏焚滅典籍，三代禮文大壞。漢興購書，禮記四十九篇雜出諸儒傳記，不能悉得聖人之旨。考其文義，時有牴牾。然而其文繁，其義博。學者觀之，如適大通之肆，珠珍器帛隨其所取；如游阿房之宫，千門萬户隨其所入，博而約之，亦可以弗畔。蓋其説也，粗在應對進退之間，而精在道德性命之要，始於童幼之習，而終於聖人之歸。惟達於道者，然後能知其言；能知其言，然後能得於禮。然則禮之所以爲禮，其則不遠矣。昔者顔子之所從事，不出乎視聽言動之間，而鄉黨之記孔子，多在於動容周旋之際，此學者所當致疑以思，致思以達也。（性理群書句解卷五。）

按：此禮序與前易序同，王霆震古文集成誤題伊川作，元譚善心將此序作爲程頤佚文編入二程文集。然程頤生平未嘗作有禮學之書，而朱熹生平所作禮書則有儀禮經傳通解、儀理經傳圖解、禮記解、祭儀、家禮、二十家古今家祭禮、四家禮範，而儀禮經傳圖解、禮記解、祭儀、二十家古今家祭禮與四家禮範均佚，則此禮序必是此五種亡佚禮書中之一序，以此序專論禮記，則當是禮記解之序。朱熹作禮記解并予刊刻在紹熙元年。

濟南辛氏宗譜原序 慶元中

今之修譜者衆矣，推其意，不過夸示祖宗之富貴，矜言氏族之强大已耳，而所以修譜之深意，則茫乎其不可問矣。蓋修譜之意，所以序昭穆、明長幼、分士庶、別親疏，以維持家道也。而今之修譜者則曰：吾太祖爲某氏之官，某朝之相，而後之子孫亦與有榮施焉。凡我同姓之人，莫不依附我之氏族，而得以步其光寵。于是乎親疏無以明，士庶無以分，長幼無以別，昭穆無以序，而修譜之義安在哉？若盛族則不然，自太祖以及始祖，以及所自出之祖，莫不在左昭右穆之中，以爲之序。死者之昭穆既不紊，生者之序齒亦不亂，觀禮者于此，不藹然有孝子仁人之思哉？是誠所謂善于報本，善于追遠者也。但是譜之修，數有百餘年，而子孫繁盛，世裔綿遠，又恐昭穆之或漸失序也。今于是月纂修宗譜，而問序于予，予亦不揣固陋，而謬爲之序。（鉛山辛氏宗譜卷首。）

濟南辛氏宗圖舊序 慶元中

稼軒辛公其來，出濟南中州。歷諸顯任，以安撫甸宣王命，即得大觀山水，察風土之異齊。知土沃風淳，山水之勝，舉無若西江信州者，遂愛而退居信之上饒。以燼變，移構鉛山期思瓜山之下，繼而作室，而别立臺榭椽屋于丘壑可嘉之處，以優士之能共論斯道者。熹始得以御公于慶元戊午，公復起就職，來主建寧武夷冲祐觀，益相親切。庚申之春，同游武夷山中。舟行，循其水曲，隨遇佳景，則棹停賦賞，而論及水之源流。愚謂：「水惟源斯深，故其流長。人之世系，亦猶是也。但世久傳泒，則有莫知所出，真如水之流演分支，則亦莫知所自者矣。况其源流逾遠，潢潦轉相溷投，而概謂之同源，又何能分别乎？」于是辛公乃感激云：「吾亦嘗爲此懼，竊製宗圖，以詔誥後人，使其知由百世之下而至百世之上，觀統系，同異有辨，疏戚有考，承傳久遠，以叙尊卑。則庶乎宗支不淆，抑或可以言敦睦之義。且令其居相隔絶、心相念慕者有所持循，得以溯流尋源，而無迷謬也。」熹因問，而知其有密州、京師、福州、萊州、東京、東平之多族，而族類之衆，尤多古之聞人。然究其初，悉皆有辛氏之裔，其實一本矣。而宗圖之製，所以不忘乎本末，由以理制之善者也。是以推原與遇之迹。詳述與論之旨，欲其并書諸圖，以少識愚與善之意云。時宋慶元庚申二月戊午，新安朱熹題。（鉛山辛氏宗譜卷首。）

王氏族譜序

譜牒之系大矣哉！自公卿大夫以及庶人，必有譜牒。夫譜牒有二：一曰文獻，則詳其本傳、誥、表、銘、狀、祭祀之類；一曰世系，則别其親疏、尊卑、嫡庶、繼統之分。非世系無以承其源流，非文獻無以考其出處。述祖宗之既往，啓後人之將來，豈不本于是歟？愚按：王世出自周靈王太子晉之後，而子孫家居於伊洛琅琊，有由來矣。其先晉代名流，海内冠冕尚矣。及我皇宋進賢圖治，衣冠藹然，若閩中之人理唐卿公，御史回公，給事季明公，忤權奸，阻和議，咸有以緝熙光烈。於是訪其遺編，采其聞見，而爲之裒次發揮，使宗牒得以徵乎文獻之盛，明乎世系之遥，詳審脈絡貫通而爲百世不易之法。子姓遵而守之，則可以修身正家；擴而充之，則可以事君治人，然後儒學之相傳，宦世之相望，皆所以重倫紀，厚風俗，非他人所能及也。茲唐卿公家子世長授熹以牒，觀之反復，僭書是譜，以冠乎篇端，將勉後賢云。（乾隆仙游縣志卷四十八。）

胡氏族譜叙

自宗子法廢，而族無統。唐人重世族，故譜牒家有之。唐以後不能然，苟非世之富貴多文儒，族氏派系往往湮淪而莫考矣。胡氏之先，自周武王封舜後胡公滿於陳，子孫以謚爲姓。歷漢文恭廣公以迄晉關内侯質公，爲立譜之鼻祖，相傳二十五世。中間序昭穆，别疏戚，因流遡源，由本達枝，作譜以傳，庶幾不忘本也。胡氏子孫繼此能自振於時，則斯譜之傳愈久愈光，由一世以及千萬世，莫可量也。（古今圖書集成氏族典卷八十六，民國文安縣志卷九。）

藍田吕氏鄉約跋 淳熙二年

此篇舊傳吕公進伯所作，今乃載於其弟和叔文集，又有問答諸書如此，知其爲和叔所定不疑。篇末著進伯名，意以其族黨之長而推之，使主斯約故爾。淳熙乙未四月甲子，朱熹識。（藍田呂氏遺書卷上。）

藍田呂氏鄉儀跋 淳熙二年

此篇舊題蘇氏鄉儀，意其爲蘇昞季明博士兄弟所作。今按呂和叔文集乃季明所序，而此篇在焉，然則乃呂氏書也。因去篇題二字，而記其實如此。淳熙乙未四月甲子，朱熹識。（藍田呂氏遺書卷上。）

按：上二跋爲淳熙二年呂祖謙來寒泉與朱熹相會，兩人共定近思録時所作。

米敷文瀟湘圖卷二題 淳熙六年

題一

淳熙己亥中夏（一作「仲夏廿八日」），新安朱熹觀於江東道院。

題二

建陽、崇安之間，有大山横出，峰巒特秀，余嘗結茆其顛小平處。每當晴晝，白雲坌入窗牖間，輒咫尺不可辨。嘗題小詩云：「閑雲無四時，散漫此山谷。幸乏霖雨姿，何妨媚幽獨。」下山累月，每竊諷此詩，未嘗不悵然自失。今觀米公所爲左侯戲作横卷，隱隱舊題詩處似已在第三、四峰間也。又得并覽諸名勝舊題，想像其人，益深歎息。淳熙己亥中夏廿九日，新安朱熹仲晦父書於江東道院。（珊瑚網名畫題跋卷四，初拓戲鴻堂法帖第十四册，式古堂書畫彙考畫考卷十三，續書畫題跋記卷二。）

按：朱文公文集卷八十一跋陳簡齋帖云：「簡齋陳公手寫所爲詩一卷……予嘗借得之，欲摹而刻之江東道院……」經訓堂帖有朱熹此跋手跡，尾署「淳熙辛丑四月丁卯新安朱熹」。又同卷書濂溪先生拙賦後亦云：「右濂溪先生所爲賦篇……乃辟江東書院之東室，榜以『拙齋』而刻置焉……淳熙己亥秋八月辛丑。」是江南道院在南康軍，多藏有名家字畫，朱熹常往其地。

跋延平本太極通書 淳熙六年

臨汀楊方得九江故家傳本，校此本不同者十有九處，然亦互有得失。其兩條此本之誤，當從九江本。如理性命章云「柔如之」，當作「柔亦如之」。師友章當自「道義者」以下，析爲下章。其十四條義可兩通，當並存之。如誠幾德章云「理曰禮」，「理」一作「履」。慎動章云「邪動」，一作「動邪」。化章，一作「順化」。愛敬章云「有善」，此下一有「是苟」字。「學焉」，此下一有「有」字。「曰有不善」，一無此四字。「曰不善」，此下一有「否」字。樂章云「優柔平中」，「平」，一作「乎」。「輕生敗倫」，「倫」，一作「常」。聖學章云「請聞焉」，「聞」，一作「問」。顏子章云「獨何心哉」，「心」，一作「以」。「能化而齊」，「齊」一作「濟」，一作「消」。過章，一作「仲由」。刑章云「不止即過焉」，「即」，一作「則」。其三條九江本誤，而當以此本爲正。如太極説云「無極而太極」，「而」下誤多一「生」字。誠章云「誠斯立焉」，「立」誤作「生」。家人睽復無妄章云「誠心復其不善之動而已矣」，「心」誤作「以」。凡十有九條，今附見於此，學者得以考焉。（周濂溪集卷七，周子全書卷十一太極通書發明。）

按：延平本太極通書非朱熹刊刻。楊方子直携九江故家傳本來南康在淳熙六年四月，朱熹校定太極通書在是年五月（南康本），故可知朱熹寫此跋在是年四月間。

吕氏祭儀跋 淳熙九年

右吕氏祭儀一篇，吾友伯恭父晚所定也。聞之潘叔度，伯恭成此書時已屬疾，自力起，奉祭事惟謹。既又病其飲福受胙之禮猶有未備者，將附益之，而不幸遽不起矣。使其未死，意所釐正殆不止此。惜哉！淳熙壬寅二月既望，朱熹書。（東萊吕太史别集卷四，吕東萊正學編卷一。）

跋王羲之蘭亭叙 淳熙九年

世傳王羲之書蘭亭叙，惟定武所藏石刻獨得其真，乃歐陽詢所摹刻之唐内府者也。熹嘗見三本，紙墨不同而字蹟無異。縉紳題者剖析毫末，議論紛然，大約奇秀渾成，無如此榻。陳舍人至浙東，極論書法，携此本觀之。看來後世書者刻者不能及矣，亦可爲一慨云。淳熙壬寅歲，浙東提舉常平司新安朱熹記。（佩文齋書畫譜卷七十一，古緣萃録卷十八。）

跋任伯雨帖 淳熙十五年

任公忠言直道，銘於彝鼎，副在史官。而此帖之傳，尤可以見其當時事實之曲折，此巽巖李公所爲太息而惓惓也。任公曾孫清叟以其墨本見遺，三復以還，想見風烈，殊激衰懦之氣。願與公之子孫交相勉勵，以無忘「高山仰止」之意焉。淳熙戊申六月十六日，新安朱熹書。（石渠寶笈續編第五十七寧壽宮藏宋賢遺翰。）

跋劉子翬友石臺記 淳熙十六年

此屏山先生紹興甲午年間之所撰，後學朱熹於淳熙己酉登臺誦記，仍稽年譜，而知閩憲吴公所築，乃肇慶榮滿時。仰慕高風，拜手敬書，以遺公之孫子焉。（閩中金石略卷八，金石粹編卷一百五十，民國福建通志卷二十六福建金石志石九。）

按：紹興無甲午，閩中金石略考云：「考宋史劉子翬傳云：『卒，年四十七。』據朱子所撰墓表，實爲紹興十七年，則其生當在元符三年。至政和四年甲午，年僅十五，必未能執筆而記顯者之居，是非紹興二字之誤，而甲午之誤矣。其誤在甲，則當爲紹興八年之壬午；其誤在午，則當爲紹興十四年之甲子。」今按：甲午當是甲子之形誤，蓋古書午、子常刻訛。或以爲友石臺在肇慶，朱熹過肇慶而作此跋，尤非。金石彙目分編卷八著録崇安有友石臺記碑，謂「朱子行書，淳熙己酉，凡四石」，可證臺在崇安。

書嵩山古易跋後紹熙元年

熹按：晁氏此説與吕氏音訓大同小異，蓋互有得失也。先儒雖言費氏以彖、象、文言參解易爻，然初不言其分傳以附經也。至謂鄭康成始合彖、象於經，則魏志之言甚明。而詩疏亦云：「漢初爲傳訓者，皆與經别行，三傳之文，不與經連。」故石經書公羊傳，皆無經文，而藝文志所載毛詩故訓傳，亦與經别。及馬融爲周禮注，乃云欲省學者兩讀，故具載本文而就經爲注焉。馬鄭相去不遠，蓋倣其意而爲之爾。故吕氏於此義爲得之，而晁氏不能無失。至晁氏謂「初亂古制時，猶若今之乾卦，彖、象並繫卦末，而卒大亂於王弼」，則其説原於孔疏，而吕氏不取也。蓋孔疏之言曰：「夫子所作象辭，元在六爻經辭之後，以自卑退，不敢干亂先聖正經之辭。及至輔嗣之意，以爲象者本釋經文，宜相附近，其義易了，故分爻之象辭，各附其當爻下言之。」此其以爲夫子所作元在經辭之後，爲夫子所自定，雖未免於有失，而謂輔嗣分爻之象以附當爻，則爲得之。故晁氏捨其半而取其半也。其實今所定復爲十二篇者，古經之舊也。王弼注本之乾卦，蓋存鄭氏所附之例也。坤以下六十三卦，又弼之所自分也。吕氏於跋語雖言康成、輔嗣合傳於經，然於音訓乃獨歸之鄭氏而不及王弼，則未知其何以爲二家之别，而於王本經傳次第兩體之不同，亦不知所以爲説矣，豈非闕哉。（周易會通因革吕氏易後，古今圖書集成經籍典卷六十一，經義考卷二十。）

按：紹熙元年朱熹於臨漳刊刻四經四子，其中易經，據直齋書録解題卷一於古易十二卷、音訓二卷下云：「著作郎東萊吕祖謙伯恭所定……朱晦庵刻之臨漳、會稽，益以程氏是正文字及晁氏説。」所謂「晁氏説」，即指晁説之所定古周易及其跋語，可見朱熹此跋後文當是其於臨漳刊刻易經附以晁氏之説所加之按語。

書禹貢九江彭蠡説　慶元二年

余讀禹貢，即有所疑於此數條。復見鄭漁仲所論，以「東爲北江，入於海」爲衍文，初亦意其有理。既而思之，去其所謂北江者，則下文之中江者無所措矣。晚以蒙恩假守二年於彭蠡之上，乃得究觀其山川地理之實，而知經文之不能無誤也。至於以九江爲洞庭，則惟近世晁以道之説爲然。晁氏則本於胡秘監之説也。細以地理遠近之勢度之，宜從二公爲是。久欲略疏其語，以破古今之曲説，而因循不暇。慶元丙辰□月既望，諸生偶有問者，始得爲之。時方卧病，神思昏塞，甚恨文之不達吾意。（書傳輯録纂註卷二禹貢輯録。）

按：此文董鼎書傳輯録纂注輯自經説。朱熹武夷經説由王迂、黄大昌所集，已佚。朱文公文集卷七十二有九江彭蠡辨，作於慶元二年。蓋是年朱熹先作九江彭蠡辨，向諸生略陳其説，書禹貢九江彭蠡説爲此文後附語，作付諸生，遂未入文集，而爲經説所采。

玉山汪氏集古堂金石遺文跋後 慶元三年

……事有實迹，語無浮辭，有德者之言蓋如此，後學所當取法也。（元劉有定衍極注卷五。）

按：衍極注云：「(汪)季路名逵，衢州人。父應辰……俱官至端明殿學士，時稱爲大、小端明。……汪氏建集古堂，藏奇書秘迹、金石遺文二千卷，玉山多爲跋尾。朱元晦嘗題其跋後曰……」汪逵收藏金石書畫宏富，朱文公文集卷八十四有朱熹爲汪逵所藏金石書畫作跋十三首，均作在慶元三年十月中，蓋是月汪逵携金石書畫來考亭請朱熹觀題，此金石遺文跋後當亦作在其時。

跋和靖書伊川先生四箴後

和靖先生喜爲人書此箴，學者以其筆劄之精，相與襲藏，以供傳玩，殊非先生所爲書之意也。縣尉潘景夔得此，乃刻石而置之縣庠。（乾隆湖州府志卷四十三碑版。）

按：伊川四箴即視箴、聽箴、言箴、動箴。朱文公文集卷四十八答吕子約論語書有云：「向見叔昌之弟摹刻尹和靖所書四箴，作『由乎中，所以應乎外』，嘗辨其謬。後見尹書他本，却皆不錯。然既有此誤，則尹公想亦未免錯會其師之意也。」此「叔昌之弟」必指潘景夔，而其確嘗摹刻尹氏所書四箴。

題病翁先生潭溪十七詠後

病翁先生潭溪十七詠，門人朱熹書。（桐江集卷三讀朱文公書劉屏山詩跋。）

睢陽五老圖卷跋并詩

拜瞻五老圖像，儼然儀刑。當代以來，遇時否塞，遭家多故，支同派別，遷播不一，南北之涸，其來尚矣。得其畢氏之傳再見於江南，豈勝幸哉！使人企仰，以續將來，非獨表大宋隆德興盛之時，實起後世爲人臣子孫亘古永錫無替之昭鑒，垂不朽云爾，以踵其祖韻而已矣。後學朱熹拜手敬題。

同支派別胄遥遥，南渡衣冠尚北朝。千載畫圖文獻在，兩朝開濟政明昭。公卿倡和遵皇運，嗣子傳家念祖饒。幸得慶源流自遠，匡扶人世釋塵囂。（式古堂書畫彙考畫考卷四十五。）

跋陸子强家問

家問所以訓飭其子孫者，不以不得科第爲病，而深以不識禮義爲憂。其殷懃懇切，反覆曉譬，説盡事理，無一毫勉强緣飾之意，而慈祥篤實之氣藹然。諷味數四，不能釋手云。（陸象山年譜。）

題響石巖 淳熙二年

何叔京、朱仲晦、連嵩卿、蔡季通、徐宋臣、吕伯恭、潘叔昌、范伯崇、張元善。淳熙乙未五月廿一日，晦翁。（閩中金石志卷九，崇安縣志卷十，民國福建通志卷二十六福建金石志石九。）

題響石巖 淳熙五年

淳熙戊戌八月乙未，劉彦集、嶽卿、純叟、廖子晦、朱仲晦來。晦翁。（閩中金石志卷九，崇安縣志卷十，民國福建通志卷二十六福建金石志石九。）

題卧龍潭 淳熙六年

紫陽朱熹卜居卧龍山宅，成紀崔嘉彦實……之。其徒清江劉清之。己亥七月。（廬山金石彙考卷下，吴宗慈廬山志卷十一。）

題華蓋石 淳熙七年

朱仲晦父與王之才、楊子直、蔡季通、胡子先、鄧邦老、胡仲開同飲此石，望五老峰。淳熙七年上章困敦孟□癸酉□□書。（廬山紀事卷八。）

題水簾洞 淳熙八年

劉嶽卿、幾叔招、胡希聖、朱仲晦、粱文叔、吴茂實、蔡季通、馮作肅、陳君謨、饒廷老、任伯起來游。淳熙辛丑七月二十三日仲晦書。（武夷山志卷十五，閩中金石志卷九，崇安縣志卷十，民國福建通志卷二十六福建金石志石九。）

小蒼野題名 淳熙十年

淳熙癸卯中冬，朱元晦登。（民國福建通志卷二十六福建金石志石九，莆陽金石初編。）

東埔小石山石刻 淳熙十年

朱仲晦登。（閩中金石志卷九，民國福建通志卷二十六福建金石志石九。）

烏石山題名 淳熙十年

趙子直、朱仲晦淳熙癸卯仲冬丙子同登。（八瓊室金石補正卷九十七，福州碑刻記，民國福建通志卷二十六福建金石志石九。）

鼓山題名 淳熙十四年

淳熙丁未，晦翁來謁鼓山嗣公，游靈源洞，遂登水雲亭，有懷四川子直侍郎。同游者，清漳王子合、郡人陳膚仲、潘謙之、黄子方、僧端友。（金石苑卷二，閩中金石志卷九，民國福建通志卷二十六福建金石志石九。）

曇山題名 紹熙五年

紹熙甲寅閏十月癸未，朱仲晦父南歸，重游鄭君次山園亭，周覽巖壑之勝，裴回久之。林擇之、余方叔、朱耀卿、吴宜之、趙誠父、王伯紀、陳秀彦、李良仲、喻可忠俱來。（定鄉小識卷十五，兩浙金石志卷十，武林金石記卷八。）

飛鴻閣畫像記 隆興元年

宋興百有餘年，四方無虞，風俗敦厚，民不識干戈。有儒生於江南高談詩書，自擬伊傅，而實竊佛老之似，濟非鞅之術，舉世風動，雖巨德故老，有莫其姦。其説一行，而天下始紛紛，反理之評，詭道之論，日以益熾，邪慝相承，卒兆裔夷之禍。考其所致，有自來矣。靖康初，龜山楊公任諫議大夫、國子祭酒，始推本論其學術之謬，請追奪王爵，罷去配饗。雖當時餘黨猶夥，公之説未得盡施，然大統中興，論議一正到於今，學者知荆舒禍本而有不屑焉，則公之息邪説，距詖行，放淫辭，以承孟氏者，其功顧不大哉！是宜列之學宫，使韋布之士知所尊仰，而況公舊所臨流風善政之及祀事，其可闕乎？瀏陽實潭之屬邑，紹聖初，公嘗辱爲之宰。歲饑，發廪以賑民，而部使者以催科不給罪公，公之德於邑氏也深矣。後六十有六年，建安章才邵來爲政，慨然念風烈，咨故老，葺公舊所爲飛鴻閣，繪像於其上，以示後學，以慰邑人之思去而不忘也。又六年，貽書俾熹記之。熹生晚識陋，何足以窺公之藴。惟公師事河南二程先生，得中庸鳶飛魚躍之傳於言意之表，踐履純固，卓然爲一世儒宗，故見於行事深切著明如此。敢表而出之，庶幾慕用之萬一云爾。（龜山先生語録楊龜山後録。）

按：據記文，知是記作於隆興元年。朱熹於隆興二年編定困學恐聞編，收其紹興二十八年至隆興二年之詩文，知此飛鴻閣畫像記當原收在困學恐聞編中，後佚。楊龜山語録原只四卷（見郡齋讀書志附志），至咸淳元年天台吴堅刊刻龜山先生語録時，乃又選朱熹有關楊龜山之文與語録編爲楊龜山後録，一併刊刻。按吴堅於咸淳元年同時刊刻朱熹建別録、張子語録（亦編有張子語録後録）及龜山先生語録，而建別録編刻於建安，故吴堅顯是從建別録中取出有關楊龜山之語録以及從章才邵家取得飛鴻閣畫像記，合編而爲楊龜山後録，附於龜山先生語録一併刊刻。蓋章才邵亦建安人，與朱熹交往甚密，朱文公文集卷四有短句奉迎荆南幕府二首，即予章才邵。章定（章才邵孫）名賢氏族言行類稿卷二十六云：「章才邵……時與晦公朱先生遊。……少年謁龜山楊先生時，龜山誨以熟讀論語，將論『仁』處仔細玩味而躬行之。自後日用踐履莫非所聞所知者，故世目爲篤實君子。」可見章才卲亦爲楊時弟子，故爲朱熹所重。

龍光書院心廣堂記 乾道六年

豐水之夏陽熊世基、世琦執經來學之明年，乾道庚寅歲也，請銘其所構龍光書院之堂。熹榜其間曰「心廣」，且囑以敷暢厥義。復之曰：人生兩間，孰無此心？心者，貫萬事，統萬理，主宰萬物者也，然則若之何而不廣乎！克其所以爲廣累者，則心廣矣。蓋天下之道有二：善與惡也。以天命所賦之本然爲善，以物欲所生之邪穢爲惡。揆厥所原，莫不好善而惡惡也。然未知善惡之真可好可惡，則不免累于自欺，而意之所發，有不誠者。是以大學誠意，謂意有不誠，則心有不廣；以不廣，則體豈能安舒哉！心廣大，體安舒，德之潤身者能如是夫。此善之所以明，心之所以廣也。内外昭明，表裏洞徹，斯可盡規模之大、條理之密矣。爲學之功，且當常存此心，而不爲他事所勝。熹嘗聞此于先師之教，惟實用其力致之。噫！要必有以識乎誠，然後有以用其力。且人之視聽言動，曷爲而然哉？心有所向于是也，必立志以定其本，居敬以定其志，博學審問，慎思明辨，皆所以求廣之功也。人靈于物，士秀于人，以一心之微，萃萬事萬理，盍思夫萬物皆備于我，斯可見其用心之廣如是，其或顛倒謬迷，則亦不思之甚歟？若曰有之，亦僅識其初，而不能究其善惡之極至。遠來之朋，往往秀偉傑出，而吾世基兄弟始可以論聖賢大學之道者，故以是論共講之，而揭于堂之壁也。若夫層崖峻石，蒼藤古木，度石梁而水聲潺潺，照横崗而白雲滿川，此堂之前後左右，勝概歷歷在目，有可觀者。植叢篁以供吟嘯，疏蓮沼以縱游賞，誦詩讀書，以識聖賢之指趣，彈琴鼓缶，以歌先王之風化，仰羅阜之高，瞻龍光之耀，此堂之東北西南，佳致洋洋在耳，有可聞者。熊氏金昆玉友，居斯堂，豈不重有所感動奮發，而興起好善惡惡之心哉！何時與表弟徐用賓偕友蔡季通、劉平父、吕季叔覽觀之，以自慰也。顧今有所未暇，姑記其大概，述此心之廣大如此，因書以自警，並以告世基兄弟云。（乾隆南昌府志卷十七，同治豐城縣志卷二十。）

按：南昌府志卷二十七云：「心廣堂，在龍光書院。夏陽熊世基兄弟所建，朱熹爲之命曰『心廣』，并作記。」然卷十七又云：「是記乃熊世基爲友人陳自俯請。」與此記所述不合。

克齋記初稿 乾道八年

性情之德無所不備，而一言足以盡其妙，曰仁而已。所以求仁者蓋亦多術，而一言足以舉其要，曰克己復禮而已。蓋仁也者，天地所以生物之心，而人物之所得以爲心者也。惟其得夫天地生物之心以爲心，是以未發之前四德具焉，曰仁、義、禮、智，而仁無不統。已發之際四端著焉，曰惻隱、羞惡、辭遜、是非，而惻隱之心無所不通。此仁之體用所以涵育渾全、周流貫徹，專一心之妙而爲衆善之長也。然則人之求之，亦豈在夫外哉？特去其害此者而已矣。蓋所謂仁者，天理之公也；所以害仁者，人慾之私也。二者分而相爲消長，彼既盛則此不得不衰矣。故求仁者克去己私，以還天理，至於一旦廓然，欲盡而理純，則其視天下蓋無一物不在吾生物氣象之中焉。默而存之，固藹然其若春陽之温也，泛然其若醴酒之醇也；有感而遂通，則無一事之不順於理而無一物之不被其愛矣。嗚呼！此仁之爲德所以盡情性之妙也歟？

昔者顔子問仁於孔子，而孔子以「一日克己復禮，天下歸仁」告之。其於用力於仁之要，可謂一言而舉矣。至於近世，程氏之學祖述孔、顔，尤以求仁爲先務，而其所論求之之術，亦未有以易此者。吾友會稽石君子重，蓋聞程氏之風而悦之者也。間嘗以「克」名齋，而訊其説於予。予惟克復之云，雖若各爲一事，其實克己者乃所以復禮，而非克己之外别有所謂復禮之工也。今子重擇於斯言而有取於克之云者，則其於所以用力於仁之要，又可謂知其要矣，尚奚以予言爲哉！繼今以往，如將因夫所知之要而盡其力，至於造次顛沛之頃而無或怠焉，則夫所謂仁者其必盎然有所不能自已於心者矣，是又奚以予言爲哉！

雖然，自程門之士有以知覺言仁而深疾夫愛之説者，於是學者乃始相與求之於危迫之中而行之於波動之域，甚者揚眉瞬目，自以爲仁，而實蓋未嘗知夫仁之爲味也。予懼子重之未能無疑於其説也，則書予之所聞者如此以復焉。使吾子重無駭於彼而有以安於此，則斯言也於輔仁之義其庶幾乎。年月日記。（宋槧晦庵先生文集）

按：朱文公文集卷七十七有克齋記，與此大異，蓋此爲初稿，朱文公文集所收乃後來修改稿。

南劍州尤溪縣新修學記初稿 乾道九年

乾道九年月日，尤溪縣修廟學成。知縣事會稽石君𡼏以書來，語其友某曰：「縣之學故在縣之東南隅，其地隆然以高，面山臨流，背囂塵而挹清曠，於處士隸業爲宜。中徙縣北原上，後又毁而復初。然其復也，士子用陰陽家説，爲門斜指寅卯之間以出，而門之内遂無一物不失其正者。𡼏始至而病焉，顧以講學之初，未遑外事。今年正月，度材鳩工，乃克告備。蓋於是始撤而更新之，改作門堂齋序而大其藏書之閣，下至庫庾庖湢，亦使無一不得於正。蓋縻金錢若干萬，人力若干工，不求諸士，不取諸民而事以時就。吾子既樂聞之，儻辱記焉而因有以勵其學者，則𡼏之幸也。」某惟往歲嘗以事至尤溪，見石君所以化於邑者莫非古人爲己之學，固已深悅而屢嘆之。矧其振弊圖新，以克有立，又有如今所聞者，則其於屬筆之意，雖欲以固陋辭，其可得乎？乃不復辭而序其本末如此，且誦所聞以告夫二三子者曰：

天生斯人而予以仁、義、禮、智之性，使之有君臣、父子、兄弟、夫婦、朋友之倫，所謂民彝者也。惟其氣質之禀不能一於純秀之會，是以物感情動，則日以陷溺而不自知焉。古先聖王爲是之故，立學校以教之。而其爲教，必始於洒掃應對進退之間，禮、樂、射、御、書、數之習，使之敬恭朝夕，修其孝悌忠信而無遺焉，然後格物以致其知，修身齊家以達于治國平天下，期以不失其性、不亂其倫而後已。然自秦漢以來，千有餘歲，上之所以教，下之所以學，莫有知出此者。以故學校遍天下，而人材風俗□□□學所破壞，或使之重失其性、益亂其倫而不□□□□可悲也哉！石君生於此俗，乃能挺然自立，以學□□□□又能推之以教其人而不倦焉，其可尚已！今□□□□以惡夫宮牆宇室之不得其正而悉其力以□□□□所以根乎內而警乎外者，又何如哉？二三子□□□□警教之意，以求其學之所在而用力焉，則去□□□□而厚倫者，亦不可勝用矣。顧今之爲吏者，不得久於其官以須教化之效，誠懼邑人之於石君之教或有時而忘之也，因并記是說，請刻石寘廡下，以詔其學者於無窮云。（宋槧晦庵先生文集）

按：朱文公文集卷七十七有南劍州尤溪縣學記，與此文大異，蓋此文亦爲初稿。朱熹作文，常多寫成後寄友討論，然後再修改寫定，故初稿常得先傳抄流布于外。而此宋槧晦庵先生文集刻於淳熙末、紹熙初，因是坊估私編私刻，非朱熹所定，乃收取朱熹當時流布之文編集，其中遂多有朱熹初稿之文。

金榜山記 淳熙二年

金榜山在嘉禾廿三都北，有嶺曰薛嶺。嶺之南，唐文士陈黯公居焉。嶺之北，薛令之孫徙居於此，時號南陳北薛。黯公十八舉不第，作書堂於上，人稱曰「場老」。山澗有石，名釣魚磯。堂側石高十六丈，名玉笏。所居有動石，形甚圓，每潮至則自動。天將風，則石下有聲，名虎礁。宋熙寧中，邑尉張翥詠嘉禾風物，有「尤喜石翻」之句，正謂此也。宋淳熙二年春，新安朱熹謹拜贊曰：

猗歟陳宗，濬發自虞。協帝重華，順親底豫。克君克子，裕後有餘。胡滿受封，平陽繼世。至於大邱，節義尤敷。更考相業，聲名不虛。深羡釣隱，高尚自如。爰及五代，配天耀祖。剖符錫袞，遍滿寰區。更秉南越，有分開土。宋室納款，臣節弗渝。丕顯丕承，此其最著。子孫繩繩，別宗寡侶。源深流長，猗歟那歟！（道光廈門志卷九。）

琴塢記 淳熙五年

友人屠君天敘諱道者，以進士拜侍御史，辭疾歸隱。素善琴，乃作軒于暨陽山麓，蕭爽絶塵。入夜燕息，援琴鼓之，明月當户，光彩映發，神閒意寂，其資之者深矣。遂扁其居曰「琴塢」，請余記之。余聞聲音之道與政通，故君子窮則寓其志，以善其身；達則推其和，以淑諸人。蓋心和則聲和，聲和則政和，政和則無不和矣。暨陽之邑多山，其居民淳厚，天敘能以古音道之，必有能聽之者，是爲記。淳熙五年四月甲申。（光緒諸暨縣志卷四十二。）

按：諸暨縣志卷四十二云：「紫巖鄉琴塢里，在六十都，宋侍御史屠道卜宅於此，榜其所居曰『琴塢』，後遂以名其地。」阮元宋御史屠公神道碑云：「……按譜：公諱道，字天敘，乾道五年進士。淳熙時歷官侍御史。光宗朝與權貴論事不合，至紹熙三年以疾歸，隱於暨陽之山。……樞密使劉正（按：当作留正）嘗欲復起之，不可。抱琴攜酒，徜徉山水間，號『樂琴居士』，而名其地曰『琴塢』，朱子爲之記。」疑此記淳熙五年爲紹熙五年之誤。

藍洞記

出縣城，度紫橋，計程二十里，踰峻嶺而西，有村莊焉。故老告予曰：此唐藍文卿所隱之藍洞也。洞有景八間，若岑巔遠眺，龜林弈暑，怪石隱伏於中，爭爲奇態者以百計。傍二大柱負土出，高數丈，宛若人形。洞之東，汀禽沙鳥出没柱渚中者，曰曲澗飛鳧；寒風斂霽，晴日初升，與凍雲相激薄者，曰南寨曝雪。寨上有坪，坪闊五里許。循兹而降，即洞南精華凝結處也。中流砥柱，爲臺鼎峰。洞之西山圓曲，山下出環，四面波濤蕩漾，爲半月墘。洞之西南爲三台岡，洞之正北爲七星臺。洞有泉水從石出，其冷異常。旁有古松一株，落落孤蹤。儼若雲島，孤鶴翺翔棲飲者爲飲鶴泉。洞之右有祠，離祠五丈餘，即石牛坵也。牛自雪峰來，欻化爲石，成一古蹟云。若丹穴，處洞之水尾，以山土多赤色得名。山下一溪横截，屹然對峙者，碧山也。山匝地白粉，爲白鹿所常憩處。洞之北有金鷄巖，每夜闌，石牛游食他所，至碧山，澗樹皆合。候金鷄鳴，石牛返，樹合而復離。于斯時也，樹頭初日，如掛銅鉦，朝霞散綺，曉岫雲開，此「石亭醉日」、「銅谷飛雲」之所由來也歟？（民國古田縣志卷八。）

按：此記存疑待考。

卷六 銘箴贊祭文碑墓誌傳

鼓銘 紹興中

擊之鏜兮，朝既暘兮，巧趨蹌兮。德音將兮，思與子偕響兮。（民國同安縣志卷二十五。）

按：朱文公文集卷八十五有鼓銘，僅此前一半。

毋自欺齋銘 乾道中

人所不知，己所獨知。自修之要，在勿自欺。既不欺於顯，又不欺於隱。誠意君子，於公始見。（隆慶臨江府志卷十二。）

按：臨江府志稱：「彭龜年嘗以『毋自欺』名齋，朱晦庵過訪，爲之銘曰……」攻媿集卷九十六彭龜年神道碑云：「自初第而歸，益篤於學，以『毋自欺』名齋。以書問南軒張公中庸、語、孟大義……時相與折衷於晦庵朱公，而學愈成矣。」朱文公文集卷六十答彭子壽書一正言及作齋銘事：「齋銘之屬，豈所敢承？……竊聞之大學於此雖若使人戒夫自欺，而推其本，則必有以用力於格物致知之地，然後理明心一，而所發自然莫非真實。如其不然，則雖欲防微謹獨，無敢自欺，而正念方萌，私欲隨起，亦非力之所能制矣。」朱熹乾道中已識彭龜年，見南軒先生文集卷三十一答彭子壽書一。

硯記　淳熙元年

淳熙甲午秋，野人穿井，得此硯石，質光潤，誠松使者、中書君之良友也。晦庵朱記。（朱子學刊第一輯朱熹流寓長溪及其遺迹考。）

按：朱熹硯記二行，刻於硯背，下尚有明謝肇淛銘云：「端巖佳石，先賢之遺。磨涅不朽，良田在兹。謝肇淛銘。」

建陽縣學藏書櫥銘　淳熙中

建邑名庠，司教有儒。何以爲訓？具在此書。非學何立？非書何習？終日不倦，聖賢可及。（朱培朱子大全集補遺卷六，嘉靖建陽縣志卷六。）

按：淳熙六年建陽知縣姚耆寅購六經及訓傳史記子集以充縣學藏書，朱熹特爲作建寧府建陽縣學藏書記（朱文公文集卷七十八）。此銘或即作在其時。

硯銘 紹熙中

金石拔元音，移東序於文房之陰。無聲之聲，式玉式金。竅坎鏜鞳，不爲寸莛。（民國霞浦縣志卷二十六。）

窗銘

言思毖，動思躓，過思棄。端爾躬，正爾容，一爾衷。（欽定秘殿珠林三編乾清宫藏二。）

石刻題詞 紹熙五年

存忠孝心，行仁義事，立修齊志，讀聖賢書。（同治平江縣志卷五十五。）

按：平江縣志稱朱熹講學於嶽麓時，九君子從游者得其真跡，刻於文廟戟門外石上。

題字碑

不愧兄弟，不愧妻子，君子所以宜家；不負天子，不負生民，不負所學，君子所以用世。晦翁書。（蘇州孔廟大成殿東廊碑。）

勉學箴

百聖在目，千古在心。妙者躬踐，儌者口吟。讀好書。

莠言虛蔓，蘭言實荄。九蘭一莠，駟追不回。説好話。

聖狂路口，義利關頭。擇行若游，急行若郵。行好事。

孔稱成人，孟戒非人。小人窮冬，鉅人盛春。作好人。（弘治徽州府志卷十一，新安文獻志卷四十七，朱培朱子大全集補遺卷六。）

蚤箴

生於無人之鄉，長於不掃之境。來兮莫探其踪，去兮莫測其影。汝真小人，惟利嘴是逞。（朱培朱子大全集補遺卷六，朱子文集大全類編補遺。）

虱箴

緇衣禿髮，汝族自滅。華堂潔衣，汝族自微。隆準寒士，爲汝所欺。吁！汝之處心，其有私也邪？其無私也邪？（朱培朱子大全集補遺卷六，朱子文集大全類編補遺。）

文館學士光世公遺像贊 紹興中

態度軒昂，志凌牛斗。渡世津梁，光門組綬。清揚有威，官箴無垢。儀型宛然，克昌厥後。新安朱熹拜撰。（劉氏宗譜卷一。）

太常寺博士玉公遺像贊 紹興中

卓乎太常，其儀不忒。寬兮綽兮，剛克柔克。福地載仁，心田神德。啟我後人，是效是則。新安朱熹拜撰。（劉氏宗譜卷一。）

朝議大夫太素公遺像贊 紹興中

敬爾容止，如圭如璋。朱門望重，青史名揚。懋修厥德，長發其祥。千秋俎豆，禴祀烝嘗。新安朱熹拜撰。（劉氏宗譜卷一。）

按：上三贊，乃朱熹爲劉子翬先祖劉光世、劉玉、劉太素所作像贊。劉氏宗譜云：「國子博士公諱光世，一名光位。克紹父志，勤儉起家。時人稱公有君子之道四：其存心也仁，其臨事也義，其與人也信，其處鄉也禮……官至國子博士……生四子：三五公寶，三六公貴，三七公玉……娶游氏，生三子：文謀、文廣、文謨……文廣生一子曰太素……幼有異□，勤讀詩、書。少長，游學四方，從安定胡先生講受春秋。歸教鄉里，生徒一百餘人……著有春秋解評，存於家……後孫輅貴顯。」

孝友二申君贊 隆興元年

南山之南，長山之源，予與伯恭，嘗游其間。里有碩人，飽德弗諼。古心古貌，真樸内全。穆穆棣棣，孝友曰虔。嗟爾兄弟，人無間言。（康熙金華縣志卷四。）

按：金華縣志云：「申大度，循里鄉人。與弟太康友愛甚篤。既殁，合葬任公嶺。朱文公題曰『孝友二申君墓』，贊曰……」朱熹隆興元年入都奏事，歸途經婺州，嘗與吕祖謙一晤，此即金華縣志卷十所云「隆興元年……十一月熹除武學博士，與洪适論不合而歸。祖謙與偕至婺，講論問答不絶。與游南北諸山，題孝友二申君墓」。

明筮贊初稿 淳熙十三年

揲蓍之法，四十九莖。合而爲一，以意取平。分置兩手，左取一蓍，掛小指間，四數所持。最末之餘，或四或奇，歸於掛間，右亦如之。兩手所餘，通卦之筭，不五則九，是謂一變。掛餘之外，復合爲一。中分不掛，四數如式。餘扐左手，無名指間，不四則八，再變成焉。三亦如之，扐之中指。三變既備，數斯可紀。數之可紀，其辯伊何？四五爲少，八九爲多。三少爲九，是曰老陽；三多爲六，老陰是當；一少兩多，少陽之七；孰八少陰？少兩多一。既得初爻，復合前蓍，四十有九，如前之爲。三變一爻，通十八變。六爻發揮，卦斯可見。老極而變，少守其常。六爻既守，彖辭是當。變觀其爻，兩至首尾。變及三爻，占兩卦體。或四或五，則視其存。四二五一，二分一專。皆變而他，新成舊毀。消息盈虚，捨此視彼。乾占用九，坤占用六。泰愕匪人，姤喜來復。（宋槧晦庵先生文集後集卷十二。）

按：今朱文公文集及周易本義均載有此贊，然字句大異，蓋晦庵先生文集所收此贊乃爲初稿故也。朱熹易五贊（包括此明筮贊）原本收在易學啟蒙中，後周易本義成，遂編入其中。朱文公文集續集卷三答蔡伯静書一即云：「啟蒙已爲看畢……筮儀内前日補去者，更錯兩字，今亦并注可正之。」又朱文公文集卷四十八答吕子約書六云：「啟蒙後載所述四言數章，説得似已分明，卒章尤切。」此「四言數章」即易五贊。今本周易本義之筮儀中尚云：「此後所用蓍策之數，其説并見啟蒙。」均可證易五贊原在易學啟蒙中。易學啟蒙成於淳熙十三年，晦庵先生文集編於紹熙初，則必是據易學啟蒙刻入此明筮贊。然紹熙以後朱熹不斷修改易學啟蒙與周易本義，遂使此明筮贊同晦庵先生文集所收初稿面目大異。

陳文正公像贊并序 淳熙十五年

淳熙十五年秋九月望日，弋之陳君景思同官主管東西京崇福宫祠事。一日，出示其大父太師魯國公小像，二聖皇上金書玉券暨公劄牒詔草，鉅公碩輔贈奉詩文，瞻拜捧讀，不勝敬仰。某惟陳氏世德之盛昭，我聖皇御筆麗藻以褒崇之，公卿百執事章文以表揚之，與公之手澤遺言珍襲惟謹，是亦足以傳世矣。

宏遠規模，汪洋度量。學貫天人，位隆將相。人物權衡，生靈依仗。翊我聖皇，太平有象。

（同治弋陽縣志卷十二。）

按：此贊出自陳魯公集，疑即陳景思編陳魯公集時收入。朱熹孟子或問中論「武王不泄，邇不忘遠」，有云：「近讀陳魯公集，有論此者，與鄙意合。」孟子或問與孟子集注序定於淳熙十六年二月，去作此贊僅四月，朱熹讀陳魯公集當得自陳景思。

蔡忠惠像贊 紹熙元年

經綸其學，高明其志。立論中朝，盡心外寄。嗟公之忠兮，三陳有詩。誦公之功兮，萬安有碑。楷法草書，獨步當世。文章青史，見重外夷。丹荔經其品藻，諸果讓其清奇。鄭重於歐陽，清純而粹美。僝功於皇祐，得謚於淳熙。前無貶詞，後無異議。芳名不朽，萬古受知。英雄不偶，嗚呼幾希！（乾隆仙游縣志卷四十九。）

按：紹熙元年朱熹赴漳州任途經仙游，特造訪蔡襄之家，并一路尋求蔡襄真跡。朱文公文集卷八十二跋蔡端明獻壽儀云：「今歲南來，始得見於其來孫誼之家……」至漳後又首謁蔡襄祠，朱文公文集卷八十六有謁端明侍郎蔡忠惠公祠文。此贊或是朱熹紹熙元年四月訪蔡宅見家藏像而作，或是五月謁蔡祠見祀像而作。

余良弼贊 紹熙中

巍巍龍山，穎悟不凡。籌邊制策，信乎洞蠻。經略著效，通達大體。玉軸牙籤，善貽厥子。（民國順昌縣志卷十四。）

按：朱文公文集卷八十三跋余巖起集云：「……余公諱良弼……熹之先君子與故直秘閣吴公路得其文而異之……後二十八年，其季子大用尉建陽，出以相視。熹以先世之契，又嘗獲以少吏事公於温陵，辱奬進而收教焉。衰暮零落，乃復得斯文而讀之……」此跋作於紹熙四年，此贊或作在同時。

吴少微贊

文以振三變之衰，德以立千載之祀。瞻彼容儀，迺真御史。李唐以來，如公有幾？（程朱闕里志彙增。）

按：程朱闕里志引鄂州羅願撰吴少微公傳云：「吴御史諱少微，新安人……第進士。長安中，累至晉陽尉……。新安朱熹贊……」此贊或爲朱熹早年之作。

劉忠肅公像贊

第登黄甲，官侍紫宸。出則循吏，入則良臣。忠悃已攄，讜論亦陳。光照先烈，如公幾人！（康熙河間府志卷二十一。）

按：劉忠肅即劉摯。

題楊氏始祖伯僑像贊

維彼始祖，氏本於姬。采膺晉地，封自周時。傳烈豐功，獨羨一朝之盛；循名核實，應推千古之奇。至今回憶楊侯，聲名猶在；當日群欽尚父，遠近皆知。聞望特隆，緣剪桐而受賜；椒聊繁衍，知立姓之長垂。記其事以弁譜端，萬殊悉歸一本；叙數言以爲像贊，後裔其仰先儀。（光緒浦城楊氏宗譜。）

按：重修浦城通德里楊氏族譜載有楊與立序。楊與立爲朱熹弟子，浦城人，此像贊或爲應楊與立之請而作。

祭開善謙禪師文 紹興二十二年

我昔從學，讀易語孟。究觀古人，之所以聖。既不自揆，欲造其風。道絶徑塞，卒莫能通。下從長者，問所當務。皆告之言：「要須契悟。」開悟之説，不出於禪。我於是時，則願學焉。師出仙洲，我寓潭上。一嶺間之，但有瞻仰。丙寅之秋，師來拱辰。乃獲從容，笑語日親。一日焚香，請問此事。師則有言：「決定不是。」始知平生，浪自苦辛。去道日遠，無所問津。未及一年，師以謗去。我以行役，不得安住。往還之間，見師者三。見必款留，朝夕咨參。師亦喜我，爲説禪病。我亦感師。恨不速證。別其三月，中秋一書，已非手筆，知疾可虞。前日僧來，爲欲往見。我喜作書，曰此良便。書已遣矣，僕夫遄言，同舟之人，告以訃傳。我驚使呼，問以何故。於乎痛哉，何奪之遽！恭惟我師，具正遍知。惟我未悟，一莫能窺。揮金辦供，泣於靈位。稽首如空，超諸一切！（佛法金湯編卷十五，釋氏資鑑卷十一。）

按：朱熹早年師從道謙禪師學禪，文中云「師則有言：『決定不是』」，即曉瑩羅湖野録記道謙「四個決定不是」禪語：「山僧尋常道：行住坐卧決定不是，見聞覺知決定不是，思量分別決定不是，語言問答決定不是。試絶却此四個路頭看，若不絶，決定不悟……」又文中云「爲説禪病」，即曉瑩雲卧紀談録道謙答元晦書云：「十二時中，有事時，隨事應變；無事時，便回頭向這一念子上提撕『狗子還有佛性也無，趙州云無。』將這話頭只管提撕，不要思量，不要穿鑿，不要生知見，不要强承當。……」此四個「不要」，亦即四個「決定不是」。按羅湖野録、雲卧紀談所記，知開善道謙卒於紹興二十二年。又按：釋大觀物初賸語卷十六書尤直院記朱文公徐棶卿事後云：「文公喜誦寒山子詩，嘗見開善謙公，今謙語録中有與文公法語二篇在焉。謙，嗣妙善者也。」可見道謙亦有道謙語録傳世（疑爲其弟子所編），所謂法語二篇，即道謙致朱熹二篇書札。由此可以推斷朱熹致道謙二書及此祭開善謙禪師文當亦附在道謙語録之後，得以傳世，爲佛法金湯編、釋氏資鑑等所用。

祭南山沈公文 紹熙二年

嗚呼叔晦！今果死與？氣象嚴偉，凜若泰山之不可逾；而情性端静，劬然蠹魚之生死于書。家徒長卿之四壁，而清恐人知。嗟吁叔晦！學問辨博，識度精微。官止龍舒之别乘，而才實執政之有餘。人皆戚戚，君獨愉愉。人皆汲汲，君獨徐徐。而惟以道德爲覆載，以仁義爲居諸；以太和爲扃牖，以至誠爲郭郛。至於大篇短章，鏗金戛玉，鉤玄闡幽，海搜山抉者，又特其功用之緒餘也。（定川遺書附録卷二，宋元學案補遺卷七十六，四明文獻集。）

按：燭湖集卷五上晦翁朱先生書五有云：「叔晦沈兄不幸謝世。此浙中之梁木一壞，豈易復得！先生必爲哀痛。身後家世，更是可憐……念其所以不隨世磨滅之托，尤惟先生是望，未知已納事實與否？切愿早成就之。」所謂「不隨世磨滅之托」，當是指以墓銘相托；而「納事實」則指受納其行狀事實以作墓銘。或因沈家未嘗納行狀事實，朱熹未作墓銘，而作此祭文於十二月丁酉沈焕叔晦入葬時遣祭。

濂溪先生行録 乾道五年

先生姓周氏，名敦實，字茂叔，避厚陵藩邸名，改敦頤。世居道州營道。父輔成，嘗爲賀州桂嶺令，贈諫議大夫。母鄭氏，封仙居縣太君。先生少孤，養外家。景祐中，用舅氏龍圖閣學士鄭公向奏，試將作監主簿，授洪州分寧縣主簿。先生博學力行，遇事剛果，有古人風。其爲政精密嚴恕，務盡道理。縣有獄久不決，先生至，一訊立辨，衆口交稱之。部使者薦其才，爲南安軍司理。獄有囚，法不當死，轉運使王逵欲深治之。逵苛刻，吏無敢與相可否者。先生獨與之辨，不聽，則置手板歸，取告身委之而去，曰：「如此，尚可仕乎！殺人以媚人，吾不爲也。」逵感悟，囚得不死，且賢先生，薦之。移郴州桂陽令，皆有治積。用薦者改大理寺丞，知洪州南昌縣。南昌人見先生來，喜曰：「是能辨分寧獄者。」於是更相告語，勿違教命，而以污善政爲耻也。改太子中舍人，簽書合州判官事，轉殿中丞。一郡之事，不經先生手，吏不敢決，民不肯從。趙清獻公爲使者，小人或讒先生，趙公臨之甚威，而先生處之超然也。轉國子博士，通判虔州。趙公來爲守，熟視先生所爲，執其手曰：「今日乃知周茂叔也！」遷尚書虞部員外郎，通判永州，權發遣邵州事，新學校以教其人。熙寧元年，用趙公及呂公正獻公薦，爲廣南東路轉運判官。三年，轉虞部郎中，提點刑獄。先生不憚出入之勞，瘴毒之侵，雖荒崖絶島，人跡所不至處，亦必緩視徐按，務以洗冤澤物爲己任。設施措置未及盡其所爲，而先生病矣，因請南康軍以歸。趙公方尹成都，復奏起先生，朝命及門，而先生卒矣，熙寧六年六月七日也。年五十有七，葬江州德化縣清泉社。娶陸氏，封縉雲縣君。再娶蒲氏，封德清縣君。子壽、燾，皆太廟齋郎。先生所著書，有太極圖、易説、通書數十篇，詩十卷，藏於家。先生在南安時，年甚少，不爲守所知，洛人程公珦攝通守事，視其爲學知道也，因與爲友，且使其子顥、頤受學焉。及爲郎，故事當舉代，每一遷授，輒一薦之。程公二子，皆唱鳴正道，以繼孔孟不傳之統，世所謂二程先生者，其原蓋自先生發之也。在郴時，其守李公初平知先生賢，不以屬吏遇之，既薦諸朝，又周其乏困。嘗聞先生論學，歎曰：「吾欲讀書，如何？」先生曰：「公老矣，無及也。敦實請得爲公言之。」初平逐日聽先生語，蓋二年而有得。王荆公提點江東刑獄，時已號爲通儒，先生遇之，與語連日夜。荆公退而精思，至忘寢食。先生自少信古好義，以名節自砥礪。其奉己甚約，俸禄盡以賙宗族，奉賓友。在南昌時，得疾暴卒，更一日夜始甦。或視其家，止一蔽篋，錢不滿百。李初平卒，子幼不克葬，先生護其喪，歸葬之。分司而歸，妻子饘粥不給，曠然不以爲意也。廬山之麓，有深溪焉，築書堂其上，名之曰「濂溪」，因語其友清逸居士潘延之曰：「可仕可止，古人無所必。束髮爲學，將有以設施可澤於斯人者，必不得已，止未晚也。此濂溪者，異時與子相從於其上，歌詠先王之道，足矣。」此其出處之本意也。豫章黄庭堅稱之曰：「茂叔人品甚高，胸中灑落，如光風霽月。」好讀書，雅意林壑，不卑小官，職思其憂。論法常欲與民决訟，得情而不喜。其爲使者，進退官吏，得罪者自以不冤。濂溪之名，雖不足以對其美，然茂叔短於取名，而樂於求志；薄於徼福，而厚於得民；菲於奉身，而燕及惸嫠；陋於希世，而尚友千古。聞茂叔之風，猶足以律貪，則此溪之水配茂叔以永久，所以多矣，識者亦或有取於其言云。（性理群書句解卷二十。）

按：乾道五年朱熹校定周子太極通書，刻板於建安，是爲建安本。此篇應即是其建安本周子太極通書中所作之濂溪先生事狀，其於周子太極通書後序云：「諸本附載銘碣詩文，事多重復……故今取公及蒲左丞、孔司封、黄太史所記先生行事之實，删去重復，合爲一篇，以便觀者。」再定太極通書後序亦云：「建安本特據潘志，置圖篇端……又即潘志及蒲左丞、孔司封、黄太史所記先生行事之實，删除重復，參互考訂，合爲事狀一端。」至淳熙六年，朱熹再校定周子太極通書，刻板於南康，是爲南康本。南康本對建安本中濂溪先生事狀作了改寫，此即再定太極通書後序所云：「復校舊編，而知筆削之際，亦有當録而誤遺之者……因取舊帙，復加更定……」此更定之濂溪事狀，即朱文公文集卷九十八之濂溪先生事實記（性理群書句解卷七録有此文，題作濂溪先生畫像記，不當），後又編入伊洛淵源録。此記後題「淳熙六年六月乙巳後學朱熹謹記」，而再定太極通書後序後題「淳熙己亥夏五月戊午朔新安朱熹謹書」，顯可見此濂溪先生事實記乃爲南康本太極通書作。以後建安本不傳，其中作濂溪先生事狀（即此濂溪先生行録）亦并亡佚。熊節、熊剛大去朱熹不遠，當可得見建安本周子太極通書，故可取其中濂溪先生事狀入書。

范浚小傳

淳熙八年

范浚，字茂明，婺之蘭溪人。隱居香溪，世號香溪先生。初不知從何學，其學甚正。近世言浙學者多尚事功，浚獨有志聖賢之心學，無少外慕，屢辭徵辟不就。所著文辭多本諸經而參諸子史，其考易、書、春秋，皆有傳註，以發前儒之所未發。於時家居授徒至數百人，吾鄉亦有從其遊者。熹嘗屢造其門而不獲見，近始得學行之詳於先友吕伯恭，庸述小傳，以聞四方學者。（香溪文集卷首，光緒蘭溪縣志卷五。）

按：蘭溪縣志卷五范浚傳云：「晦庵朱子心契之，兩訪其廬，皆不遇，録書屏心箴以去，後注入孟子集傳。是歲十二月浚卒，年止四十有九。朱子爲作小傳。」以「近始得學行之詳於先友吕伯恭」考之，吕祖謙卒於淳熙八年七月，既稱「近」，則此傳應即作在淳熙八年，疑即是年朱熹入都經蘭溪時作。

少傅劉公神道碑銘（初稿）淳熙中

徽猷閣待制贈少傅彭城劉公既薨三十有三年，其子觀文殿學士彭城侯亦以疾薨于建康府舍。疾革時，手爲書，授其弟玶，使以屬其友朱熹，若曰：「珙不孝，先公之墓木大拱，而碑未克立，蓋猶有待也。今家國之讎未報，而珙銜恨死矣。以是累子，何如？」熹發書慟哭曰：「嗚呼！共父遽至此耶？且吾蚤失吾父，少傅公實收教之。共父之責，乃吾責也。」即訪其家，得公弟屏山先生所次行狀，又得今江陵張侯栻所爲志銘，以次其事曰：

公諱子羽，字彦脩，其先自長安徙建州，今爲崇安縣五夫里人。曾大父贈朝議大夫太素，大父太子太保民先皆以儒學教授鄉里，而皇考资政殿大學士贈太師忠顯公遂以忠孝大節殺身成仁，事載國史。

公其嗣子也，少以父任補將仕郎，積勞轉宣教郎，權浙東安撫司書寫機宜文字。入主太僕、太府簿，遷衛尉丞，辟河北河東宣撫司書寫機宜文字，以功轉朝請大夫，授直祕閣。建炎三年，擢祕閣修撰，知池州，改集英殿修撰，知秦州。未行，除御營使司參贊軍事，辟川陝宣撫處置使司參議軍事。四年，除徽猷閣待制。紹興二年，領利州路經略使，兼知興元府。除寶文閣直學士，封彭城縣開國男，食邑三百户。四年，責授單州團練副使，白州安置。五年復官，提舉江州太平觀，復爲集英殿修撰，知鄂州。權都督府參議軍事，宣諭川陜。踰年還報，復待制，知泉州。八年落職，提舉太平觀，尋責授單州團練副使，漳州安置。十一年復官，起爲沿江安撫使、知鎮江府。十二年，復待制，進爵子，益封二百户。是歲罷，復提舉太平觀，五年而薨。

公天姿英毅，自少卓犖不羣。年二十四五時，佐忠顯公守越，以羸卒數百破睦寇方臘數十萬衆，卒全其城。復佐忠顯公守真定，會女真入寇，以大兵圍其城。公設方略，登陴拒守數月，虜不能下而去。忠顯公既以節死，公扶喪歸葬，號天泣血，以必報讎耻自誓。免喪造朝，以書抵宰相，論天下兵勢當以秦隴爲根本，於是有秦州之命，遂參御營使司軍事。

時叛將范瓊擁强兵，據上流，召之不來，來又不肯釋兵，中外洶洶。知樞密院事張忠獻公與公密謀誅之。一日，爲遣張俊以千人渡江，捕它盜者，使皆甲而來，因召瓊、俊及劉光世詣都堂計事，爲設飲食。食已，諸公相顧未發，公坐廡下，恐瓊覺事變，遽取寫敕黄紙，趍前以麾瓊曰：「下有敕，將軍可詣大理置對。」瓊愕不知所爲，公顧左右擁置輿中，衛以俊兵送獄。使光世出撫其衆，數瓊在圍城中附賊虜迫脅二聖出狩狀，且曰：「所誅止瓊耳，若等固天子自將之兵也。」衆皆投刃曰諾，因悉麾隸它軍，頃刻而定，瓊竟伏誅。

張公由此益奇公，及使川陜，遂辟以行。至秦州，立幕府，節度五路諸將，規以五年而後出師。明年，虜窺江淮急，張公念禁衛寡弱，計所以分撓其兵勢者，遂合五路之兵以進。公以非本計争之，張公曰：「吾寧不知此？顧今東南之事方急，不得不爲是耳。」遂北，至富平，與虜遇，戰果不利。虜乘勝而前。宣撫司退保興州，人情大震。官屬有建策徙治夔州者，公叱之曰：「孺子可斬也！四川全盛，虜欲入寇久矣。直以川口有鐵山棧道之險，未敢遽窺耳。今不堅守，縱使深入，吾乃東走，僻處夔峽，遂與關中血脈不復相通，進退失計，悔將何及？爲今日計，且當留駐興州，外繫關中之望，内安全蜀之心，急遣官屬出關，呼召諸將，收集散亡，分布險隘，堅壁固壘，觀釁而動，庶幾猶或可以補前愆、贖後咎，奈何乃爲此言乎？」張公然公言，而諸參佐無敢行者。

公即自請奉命北出，復以單騎至秦州，分遣腹心，召諸亡將。諸將聞命大喜，悉以其衆來會。公命騎將吴玠栅和尚原，守大散關，而分兵悉守諸險塞。虜諜知我有備，引去。明年，復聚兵來攻，再爲玠所敗，俘獲萬計，蜀土以安。宣撫司移軍閬州，公請獨留關外，調護諸將，以通内外聲援，軍民之心翕然向之。

又明年，漢中大饑，諸帥閉境自守，因有違言，皆願得公帥興元，與連兵。張公承制，可其請。公至鎮，開關通商輸粟，輯睦鄰援，飭兵練卒，柵險待敵。會虜復入寇，將道金商以鄉四川。公以書諭金州經略使王彦，使以强弩據險邀之。彦習用短兵，婁平小盜，不以公言爲意。虜猝至，逆戰，果敗走，保石泉。時吴玠爲秦鳳經略使，公聞彦失守，亟移兵守饒風嶺，馳以語玠。玠大驚，即越境而東，一日夜馳三百里。中道少止，請公會西縣計事。公報曰：「虜旦夕至饒風下，不亟守此，是無蜀也。公不前，吾當往。今顧西走，不知者謂吾懼而逸，諸將得無解體乎？」玠得書，即復馳至饒風，列營拒守。虜人悉力仰攻，死傷如積。更募死士由間道犯祖溪關以入，繞出玠後。遽走還漢中，且來邀公，欲與俱去。公不可，復留玠共柵定軍山以守。玠亦不從，公不得已退守三泉，從兵不及三百人。與同粗糲，至取草牙木甲噉之。遺玠書與訣，玠持之泣下，欲馳赴公。未果，其愛將楊政者大呼軍門曰：「公今不行，是負劉公，政輩亦且捨公去矣。」玠乃來會三泉。時虜游騎甚迫，玠夜不能寐，起視公方甘寢自若，旁無警何者。遽起公，請曰：「此何等時？而簡易若是。」公慨然曰：「吾死命也，亦何言？」玠歎息泣下，竟不果留。

公以潭毒山形斗拔，其上寬平有泉水，乃築壘守之。儲粟十餘萬石，盡徙將士家屬柵中，積石數十百萬，下臨走蜀道。數日，虜果至營數十里間。一夕候騎報虜且至，諸將皆失色。入問計，曰：「始與公等云何？今寇至，欲避邪？」下令蓐食，遲明上馬。明日，公先至戰地前，當山角，據胡床坐。諸將追及，泣請曰：「某輩乃當致死於此，非公所宜處也。」公不爲動，虜亦引退。

自虜入梁洋，蜀中復大震。宣撫司官屬争咎公，更爲浮言相恐動，力請張公徙治潼川。令下，軍士憤怒，或取其牓毁之。公連以書力爲張公言：「此已爲死守，虜必不敢越我而南。籍弟令不能守，我死行未晚也。今一旦輕動若此，兵將忿怒，恐將有齮齕公墳墓者，公奈何？」張公發書大悟，立止不行。虜遣十餘人持書與旗來招公及玠，公斬之，餘一人使還曰：「爲我語賊，欲來即來，吾有死耳，何可招也？」因復與玠謀，出鋭師腹背擊之。先是，公已預徙梁洋官私之積置他所。虜深入無所得而糧日匱，前後苦攻，死傷十五六，又聞公之將襲己也，懼，遂遁。公亟遣兵追擊之，墮谿谷死者不可計。其餘衆不能自拔者猶數十栅，皆降之。是時虜大酋撒離喝兀朮輩主兵用事，計必取蜀以窺東南。其選募戰攻，蓋已不遺餘力，而我之謀臣戰將亦無敢爲必守計者。獨公與張公協心戮力，毅然以身當兵衝，將士視公感激争奮，卒全蜀境，以蔽上流。寇退，又方與定計，改紀軍政，以圖再舉。而張公已困於讒，公亦相次得罪徙白州矣。

始，吴玠爲裨將，未知名。公獨奇之，言於張公。張公與語，大悦，使盡護諸將。至是，玠上疏，請還所假節傳棨戟贖公罪。士大夫以是多玠之義而服公之知人。

既張公入相，大議合兵爲北討計，召公赴闕，使諭指西師，且察邊備虛實。公還，奏虜未可圖，宜益治兵，廣營田以俟幾會。時又方議易置淮西大將，且以其兵屬公。公復以爲不可，遂以親老丐便郡，得泉州以歸。

在郡踰年，治有異等之效。學校久廢，撤而新之，堂序規橅略放太學，至今爲閩中諸郡之冠。僧可度者以賂結中貴人，屬戚里陳氏誣奏，奪陳洪進守冢寺。公曰：「此細事爾，然小人罔上如此，是乃履霜之漸，不可長。」即疏其事以聞。戚竪輩皆抵罪。無幾何，淮西軍果亂，張公去相，議者反謂公實使然，不責，無以係叛將南歸之望。於是再責，聞者嗤之，而公不自辨也。

在鎮江，會金虜復渝盟，公建議清野，盡徙淮東之人於京口，撫以威信，兵民雜居，無敢相侵擾者。嘗得盜，劾之，乃楚州守某者所爲。前後攻劫不可計，悉具獄棄之市。以其事聞，某者亦坐遠竄。於是境内帖然，道不拾遺。既而虜騎久不至，樞密使張浚視師江上，以問公。公曰：「此虜異時入寇飄忽如風雨，今更遲回，是必有他意。」居頃之，虜果復以和爲請。而使者乃植大旗舟上，書曰「江南撫諭」。公見之，怒，夜以它旗易之。翌日，接伴使者見旗有異，大懼，請之不得，至以語脅公。公曰：「吾爲守臣，朝論無所與。然欲揭此於吾州之境，則吾有死而已。」請不已，竟出境乃還之。

張浚還朝，上聞公治狀及所料虜情，亟詔復舊職。公以和好本非久遠計，宜及閒暇時修城壘、除器械、備舟楫以俟時變。辛相秦檜始以復職非己出，已不悅。至是益怒，諷言者論之。罷歸，遂不復起，士大夫之有志當世者莫不相與喟然，深爲朝廷惜之。

公生紹聖丁丑，薨紹興丙寅，年五十，葬故里蟠坑祖塋之北。元妃福國夫人熊氏，葬拱辰山忠顯公墓次，屏山先生實表之。繼室慶國夫人卓氏，公没，持家二十餘年，細大有法，内外靳靳。彭城侯雖熊出，然撫之厚而教之嚴，所以成就其德業爲多。遇族黨，親疏曲有恩意。薨荆南府舍，葬甌寧縣演平之原。公子三人：彭城侯爲長，嘗以中書舍人事太上皇帝，以同知樞密院事參知政事。事今上皇帝，風望勞烈對于前人，當世鮮能及之。次瑺，承務郎，出後公弟祕閣公，早卒。次玶，從事郎，亦以公命爲屏山先生後。孫男二人：學雅，承務郎；學裘，尚幼。女二人，長適將仕郎吕欽，幼未行也。

熹之先人晚從公游，僅一再見，不幸屬疾，寓書以家事爲寄。公惻然憐之，收教熹如子姪。故熹自幼得拜公左右，然已不及見公履戎開府時事。公又未嘗以其功伐語人，獨見其居家接人孝友樂易，開心見誠，豁然無纖芥滯吝意。好賢樂善，輕財喜施，於姻親舊故貧病困阨之際，尤孜孜焉。因竊從公門下士及一二故將問公平生大節，又知其忘身徇國之忠、決機料敵之明，得將士心，人人樂爲盡死，事皆偉然，雖古名將不能過。至其爲政，愛民禮士，敦尚教化，擿姦發伏，不畏强禦，乃有古良吏風。及公既没，然後得其議奏諸書、張公手記秦州出師時事，讀之，又未嘗不慨然撫卷廢書而歎也。

惟公家自忠顯以來，三世一心，以忠孝相傳，事業皆可紀，而公奔走兵間，尤艱且危。雖不幸困於讒誣，不卒其志而中世以没，然再安全蜀，以屏東南，人至于今賴之。顧表隧之碑獨不時立，漫無文字以詔後世，則豈惟彭城侯九原之恨，凡我後死，與有責焉。於是既悉論載其實，又泣而爲之銘，以卒承彭城侯之遺命。其銘曰：

天警皇德，曰陂其平。復畀材傑，俾維厥傾。薄言試之，于越于鎮。卒事于西，亦危乃定。始却于秦，偪仄飄摇。一士之得，厥猷以昭。再蹶于梁，莫相予死。亦障其衝，校績逾偉。岷嶓既奠，江漢滔滔。爾職于佚，我司其勞。曾是弗圖，讒口嗸嗸。載北載南，倏貶其褒。曰和匪同，識微慮遠。豈不諄諄？卒莫予展。我林我泉，我寄不淺。莫年壯心，有逝無反。惟忠惟孝，自我先公。勉哉嗣賢，克咸厥功。豈不咸之？又圮于成。詩勸來者，永其休聲！（宋槧晦庵先生文集後集卷十七，劉氏傳忠録卷一。）

按：朱文公文集卷八十八有少傅劉公神道碑，與此文大異，蓋此文亦爲初稿。今武夷山武夷宫保存有此劉子羽神道碑石，題作「宋故右朝議大夫充徽猷閣待制贈少傅劉公神道碑」，「宋故右朝議大夫充徽猷閣待制彭城劉公神道碑銘，從南康軍事兼管内勸農事借緋朱熹撰并書，丞事郎充秘閣荆湖北路安撫司公司馬步軍都總管兼本路營田使賜紫金魚袋張栻篆額」。此碑文與晦庵先生文集碑文完全相同，足證當時乃是據此碑文上石，晦庵先生文集即收此文，而朱文公文集所收乃後來之修定稿。

端明殿學士黃公墓志銘（初稿）淳熙七年

公姓黃氏，諱中，字通老。其先有諱膺者，自光州固始縣入閩，始家邵武。至公間十有二世矣。公之曾大父汝臣，不仕。大父豫，假承務郎。父崇，贈金紫光禄大夫。母游氏，追封建安郡夫人。

公生穎悟端慤，少長受書，不過一再讀，已輒默然危坐竟日，而書悉已成誦。建安從父兄定夫先生愛其厚重，亟稱之。踰冠入太學，遭僞楚之亂，即日自屏居外。既而邦昌果遣學官致僞詔藥物勞諸生，公以前出，故無所污。建炎再造，族祖父輔政，薦補修職郎、御營使司幹辦公事。紹興五年舉進士，對策廷中，極論孝弟之意，有以動聖心者。遂以第二人賜第，授左文林郎、保寧軍節度推官，改宣義郎，主管南外敦宗院。代還，秦丞相檜方用事，察公意不附己，差通判建州事。遭喪，服除，復差通判紹興府。時公擢第餘二十年，士友莫不以遷徙滯留爲公嘆息，而公處之泊如也。檜死，公道開，天子記公姓名，乃召以爲祕書省校書郎、兼實録院檢討官，遷著作佐郎，兼普安恩平郡王府教授。遷司封員外郎，兼權國子司業，滿歲爲真。充二十八年賀金國生辰使，還爲秘書少監。尋除起居郎，兼權中書舍人。權工部侍郎，兼侍講。兼權吏、兵部侍郎，權禮部侍郎。踰年，去權即真。

公使虜時，虜已作治汴宫，秘書少監沈介以賀正使先歸，不敢言。公還，獨言汴中役夫萬計，宫寢畢備，此必欲徙居以見迫，不可不早自爲計。時約和久，中外解弛，無戰守備。上聞矍然，而宰相顧曰：「沈監之歸，屬耳殊不聞此，何耶？」因不復以公言爲意。居數日，公復往白，請以妄言即罪。右相湯思退怒，至以語侵公。公不爲動，已乃除沈吏部侍郎，而徙公以補其處。公猶以邊備爲言，又不聽，則請補外。上不許，曰：「黄中可謂恬退有守矣。」於是有左史之拜，錫以鞍馬，非故事也。

顯仁太后上僊，有司以辰日罷朝夕哭。公争之曰：「此非經。且唐太宗猶以是日哭其臣，況臣子於君母乎？」及殯，有司又以權制已訖，請百官以吉服行事。公又曰：「唐制，殯在易月之内，則其禮曰百寮各服其服。至啟殯，則雖在易月之外，而猶曰各服其初服。今以易月故而遂吉服以殯，非禮也。」

在工部，以御前軍器所領屬中人，其調度程品工部軍器監不得與，非祖宗法，奏請改之，不報。嘗迓虜使，使者當謝錫宴，故以天暑爲辭，請拜宇下。公持不可，乃拜廷中，遂送之還。又言：「聞虜日繕兵不休，且其重兵皆已南下，宜有以待之。」親饗明堂，請毋新幄帟，毋設四輅，以節浮費，詔從之。

三十一年，金使來賀天申節，遽以欽宗皇帝訃聞，且多出不遜語。諸公不知所爲，欲俟其去乃發喪。公聞之，馳白宰相：「此國家大事，臣子至痛之節，一有失禮，謂天下後世何？且使人或問其故，將何以對？」於是竟得如禮。始，公自使還，至是三四年間，每進見，未嘗不以邊事爲言。至是，又率諸同列請對，論決策用兵事，莫有同者。公乃獨陳備禦方略。上始善其言，然不數月，而金亮已擁衆渡淮矣。公適以遷禮曹入謝，因論淮西將士不用命，請擇大臣督諸軍。既而以殿帥楊存中爲御營使，公又率同列論存中不可遣狀甚力。虜騎臨江，朝臣震怖，爭遣家逃匿，公獨晏然如平日。家人亦朝暮請行，公初不答。已而曰：「天子六宫在是，吾爲從臣，若等欲安適耶？」比虜退，唯公與左相陳魯公家在城中，衆皆慚服。

於是車駕將撫師建康，而欽宗未祔廟，留守湯思退請省虞速祔而釋服以行。公持不可，上納用焉，而議者猶謂凶服不可以即戎。上曰：「吾因以縞素詔中外矣。」卒從公言。既行，留司百官吉月當入臨，思退復議罷之。公又力爭，得不罷。比作主，當瘞重。公又以初服請。右相朱倬不可，曰：「徽孝大行有故事矣。」公曰：「此前日之誤，今所當改，奈何復因之乎？」倬因妄謂上意實然，臣子務爲恭順可也。公曰：「責難於君，乃爲恭耳。」

虜以易主，復來修好，且責臣禮及新復四郡，迓者以聞。因曰土疆實利，不可予，禮際虛名，不足惜也。公聞之，亟奏曰：「名定實隨，百世不易，不可謂虛；土疆得失，一彼一此，不可謂實。議者言非是。」上然之，已而有詔問侍臣足食足兵之計，公言：「今天下財賦半入內帑，有司莫能計其盈虛。請用唐德宗楊炎之策，歸之左藏。」上亦善之，然未及行也。

未幾，今天子受禪。公自以舊學老臣，當盡規戒，且察左右有以術數惑上聽者，則具以堯、舜、禹、湯、文、武、周、孔所傳正心誠意、致知格物之説爲上陳之。會給筆札侍臣，論天下事。公既條上，且申前奏，極論內帑之弊。於是有詔，更以內藏激賞爲左藏南庫。明年，復以災異，命近臣言闕政。公曰：「前給筆札，羣臣對甚悉，意者陛下當力行之。今什未一二施行，又何以多言爲哉？」已而有詔，太上皇后之命得以聖旨爲稱。公引故典争之，不得。宰相建遣王之望使虜約和，公又論之，亦不從。

天申上壽，議者以欽宗服除，當舉樂。公曰：「臣事君猶子事父。禮，親喪未葬不除服。春秋，君弑賊不討，則雖葬不書，以明臣子之罪。況今欽宗實未葬也，而可遽作樂乎？」既奏言之，又引永祐龍輴未返時事白宰相。左相湯思退曰：「時已遣使迎奉，故輟樂以待。今則未也。」公曰：「此又誰之責耶？」右相張公亦曰：「今爲親故，不得以前日比。」公曰：「太上皇帝於欽宗親弟昆，且嘗北面事之，有君臣之義，尤恐非所安也。」退具草，將復論之，詞益壯。廟堂憚公議正守堅不可屈，事乃得寢。

嘗兼國子祭酒，又兼給事中，詔敕下者，問理如何，未嘗顧己徇人，小有回屈。内侍李綽、徐紳、賈竑、梁珂遷官不應法，諫官劉度坐論近習龍大淵忤旨補郡，已復罷之。公皆不書讀，左右已深忌之。居數月，會安穆皇后家墳寺當得賜田，而僧遂奪取殿前軍所買田以自入，軍士以爲言。事下户部，尚書韓仲通不可，而侍郎錢端禮獨奉予之。公復封上，羣小因是相與媒孽，遂以特旨罷公。中書舍人馬騏方上疏請留，而言事官尹穡希意投隙，詆公爲張公黨，騏後亦不能自堅也。

明年乾道改元，公年適已七十矣，即移文所居邵武軍告老。除集英殿修撰致仕，進敷文閣待制。居六年，一日，上思公，將復用之。因御講筵，顧侍臣曰：「黄中老儒，今居何許？年幾許？」意其筋力或未衰也，於是召公赴闕。公不得辭，强起。比入都門，觀者如堵。引對内殿，問勞甚寵。時用事者方以權譎功利日肆姦惡，公因復以前奏正心誠意、致知格物者爲上精言之。又言：「比年以來，言和者忘不共戴天之讎，固非久安之計；而言戰者徒爲無顧忌大言，又無必勝之策。必也暫與之和而亟爲之備，内修政理而外觀時變，則庶乎其可耳。」

上皆聽納。以爲兵部尚書兼侍讀，每當入直，上常先遣人候視，至則亟召入，坐語從容。如是數月，月必一再見。公知無不言，其大者則迎請欽宗梓宫，罷天申錫宴也。

公前在禮部，論止作樂事，公去卒用之。至是又將錫宴，公奏申前說，且曰：「三綱五常，聖人所以維持天下之要道，不可一日無。欽宗梓宫遠在沙漠，臣子未嘗一言及之，獨不錫宴一事僅存，如魯告朔之餼羊爾。今又廢之，則三綱五常掃地而盡，陛下將何以責天下臣子之不盡忠孝於君親哉？」已而詔遣中書舍人范成大使虜，以山陵爲請。公又奏曰：「陛下聖孝及此，天下幸甚。然置欽廟梓宫而不問，則有所未盡於人心。且雖夷狄之無君，其或以是而窺我矣。」上善其言而不及用，虜於是果肆嫚言，人乃服公之論正而識早也。它所論建，如作會計録，罷發運使，及民間利病、邊防得失甚衆。

蓋公之復來，庶幾得以卒行其志，而上意鄉公亦益厚。至是不能卒歲，又以言不盡用，浩然有歸志。然猶未忍决求去也，乃陳十要道之説以獻。曰用人而不自用者，治天下之要道也；以公議進退人材者，用人之要道也；察其正直納忠、阿諛順旨者，辨君子小人之要道也；廣開言路者，防壅蔽之要道也；考析事實者，聽言之要道也；量入爲出者，理財之要道也；精選監司者，理郡邑之要道也；痛懲贓吏者，恤民之要道也；求文武之臣，面陳方略者，選將帥之要道也；稽考兵籍者，省財之要道也。上亟稱善，公遂以乞身爲請，祈懇甚力。上不能奪，以爲顯謨閣學士、提舉江州太平興國宮，内出犀帶、香茗以賜。既歸，再疏告老，遂以龍圖閣學士致仕。其後上意猶欲用公，以公篤老不敢召，則手爲書，遣使訪公以天下利害、朝政闕失，進職端明殿學士，且以銀絹將之。公受詔感激，拜疏以謝，略曰：「朝政之闕失多矣，其尤失者，君子在野，小人在位，政出多門，言路壅塞，廉耻道喪，貨賂公行也。天下之利害多矣，其尤害民者，官吏貪墨，賦斂煩重，財用匱竭，盜賊多有，獄訟不理，政以賄求也。臣願進君子，退小人，精選諸道使者，以察州縣，則朝政有經，民不告病矣。」

公之復歸又十年，婆娑里門，無復外事。然其心未嘗一日忘朝廷，間語及時事，或慷慨悲辛不能已，聞者蓋動心焉，尚冀公之復起而卒有以寤上心也。既而屬疾，手草遺表，猶以山陵境土、欽廟梓宫爲言，而深以人主之職不可假之左右爲戒。淳熙七年八月庚寅薨，諸子上其書，上爲悲悼，詔以正議大夫告其弟，蓋公之年八十有五矣。

公先娶熊氏、詹氏，又娶詹氏，封淑人，後公一年亦薨。四子，源，通直郎；瀚，承務郎；浩，從政郎。六女，承議郎倪治、通直郎吴應時、宣教郎謝源明、承事郎張鑄、宣義郎陳景山其婿也。第三子及第二女皆夭。孫男七人，女五人。

公天性莊重，終日儼然，坐立有常處，未嘗傾側跛倚；語默有常節，未嘗戲言苟笑。它人視之若有所拘槷而不能頃刻安者，公獨泰然以終其身，雖在燕私，亦未嘗須臾變也。居家孝友篤至，夫婦相敬如賓。與人交恭而信，淡而久，苟非其義，一介不取諸人，亦不以予人。少時貧窶，炊黍或不繼，而處之甚安。至其力所可致，則亦不使親與其憂也。晚歲宦達，而自奉簡薄，不改於舊。惟祭祀，則致豐潔，細大必身親之。

仕州縣奉法循理，敦尚風教。在朝廷守經居正，思深慮遠，不爲激訐之言、表襮之行以矜己取名。然誠意所格，愈久而上下愈信服之。上雅敬重公，屢有大用意，而公卒不少貶以求合。上問進取，必謹對曰先自治；問理財，必謹對曰量入爲出，始終一説，未嘗少及功利。至於忠孝大節，敬終追遠之際，則自始對詔策已發其端，而終身誦之，至於垂絶猶不置也。嗚呼悲夫！推公此心，可謂無歉於幽明，而其法式之所存，雖與天壤相弊可也。

尤恬於勢利，興廢之間，人莫見其喜慍之色。爲郡從事時，驗茶券有僞者，吏白公當受賞，公謝却之。罷惇宗而造朝也，臨安學官有缺員而見官入試貢士，宰相俾公攝焉。試者出，公即解印去。其人曰：「公所攝黨缺員，盍亦自言以審之乎？」公不顧，用事者以是惡之。其在王府時，龍大淵已親幸，它教授或與過從觴詠。公獨未嘗與之坐，朝夕見，則揖而退。其後它教授多蒙其力，而公獨不徙官。爲司業時，芝草生武成廟，官吏請以聞。公不答，則陰畫以獻。宰相召長貳詰之曰：「治世之瑞，抑而不奏，何耶？」祭酒周公綰未對，公指其畫曰：「治世何用此爲？」周退，謂人曰：「黄公之言精切簡當，惜不使爲諫諍官也。」宰相率諸達官分寫佛書，刻石六和塔下。公謝不能，請至再，終不與，其不惑異端又如此。

其涖官人莫敢干以私，然公初未嘗有意固拒之也。蜀士有仕於朝者，同列多靳侮之。獨感公遇己厚，然公亦未嘗有意獨厚之也。尤喜薦士，如王詹事十朋、張舍人震，皆公所引。張忠獻公、劉太尉錡之復用，公力爲多。然未嘗以告人，諸公或不之知也。

致事里居前後十五年，收死恤孤，振貧繼絶，蒙賴者衆，而公未嘗有自得之色。平居門無雜賓，邑里後生有來見者，躬與爲禮，如對大賓。諄諄教語，必依於孝弟忠信，未嘗以爵齒自高而有懈意惰容。蓋公生質粹美，天下之物既無足以動其心，其於天下之義理又皆不待問辯而已識其大者。若其誠意躬行，則又渾然不見其有勉彊之意。而謙厚慤實，尤以空言爲耻，以故當世鮮克知之。然親炙而有得焉，則未有不厭然心服者。嗚呼！所謂訥言敏行、實浮於名者，公其是與！

嗣子源將以八年十月辛酉葬公於邵武縣仁澤鄉慶親里居第之北石歧原，而使其弟瀚狀公行事，屬某識焉。某素仰公德，而公所以教誨之者亦甚厚，且嘗受命以識于先大夫先夫人之墓矣，其又何辭？乃敬序其事而銘之。銘曰：

天下國家，孰匪當務？曷爲斯本？身則其處。事物之理，指數莫窮。曷其大者？維孝與忠。我觀黃公，天畀淳則。植本自躬，有大其識。儼其若思，履衡蹈從。盛德之表，見于聲容。烝烝于家，懇懇于國。敬終厚遠，靡有遺貸。根深末茂，綱舉目隨。行滿當世，言爲寶龜。出入兩朝，初終一意。酬酢佑神，隱顯一致。用而不究，君子惜之。刻辭幽宮，維以質之！（宋槧晦庵先生文集後集卷十七。）

按：朱文公文集卷九十一有端明殿學士黄公墓誌銘，與此文大異，亦爲初稿。

朱子佚文辨僞考録

厲鶚宋詩紀事卷四十八載朱熹挽沈菊山詩一首：

愛菊平生不愛錢，此君原是菊花仙。正當地下修文日，恰值人間落帽天。生與唐詩同一脈，死隨陶令葬千年。如今忍向西郊哭，東野無兒更可憐。

此詩又見萬姓統譜、杭州府志等。萬姓統譜卷八十九云：「沈莊可，分宜人，宣和間進士。知錢塘縣事，嗜菊，庭植嘗數百本。晚年退居，益放情於菊。後以九月九日死，朱熹哭之詩云云。」按：鄒登龍梅屋吟有秋夜懷菊山沈莊可：「涼風動金旻，奄忽寒節至。百卉俱萎垂，梧桐亦飄墜。明月入我牖，展轉不能寐。顧影重傷心，思君長下淚。」其寄呈後村劉編修詩下有劉克莊後題云：「余爲宜春守，在郡留八十二日，坐向者疏狂罷去。是日舉場開，白袍皆入試，無一士余送者，惟詩人沈莊可出分宜縣廓十餘里餞别甚勤，又携鄒君詩卷見示。夜投古驛，吏卒皆散，挑燈讀之，語極清麗，不覺盡卷，亦逐客一段佳話也。嘉熙改元中秋後一日，莆田劉克莊題。」是嘉熙元年沈莊可猶在世，其距朱熹之卒已三十七年。張弋秋江煙草中亦有贈沈莊可一首：「卷上芳名舊所知，見君還恨識君遲。數莖短髮沾霜白，一葉扁舟觸浪危。問遍菊名因作譜，畫將藍本要求詩。向南郡邑多經過，楚士能狂更有誰？」蓋沈莊可與張弋、鄒登龍、劉克莊、戴復古輩同活動於端平、嘉熙前後，與朱熹非同時。

朱文公文集卷七十六有三先生論事録序一文：

昔顧子敦嘗爲人言，欲就山間與程正叔讀通典十年。世之以是病先生之學者，蓋不獨今日也。夫法度不正，則人極不立；人極不立，則仁義無所措；仁義無所措，則聖人之用息矣。先生之學，固非求子敦之知者；而爲先生之徒者，吾懼子敦之言遂得行乎其間。因取先生兄弟與横渠相與講明法度者録之篇首，而集其平居議論附之，目曰三先生論事録。夫豈以爲有補於先生之學，顧其自警者不得不然耳。

此序向在朱熹集中，至據此以爲朱熹作有三先生論事録一書。按：陳亮龍川集卷十四亦有此序，應爲陳亮之作，而爲編朱熹集者誤收。王應麟於困學紀聞中已首發其誤：「三先生論事録序，陳同甫作也。編於朱文公文集，誤。」三先生論事録一書乃陳亮作，吕東萊文集卷五答陳同甫書五云：「……論事録此意思甚好，但却似汲汲拈出，未甚宏裕。」朱熹亦曾致書吕祖謙轉求此書，朱文公文集卷三十三答吕伯恭書三十九：「前書托求本政書、續添圖子、論事録等，望留意。」吕東萊文集卷五答陳同甫書十五：「三先生論事録、禮書補遺及本政書，續刊已了者，入城幸各攜一帙來，蓋朱元晦累書欲得之也。」考陳亮集編於嘉泰四年，最早刻於嘉定六年，葉適序謂四十卷。後散佚殘缺，明成化以後只有三十卷本傳世。然據宋人編圈點龍川水心二先生文粹後集卷二十已有陳亮三先生論事録序，據饒輝序，此二先生文粹刻於嘉定五年壬申，可見此三先生論事録序原在龍川集中。而朱文公文集卷七十六所收序文，均按年編次，直至慶元六年朱熹卒前；唯最後二序則異，一爲贈筆工蔡藻，作於淳熙二年；一即此三先生論事録序，置於最末，尤可見此序原爲朱在編朱熹集時所未收，而爲後來編者所誤增補入。

王應山閩都記卷十二録朱熹遊鼓山五古一首：

靈源有幽趣，臨滄擅佳名。我來坐久之，猶懷不盡情。褰裳步翠麓，危絶不可登。豁然天地口，頓覺心目明。洋洋三江匯，迢迢衆山横。清寒草木瘦，翠蓋亦前陳。山僧好心事，爲我開此亭。重遊見翼然，險道悉以平。會方有行役，邛蜀萬里程。徘徊更瞻眺，斜日下雲屏。

按：此詩刻在鼓山臨滄亭石筍上，署「淳熙十三年正月四日愚齋」，其非朱熹詩甚明。鼓山舊志疑爲趙汝愚詩，考宋史孝宗紀：「淳熙十二年十二月甲子，以知福州趙汝愚爲四川制置使。」此即詩中所謂「會方有行役，邛蜀萬里程」。然趙汝愚之離福州赴蜀已在淳熙十三年春後，朱文公文集卷八有四首餞行詩爲證，其首篇有「忽聞黄鉞分全蜀，更祝彤庭列九賓。執手便驚成契闊，贈言還喜和陽春」之句，知趙汝愚乃春間離福州途經武夷與朱熹一晤相別，與此鼓山詩「正月四日」時間相合。又韋居安梅磵詩話卷上有云：「趙愚齋客中清明詩云：『紅塵烏帽寄他鄉……』」是趙汝愚確亦號「愚齋」。

祝穆方輿勝覽卷十七載朱熹彭蠡湖七古一首：

茫茫彭蠡杳無地，白浪春風濕天際。東西捩柁萬舟回，千年老蛟時出戲。少年輕事鎮南來，水怒如山船正開。中流蜿蜒見脊尾，觀音膽墮予方咍。衣冠今日龍山路，廟下沽酒山前住。老矣安能學佽飛，買田欲棄江湖去。

按：此詩所述與朱熹生平事蹟不合。詩云「少年輕事鎮南來」，朱熹並無少年仕宦江西、往遊彭蠡之事，且朱熹乃閩人，亦不得謂「南來」。此實爲王安石詩，見臨川先生文集卷六。

錦綉萬花谷後集卷三十八載朱熹梅詩二首：

莫遣扁舟興盡回，正須衝雪看江梅。楚人元未知真色，施粉何曾太白來。

幽香淡淡影疏疏，雪虐風威亦自如。正是花中巢許輩，人間富貴不關渠。

朱玉曾將後一首輯入朱子文集大全類編，云出自徽刻詩集。按：此二首詩乃陸游作，見劍南詩稿卷十一。

朱玉朱子文集大全類編輯入朱熹詩山茶一首：

江南池館厭深紅，零落荒煙山雨中。却是北人偏愛惜，數枝和雪上屏風。

稱輯自徽刻詩集。按：此詩乃陶弼作，其邕州小集中有山茶花二首，其二即此詩。明朱培文公大全集補遺凡例即云：「他書有誤將時人所作爲文公作者……如新安詩集（按：即徽刻詩集）有詠山茶詩，乃陶弼作，皆誤入文公名下。」

熊節編、熊剛大注性理群書句解卷一載朱熹心經贊一首：

舜禹授受，十有六言。萬世心學，此其淵源。人心伊何？生於形氣。有好有樂，有忿有懥。惟欲易流，是之謂危。須臾或放，衆慝從之。道心伊何？根於性命。曰義曰仁，曰中曰正。惟理無形，是之謂微。毫芒或失，其存幾希。二者之間，曾勿容隙。察之必精，如辨白黑。知及仁守，相爲始終。惟精故一，惟一故中。聖賢迭興，體姚法姒。持綱挈維，昭示來世。戒懼謹獨，閑邪存誠。曰忿曰欲，必窒必懲。上帝實臨，其敢或貳。屋漏雖隱，寧使有愧。四非當克，如敵斯攻。四端既發，皆擴而充。意必之萌，雲卷席撤。子諒之生，春噓物茁。鷄犬之放，欲知其求。牛羊之牧，濯濯是憂。一指肩背，孰貴孰賤？簞食萬鍾，辭受必辨。克治存養，交致其功。舜何人哉，期與之同。維此道心，萬善之主。天之與我，此其大者。斂之方寸，太極在躬；散之萬事，其用弗窮。若寶靈龜，若奉拱璧。念茲在茲，其可弗力！相古先民，以敬相傳。操約施博，孰此爲先！我來作州，茅塞是懼。爰輯格言，以滌肺腑。明窗棐几，清晝爐熏。開卷肅然，事我天君。

按：此爲真德秀作，見其心經末所附。

嘉靖建寧府志卷十七載朱熹作鷹山書院詩：

三十年來宿草廬，五年三第世間無。門前獬豸山常在，只恐兒孫不讀書。

按：此爲游酢詩，見游廌山集卷四，題作誨子，第三句作「門前獬豸公裳在」。

舊題朱熹作偶成詩廣被選入中學課本：

少年易老學難成，一寸光陰不可輕。未覺池塘春草夢，階前梧葉已秋聲。

此詩在日本與中國極爲流傳。按：此詩原在日本續群書類從卷九百八十一滑稽詩文中，題作小人詩，乃室町至江户時代一無名禪林僧侣所作，明治以後才被誤作爲朱熹詩，題爲偶成，編入中學課文。（詳可見柳瀨喜代志朱子偶成詩考）

民國纂修鄭氏大宗統譜卷首載朱熹作重修滎陽鄭氏世譜原序：

予嘗仰觀乾象，北辰爲中天之樞，而三垣九曜旋繞歸向，譬猶君之尊而無所不拱焉；俯察地理，昆維爲華嶽之鎮，而五嶽八表逶迤顧盼，譬猶祖之親而無所不本焉。此君親一理，忠孝一道，悖之者謂之逆，遺之者謂之棄，慢之者謂之褻。無將之戒，莫大於不忠；五刑之屬，莫大於不孝。爲人臣所當鞠躬盡瘁，爲人後所當慎終追遠，而不可一毫或忽。鄭氏譜牒上溯得姓之始，下逮繼世之宗，非大忠大孝者而能之乎？噫，世之去祖未遠，問其所自，而不知者，愧於鄭氏矣。龍圖閣待制學士兼宣謨閣説書正籍典入宣史館新安朱熹拜書。

此序顯爲僞作。朱熹生平無任「龍圖閣待制學士」、「宣謨閣説書」等事，僅此已見其僞。此序又見載於金華太常周氏宗譜卷首，題作太常周氏宗譜引，又見載于都昌黄氏宗譜（北山鄉塘湖黄氏保存），題作黄氏譜序，又見載於温陵劉氏宗譜（劉以健藏），題作題劉氏宗譜序，均少變一二句，只將鄭氏改爲周氏、黄氏、劉氏即成，隨譜套用，更可見其僞迹昭著。

鄭氏大宗統譜卷一又載朱熹爲鄭虔作唐著作郎弱齊公像贊：

望隆五老，名著丹青。仿右軍之書法，萃李杜之精英。賢哉明哲，足羡多聞。宋翰林院編修朱熹拜撰。

此贊亦顯僞作，署「宋翰林院編修」尤謬。鄭氏大宗統譜可謂集僞造之大成，其中所載「名賢」之文幾無一可信。

都昌黄氏宗譜又載朱熹作黄氏宗譜序：

前缺而□□□在以振□□□□遺□□□□黄氏譜下缺補其下缺序云下缺居於都昌者半。亦嘗考之，宋南渡之先，散處别業而居於都昌者多矣，特未盡離祖宅耳。有云：大族之下有富有貴，勢使然也；擇業之後有貴有賤，理使然也。然是四者，皆自外至者也。由祖宗睦族之義而觀之，則舉不當以是論。奈何人情風俗日流於薄，一族之内，其或有室潤而仕顯者，則萌欽附慕麗之心，語於人則曰：「吾與某尚爾同高而曾也。」未必果親也。其或有犁耕而負販者，則懷鄙薄厭棄之心，語於人則曰：「吾與某久矣無服屬焉。」而未必果疏也。吁！胡不法大賢君子之度量乎？昔范文正公位躋參政，悉以俸賜均與族人，語其諸子曰：「吾吴中宗族甚衆，於吾固有親疏，然以吾祖宗視之，則均是子孫，固無親疏也。苟祖宗之意無親疏，則饑寒者吾安得不恤也？若可能及者，謂今日是祖宗之德也，非己之所能及也。由祖宗積德百餘年而始發於吾，得至大官，若獨享富貴而不恤宗族，異日何以見祖宗於地下，今何顔入家廟乎？」由此觀之，則凡宗族之間有富有貴，皆吾祖宗積德之由，而自務其能哉！今之宗族，欲望其如文正公均俸賜，抑亦鮮矣。倘能不以富貴貧賤異其心，而盡其恭敬親睦之義，則亦庶幾矣。予今守南康，講道白鹿書院，門友黄商伯持其家譜徵予序，僅以世之宗族富貴貧賤而子孫能不墜其先業，如范文正公之訓，書於商伯家譜之右以自警。下缺朱熹序下缺宋淳熙己亥。

此序與前黄氏譜序並載黄氏宗譜，朱熹豈會一譜而作二序，僅此亦見其僞。且序中如「宋南渡之先」云云，亦不類宋人語。按朱熹守南康軍，淳熙六年十月十五日方尋訪到白鹿洞書院廢址，至淳熙七年三月才修復白鹿洞書院。此序署淳熙六年己亥，而却云「講道白鹿書院」，與事實乖謬。

石城吴氏七修族譜卷首載朱熹作吴氏族譜序：

吴氏之先，始於后稷，本軒轅氏之玄孫，至二十二世泰伯、四十一世季札，吴氏之爲天下著姓，金枝玉葉之根，誠非他族可比。世稱某公府君、夫人、郡君、縣君者，惟吴、孔二氏之稱，餘姓人家並不敢妄冒僭稱，亦未有如此遽遽相承數千年綿遠之系，斯吴氏之譜，真可美而可尚也，於是乎序。宋慶元三年丁巳中秋日，新安朱熹撰。

按：此序空洞無物，唯反復誇美吴姓「金枝玉葉之根，誠非他族可比」，「惟吴、孔二氏之稱，餘姓人家並不敢妄冒僭稱」，尤鄙俗可笑，其爲吴氏後裔所僞造一目瞭然。

舊抄本吴氏族譜載朱熹作吴氏族譜跋：

水一源而萬派，木一本而萬枝，無不由本源之深而致枝派之繁遠也。祖宗，人之本源；子孫，人之枝派。本源苟濬，則枝派安得而（不）奮哉。吴本姬姓，自周太王泰伯仲雍封於吴，子孫以國爲氏，其本源可謂深且遠矣。而歷代昭穆人才繼躅，瞭然世系之間，輯諸家乘，以永其傳，昭揚先德，啟迪後人，捨譜牒何求哉。余披閲之，水木本源之自，前有所稽，後有所據也，是爲跋。淳熙戊申秋七月甲子，新安朱熹書。

此跋署「淳熙戊申秋七月甲子」，按：淳熙十五年七月並無「甲子」，僅此可見其僞。蓋同前吴氏族譜序相類，亦必吴氏後裔僞造。

沛國朱氏宗譜卷一載朱熹作沛國朱氏世系源流序：

本宗朱氏之先，系出顓頊高陽氏。曾孫重黎、吴回兄弟，相繼命爲火正，光融天下，共號祝融。再傳至陸終，生晏安，賜如曹，遂以曹爲氏。歷夏暨商，至周武王，封其苗裔曹挾於邾，爲魯附庸，復以國爲姓，易姓邾。挾以下至儀父克，值春秋齊桓創霸，以輔助功，進子爵。主國九世，爲楚所難，子孫因去邑，稱朱氏。兖州仙源縣古邾城，即其地也。克之弟夷父顔仕周，其子友，以父功，别封附庸爲小邾國。迨至惠公下六世，亦併於楚，其地爲滕縣，隸沂州之東南，有郳城是也。其後西漢時，有名詡者，官大司馬。長史浮者，字公叔，封新息侯。東漢之初，有祐公得封高遠侯。其子永，任下邳太守。迨延六世孫質，復爲司徒。質生二子，曰卓，曰寓。卓由司隸校尉遷尚書，居丹陽，生扶風太守翻。翻生上黨太守越。越八世孫曰諤者，爲丞相府行參軍。子名濟，孫名申。申生魏之散騎常侍威。威生晉之陳郡太守騰。騰之三世孫曰高者，仕周爲太子洗馬。其下七世皆仕唐，登顯秩。而山泠、山湘二公，則爲餘二派之小宗焉。溯厥芳徽，自漢唐以來，可謂遠矣，盛矣。其間析居散處，再傳失録其序者，豈不多哉！今僅以卓、寓二公之裔考之，厥郡有九：曰沛國，曰吴郡，曰錢塘，曰丹陽者，皆卓公後也；曰濮陽，曰永城，曰義陽，曰太康，曰河南者，皆寓公後也。閲兹圖譜，乃出自山湘公之子諱曰德者，來守括蒼，宦留屬邑之宣平，子孫藩盛。經七世，至昱公，設教於建川之陽，覩山川秀麗，土物心臧，乃以丘隴在宣，令子竦回籍占居於横溪，而公與長子顒，遂流寓於兹。卜兆以瘞，子孫因留以居。是則德公下匪直居宣邑者，夙稱著姓，而居縉者，亦駸匕乎聚族於斯矣。然熹也亦本山泠公九世之裔，支分伯仲，賴先澤之餘蔭，叨遇聖明，得歸林以待罪。偶來五雲，主叔中家，因出宗牒示余，然後知源流所自，同出一宗。熹之幸，亦叔中之幸也。共相忻慰，情不能置，因書而爲之序。時紹熙四年辛卯八月之吉，新安裔孫熹謹識。

按：紹熙並無辛卯，紹熙四年爲癸丑。序云「偶來五雲」亦謬甚。紹熙四年八月間朱熹在建陽考亭，絶無入浙往縉雲之事。朱熹生平，唯淳熙九年在浙東提舉任上嘗一過縉雲。後來縉雲之朱氏遂多據此僞造朱熹常來縉雲，至謂縉雲朱氏與朱熹爲同宗者。如同治重修廬川田氏宗譜載所謂田澮龜山書院序，竟謂朱熹慶元黨禁時入浙至縉雲仙都、台州。此序所云，亦屬此類。序云「因出宗牒示余，然後知源流所自，同出一宗」，尤謬。朱熹淳熙三年歸婺源展墓，淳熙十年即作婺源茶院朱氏世譜，又何須至紹熙四年來縉雲方才「知源流所自」？

濛川足徵録卷首載朱熹作呈坎羅氏宗譜序：

余益友存齋羅子父子兄弟家世春秋學，自相師友，以進士發科，嗣世宦業赫赫，爲歙文獻稱首。今適與會於西湖僧舍，傾倒春秋底蘊，意見出人，得素王筆削本旨，而不忍别。翌日，懷其家世系圖譜屬余序，且謂捨熹無可托者。諦觀其譜，昭穆秩然，條而不漏，詳而不冗，書其可信而缺其所疑，乃實録也。存齋之世苟循而上之，聖賢地位亦易易耳。存齋之後，竊爲懼之。蓋富貴者自恃而不恤己，焰盛者自肆而不恤人。以不恤己之恃而行其不恤人之肆，流而不返，失其本心，非但族屬昭穆之不顧，宗祖根源之不思，且其家庭之間偏愛私藏以背戾，分門割户，患若賊仇，上慢下暴，老者失其安，少者失其懷，朋友失其信，舟中皆敵國，而痛哭於漢文之時俗者，無怪乎賈生也。夫如是，則雖有修譜之名，而無修譜之實，既無以法一家，將何以法族人耶？其不至於載胥及溺者幾希。余固爲存齋後裔之慮也。憶昔君子之愛人也，則憂其無成，此吾儒家法也。是意也，在他人則惡聞，在存齋則喜聞，故余亦樂告之耳。他日羅氏之賢子孫必曰：「朱某之不佞如此，其成人之美如此，其自存心與人爲善如此。」存齋其無異余言！時乾道三年歲次丁亥五月望日序。

熹既筆叙譜首而歸之，存齋詣余，再拜曰：「荷契兄不鄙，非但教顧，且垂教後世，此意曷敢當承！家君熟視之，曰：『此真聖賢心也！外録諸家藏卷册，誠百世有益之器也！』」存齋又謂曰：「兄之先世在婺源，既知之矣，而先世之先，所出何在？」熹曰：「予傳聞在歙通德鄉之朱村，與祝外祖家不甚相遠。又後遷婺源耳。先君以宦寓建陽，遂家焉。然春露秋霜之感，朱世之情，未嘗不以祖源爲念也。」存齋又曰：「通德朱村有考乎？」熹沉思不能應。存齋云：「通德鄉者，古今爲吾世居之地。朱村爲近鄰，至今猶云朱村云云無異者。」熹乃下拜曰：「然則熹與畏弟里人也！」使人醒然，交泣下。是夜，留宿劇論。比曉，又訂後會。今並書此以俟之。雖然宦途逆旅，踪迹無常，道義之情，自爾難盡。熹又識。

按：存齋羅願父羅汝楫卒於紹興二十八年五月，序乃云「家君熟視之」，可見其僞。又乾道三年五月前後，朱熹在崇安五夫里，正準備赴潭州往見張栻，絶無此時往臨安於西湖僧舍會羅願事。朱熹於紹興二十年歸婺源展墓，亦往歙縣。且羅願作新安志，其中首次爲朱松朱熹父子立傳，朱熹自早知與羅願爲里人。此序所云殊屬不倫，必是羅氏後裔僞造。

項氏重修宗譜卷一載朱熹作項氏重修宗譜舊序：

余以提舉浙東，得一教授項平甫，諱安世。幼能賦詩，長治春秋，相與講明義理之學，悉見博綜典要，學貫三才，余大快之。後余在經筵，薦爲諫官，克殫忠精，轉入龍圖，同寅事主，不勝大得協恭之雅也。維以慶元三年臘月之朔，董由王允上疏，置僞學之籍。於時平甫不願久仕，坐黨籍罷歸，作山林之士，得賞田園之樂，遂廢君臣之義。每懷祖宗之思，懷念家譜，出力校刻書以請序，俾余示其末簡。惟項爲后稷之裔，始自姬録，與周封弟元於項國。國雖小，而附諸夏賓之，比於凡蔣茅應，成周之盛，常到會盟。不謂齊桓創霸，興師取之，國乃云亡。維時有芊公者，出奔遼西之地，遂家焉。因以國爲姓，以地爲郡，項氏之族蓋始於此。時届春秋，八歲服孔子者，有項橐。其兄壹，生神。自神而勳，以及秦漢、隋唐、六朝，南北諸朝，仕宦聯蟬，相繼不一。猗歟休哉，項氏其盛族哉！更數傳，有項燕爲楚將，生渠及梁。梁殺人，與兄子籍，避仇吴中。舉吴中，與高祖同兵攻秦。籍自號西楚霸王，遂以西楚志郡。揆其實，西楚從遼西而分，遼西項氏實自梁之正派，西楚之項悉皆籍之後昆，則源雖同，而流自異也。今遷括蒼始祖，端由瀑泉之昌公。初昌公之父諱邦公者，派由江南，來仕青田邑宰，廉名素著，一琴一鶴，正治晏如。其子昌，酷愛山水，玩遊括蒼，遂過麗邑瀑泉，見其山環水繞，洵鍾靈毓秀之區，土沃源深，恰子孫發祥之地，遂家於此，實處郡項氏之丕基焉。由是瓜瓞綿綿，麟趾振振，或遷松遂，或居其縉，瀑泉項氏不勝寖大。然而譜牒不作，羅處星居，易於遺佚，支無以分，派無以别，周道親親，其謂之何？平甫安世，愛鳩族衆，倡行譜事，繪系、列圖、志傳，明昭穆，定嫡庶，使木本水源之義，祖功宗德之彰，井然秩然，皎若列眉。項氏孫子，尚知所勉，方得作譜之意，而永文獻之傳也。孔子曰：「足則吾能徵之矣。」余非能言者，第平甫之請，不可辭，聊掇萬一，以爲之序云。時大宋慶元七年歲次辛酉仲冬下浣谷旦，欽授浙東提舉經筵講官新安朱熹撰。

按：此序錯誤百出，顯爲僞篇。如稱朱熹淳熙八年提舉浙東時「得一教授項平甫」，項安世淳熙二年中進士，淳熙八年尚非潭州教授。如稱「余在經筵，薦爲諫官，克殫忠精，轉入龍圖」，朱熹紹熙五年入朝侍經筵，並無薦項安世事，而其時項安世爲校書郎，亦非諫官，其轉直龍圖閣乃在開禧年間，朱熹早卒。又序末題「大宋慶元七年」，慶元只六年。序署「欽授浙東提舉經筵官新安朱熹撰」，更荒謬絶倫。

後村千家詩天文門載朱熹作半月詩：

人間離别最堪憐，天上嫦娥恐亦然。昨夜廣寒分破鏡，半奩飛上九重天。

此詩廣被注家所選。按：華岳翠微南征録卷九、華鎮雲溪居士集卷十三，均有此詩，題作弦月。考翠微南征録皆收華岳編管建寧時所作，當爲華岳生前所自訂。而華鎮文集原有百卷，南渡前已亡佚，今雲溪居士集三十卷乃從永樂大典中掇輯而成，則其中弦月一詩當是誤收華岳之詩，蓋因皆姓華致誤。

陳敬璋朱子文集補遺附録墨迹中，録有朱熹詩條幅一首：

獨抱瑶琴過玉溪，琅然清夜月明時。幾回擬鼓陽春曲，月滿虚堂下指遲。

按：詩人玉屑卷二十引柳溪近録云：「癩可詩云：『琴到無弦聽者稀，古今唯有一鍾期。幾回擬鼓陽春曲，月滿虚堂下指遲。』晦翁嘗大書此詩，刻石於家。」則此詩後二句乃癩可之詩。前二句則取自朱熹讀李賓老玉澗詩偶成：「獨抱瑶琴過玉溪，琅然清夜月明時。只今已是無心久，却恐山前荷蕢知。」（見朱文公文集卷七）明朱培文公大全集補遺凡例即云：「有他家佳句，文公筆墨偶及，後人遂誤認爲文公句者。如『琴到無弦』一首，乃僧祖可所詠，文公常愛其語，而大書之。」

嚴觀江寧金石記卷八載朱熹作書邵子堯夫遊伊洛四首：

六日驅車出上陽，初程便宿水雲鄉。更聞數弄神仙曲，始姓壺中日月長。

七日南觀噴玉泉，千峰萬峰遥相連。中間一道長如雪，飛落寒潭不記年。

秋日□秋禾黍邊，農家富貴自豐年。一簞鷄黍一瓢飲，誰羡王侯食萬錢。

煙嵐一簇峙崔嵬，到此令人心自灰。上有神仙不知姓，洞門閑倚白雲開。

按：此爲邵雍詩，而爲朱熹所書，觀題可知。朱培文公大全集補遺凡例即云：「有他家佳句，文公筆墨偶及之，遂誤認爲文公句者……『六日驅車』四首，乃邵堯夫先生句，今見於擊壤集。文公亦屢書此詩，考亭刻板，只有晦翁字，而無原題，後人遂收爲文公作。」

安溪縣人民政府編安溪縣地名録，其中歷代人士詠安溪風物載朱熹題清溪八景之一鳳麓春蔭詩：

鳳麓春蔭馴雉時，龍津夜色賦新詩。東皋漁舍歡呼徹，南市酒家醉舞欹。蘆瀨行舟長破浪，葛磐坐釣閑垂絲。閬岩夕照岡陵翠，薛坂曉霞花滿枝。

按：此詩乃寫春景，朱熹紹興二十三年冬間曾往安溪縣按事三日，登鳳山題禪偈，然與此詩時令不合。近年發現朱熹書「鳳麓春蔭」、「仙苑」二石碑，一題「晦翁題」，一題「晦翁書」，應是晚年所書，此鳳麓春蔭詩疑爲後人據此石碑僞造。

臺灣臺南大天后宮之後殿壁上，有朱熹手書詩刻一首：

孝道昭天外，明舒日月光。慈雲環碧海，神德及窮鄉。保民存性善，護國祐寧康。高風貽勝慨，坤範永傳芳。

按：天后，亦稱天妃，即海神，閩廣通海處多立其廟，有天后宮、天妃宮等。元史祭祀志五云：「惟南海女神惠靈夫人，至元中以護海運有奇應，加封『天妃』神號……直沽、平江、周涇、泉福、興化等處皆有廟。」是元至元以後方有設廟祭天后之風，可見此詩之僞。又此詩後署「晦翁」下有「朱熹」、「晦翁」二方印，亦甚拙劣，顯非真迹。

光緒玉環廳志卷十三載朱熹作竹岡戴氏宗譜原序：

周禮大司徒教民之目，曰孝、友、睦、婣、任、恤，而家政居其三，孝、友、睦是也。孝者善事祖父母，友者愛育弟昆，睦者和於宗族，三者實民彝之大者也。聖人立民生之本至矣，凡人之父母，身之所自出也；昆弟，氣之所自同也；宗族，高曾之蔓延，又吾身之所同出也。無宗族則無昆弟，無昆弟則無祖父母，無祖父母則無吾身，無吾身則天地之元機於是乎息矣。是故教之以孝，孝則不遺其親；教之以友，友則不遺昆弟；教之以睦，睦則不遺宗族。父母、昆弟、宗族不遺，故明王皞皞之風油然而生，國家刑措之化翕然可致也。然則盡乎祖父母、昆弟、宗族之道，莫若先明其源，上之溯吾祖宗之自出，下而延吾宗族之枝派，傍而合祖宗之同氣，然後孝、友、睦之政浡然而行於家矣。是故先王之世，立官以掌其族，作譜牒以繫世次，蓋所以明源委之來也。兹竹岡晦齋戴先生諱明者，余忝氣同道合，每咨商時政之暇，相與窮經釋義，綢繆忘歸。於戊申中春之望，要予於官舍，卒以家譜示予曰：「先生爲我序。」予曰：以先生之道，窮則爲孔孟，達則爲伊周，且出身仕進，官極人臣，君子進用，吾道將行，有所冀望於先生者大矣。矧先生戴禮之系，詩書源流，忠良作述，同時南塘子姓嘯歌唱和、金石交奏者不知凡幾，致君澤民、聲施宇内者又不知凡幾。余昔守永寧時，詳之甚悉。先生聞望特隆，海内之士望風而下拜者又久之。然予夙忝見知，爰序孝、友、睦之道弁諸簡末，願後世共守此三者之道焉可矣。

按：此序一望知僞。竹岡在玉環島，玉環縣境内，朱熹向未到，如何能「每咨商時政之暇，相與窮經釋義，綢繆忘歸」？序稱「於戊申仲春之望，要余於官舍」，按：朱熹淳熙十五年三月十八日方離家赴臨安奏事，此前一直家居崇安五夫里，何來「要余於官舍」？序又稱「余昔守永寧」，更大謬之極，朱熹生平仕歷，無守永寧事。此顯爲戴氏修譜所僞作。

温陵劉氏宗譜（劉以健藏）中載有朱熹作詩一首：

林頭枕是溪中石，井底泉通竹下池。宿客不懷過鳥語，獨聞山雨對話時。

譜稱紹熙五年三月朱熹看望劉氏後人南下温陵（泉州），遂爲劉氏宗譜作序並題詩。譜序署「紹熙五年甲寅春三月新安朱熹頓首拜撰」，前考（見鄭氏世譜原序所考）已證此譜序爲僞，祇將他氏譜序改爲「劉氏」而成，所謂「紹熙五年甲寅春三月」云云，僞造尤拙劣可笑。朱熹於紹熙五年四月啟程赴湖南安撫使任，此前正在家忙於赴任之事，其於紹熙四年十二月辭任，五年正月再辭，二月至三月在家待命，皆昭昭載見於朱文公文集卷五十二答吴伯豐書十三、卷六十答王南卿書二、别集卷二與劉智夫書四等，何暇遠行温陵？按此詩前又有叙云：「朱晦翁先生簿銀同時，高弟家先師丘釣磯邀遊芝山，題古洞山房石壁，有『小山叢竹』四大字，又賦七言絶句勒石。」則此詩乃朱熹高弟子丘釣磯所作，時在朱熹來同安（銀同）任主簿之時。（閩林開族千年譜中載有朱熹作林氏世系總紀一文，顯亦僞篇）

仙居南城蔣氏宗譜首載朱熹作仙邑南城蔣氏宗譜舊序一篇：

天台山上應台星，爲郡邑名山之祖。人文所聚，巨族連翩，自古稱之。今上即位，余因上封事與當道左，家居數年，常夢想是邦。後蒙薦，累召不敢應。而帝心簡在，命余主管台州崇道觀。夫台與仙距九十里許，時明可吴先生與方子木皆余素交，予以閒散之暇，訪友於青圭紫籜之下。過南城，有覺軒蔣先生博洽古今，常與予講學南峰，開鑿桃洞，因以家譜屬余叙。夫蔣氏自晉唐以來，歷代名臣簪纓接踵，如蔣公旦，登政和五年第，爲仙邑開科領袖。又如蔣君煜，以忠烈顯著於時，其來誠有自矣。予嘗受上命，編輯資治通鑑綱目，及按春秋左氏，知蔣氏衍派伯齡爲姬公第三子，封於弋陽期思之間，分土立國，此受姓之始也。至九世諱誕，周幽王召爲太子太傅，食采潦水，以諫削職。其子諱孟，復封遼城。至廿三世，國爲楚所併。子孫降爲庶人，或仕於齊之千乘，或散居於樂安而家焉。蓋姬轍既東，王室陵夷，春秋戰國間，凡賜履之國，若諸强大，猶不能保其爵土，況蕞爾蔣氏。然而源深者流長，本沃者枝茂，而人才輩出，大抵爲天壤樹不朽者，皆聖人裔也。三十世，值漢高祖徙大姓於京輔，蔣與齊田景等族同遷杜陵關中之地。四十葉有諱詡者，爲兖州刺史，因王莽亂，隱居杜陵，號曰三逕處士。迄東漢，逡遒侯諱横，從光武誅赤眉有功。生九子，渡江以南，散居郡縣，各隨地封侯。先生乃第九子，諱澄，函亭侯之後也。函亭侯之長子次孫諱藏密，以荆州刺史遷於婺。居六世，孫諱樞，字伯機，仕晉，爲吴郡太守，遷括蒼刺史，因家於台，此蔣氏居仙居之始也。世居蛟池，奕葉蕃衍。再傳十九世，諱琰，唐乾符初登進士第，除縣長。尋遷諫垣，披肝瀝膽，直陳時事。忠不見庸，左遷吉州僉判，遂致仕家居。及聞東駕播遷，仰天大嘯，壽終正寢。瀘州刺史柳公玭爲之表叙。生五子：逕、達、遠、運、逵。以五季之亂，昆玉星散。其長居四明。其次與少岱石，即先生之高祖也。先生文學淵邃，德性温厚，與處間汪汪千頃，令人如飲醇醪，不覺自醉。承箕裘於不替，衍嗣續於無窮，其光前裕後，豈有既乎！蓋姬公以元聖之德，忠盡之心，勤勞王室，卜年八百，卜世三十，而灝氣所凝，挺秀代鍾，凡爲姬公之裔者，延蔓遍天下，蕃衍及奕世，或爲國樹勳，或爲世砥節，直與天地共悠遠焉。昔孟僖子知孔子述臧孫紇之言，曰：「吾聞聖人有明德者，其後有達人，今將在孔氏乎！」吾於蔣氏亦云。是爲叙。淳熙元年季春新安晦庵朱熹謹撰。

按：此序顯僞。朱熹淳熙元年夏六月方主管台州崇道觀，此序作於三月，竟云「余主管台州崇道觀」。且宋代奉祠宫觀，不往其地，淳熙元年朱熹奉祠家居，斷不可能遠赴台州仙居訪友。朱熹聚徒講學，自著資治通鑑綱目，與朝廷無涉，此序却云「上命編輯資治通鑑綱目」，尤可笑。

李幼武宋名臣言行録外集卷二録朱熹作秋日成詩一首：

閑來無事不從容，睡覺東窗日已紅。萬物静觀皆自得，四時佳興與人同。道通天地有形外，思入風雲變態中。富貴不淫貧賤樂，男兒到此是豪雄。

按：此爲程顥詩，見程氏文集卷三。

安徽通志卷四十五古蹟「朱村」引淈溪紀聞，録朱熹與友人書，稱云：「文公在村中注四子書，卒業。嘗與友人書云：『注成，勿先令二州見之。』蓋指羅鄂州、舒州也。」今按：羅鄂州即羅願，舒州即張敦頤，均新安人。新安文獻志先賢事略上：「張衡州敦頤，字養正，婺源人。……歷知舒、衡二州，致仕。」朱熹之歸婺源，一在紹興二十年，一在淳熙三年，而羅願在淳熙十一年始知鄂州，淳熙三年如何能稱其「羅鄂州」？且朱熹歸婺源展墓，來去匆匆，亦絶不可能安住朱村注四子卒業，「注成」云云尤謬。

朱子大同集録朱熹作題梵天法堂門扇一首：

神光不昧，萬古徽猷。入此門來，莫存知解。

朱文公文集别集卷七有其題，而無其文。按：此乃唐平田長老所作偈頌，見五燈會元卷四。宗杲大慧語録多引此頌。

四朝聞見録丁集慶元黨考異中載朱熹遺曾撙節夫詩一首：「節夫亦嘗登葵軒（張栻）之門，既而與王宣子辯其事，連上三書，言頗峻急，王帥以爲悖而按去之。其去也，先生（朱熹）遺之詩，有曰：『如何幕中辨，翻作暗投疑？』又曰：『反躬端得味，當復有餘師。』……」按，此爲張栻詩，見南軒先生文集卷五，題作曾節夫罷官歸盱江以小詩寄别。

錢日煦錢氏家書卷二載朱熹作題武肅王像：

五代之季，群雄僭竊，當寧宵旰，擁抱虚器，而王獨能志獎公室，翦誠凶頑，以修職貢，來賓王庭。昔齊桓一匡九合，率群牧而朝周，天子以彤弓黄鉞錫之專征。而後唐以金册誓書賜王世守，其功業榮遇，又不啻過之。内府向有武肅王真像，乃摹後唐明宗朝長興間内廷供奉張昉使吴越時所寫之本也。天聖間，賜王之孫文僖公惟演，歷代寶藏。今翰林學士裕之，乃文僖曾孫，因以王之真像及蘇子瞻、岳鵬舉、王龜齡三公真迹像贊見示，遂浣筆志之。慶元六年三月上巳，新安朱熹敬題。

按：武肅王爲錢鏐，錢惟演乃其曾孫，而非其孫。錢惟演生於太祖建隆三年，其曾孫裕之，以三代推算，亦絶不能活到慶元六年而與朱熹同時代者。又朱熹臨終前十餘日每日起居行事，俱載於其弟子蔡沈所作夢奠記，巨細不遺，其上巳日記曰：「初三日，在樓下改書傳兩章，又貼修稽古録。是夜，説書數十條。」則斷無作題武肅王像之事。

白雲居米帖卷十二載朱熹作題米芾端州石説：

右米南宫論端州石，縱横放逸，無毫髮姿媚意態，其爲老筆無疑。淳熙辛丑仲冬，新安朱熹觀汪伯時所藏於浮石舟中。

按：朱文公文集卷八十四跋徐騎省所篆項王亭賦後云：「今觀此卷，縱横放逸，無毫髮姿媚意態，其爲老筆亡疑。淳熙辛丑仲冬乙酉，新安朱熹觀汪伯時所藏於西安浮石舟中。」此題米芾端州石説顯據此跋僞造。

萬曆紫陽朱氏建安譜卷下載朱熹作七世祖承事郎退林公行狀：

公諱森，字良材，姓朱氏，世居歙州之黄墩。一世祖天祐中以陶雅之命，總卒三千戍婺源，邑民賴以安，因家焉。曾祖惟甫，祖振，父絢，皆不仕。公少務學，科舉既廢，不復事進取。既冠而孤。他日，歲時子姓爲壽，舉先訓戒飭諸子，諄諄以忠孝和友爲本，且曰：「吾家業儒，積德五世，後當有顯者。當勉勵謹飭，以無墜先世之業。」已而嗚咽流涕，以奉養日短爲終身之憂。胸中冲澹，視世之榮利油然若不足以干其心者。家人生産，未嘗掛齒。子松遊鄉校，時時小得失，無所欣戚。家既素貧，久而益急。或勸事生業，曰：「外物浮雲爾，無庸有爲也。使子賢，雖不榮，於我足。不然，適重爲後日驕縱之資爾。」獨見松從賢師友遊，則喜見言色。其篤於道義而鄙外浮榮，蓋天資云。晚讀内典，深解義諦，時時爲歌詩，恍然有超世之忘。與人交，無賢否，皆得其歡心。然胸中白黑瞭然，人莫能名其爲通與介也。以某年月日卒於建州政和之官舍，享年若干。娶程氏，三男：松，舉進士，迪功郎，初尉則政和也。次檉，次槔。二女，未適人。將以某年月日寓葬於政和護國院之側。慶元五年十有二月甲子，孝孫朝奉大夫致仕熹謹記。

按：此文乃朱松所作，韋齋集卷十二有先君行狀，作僞者只將標題換過，加上「慶元五年十有二月甲子孝孫朝奉大夫致仕熹謹記」之結銜，然但觀其中「將以某年月日」一句，僞迹暴露無遺。

揭陽縣志通訊一九八五年創刊號載朱熹在揭陽的一篇遺文，稱發現朱熹佚文隱相堂序：

爲梁克家先生之故人孫司法公、孫司理公、孫將領公、孫孝廉公四季昆書齋而作

余嘗遊麻田舊勝，訪吴子野講學問道之場。眺望乎南溪之畔，有厥里居，樹木蓊鬱，車馬繁盛。問之父老：「繄誰氏之族也？」父老曰：「里名京崗，孫氏居焉。乃父宰揭嶺而諱乙者，由高郵而來，占籍於兹。生四子，俱工舉子業。考厥由來，其令善下士，喜贈答，凡遊學之英，咸敬禮焉。乃叔子梁先生當茂才時，由晉水而揭嶺，不遠千里，遂握手而結莫逆交。始以詩書相契，繼以氣誼相投，異姓同體，如家人父子之親。結屋數

椽，在水中央，六七歲皆讀書明理飲酒賦詩於其上。其令之長嗣諱大榮者，仕江陰法曹；次諱大美者，仕隆興軍司理；三子諱大有者，守瓊州；四子諱大經者，舉孝廉。厥後，梁先生亦回籍而舉鄉貢，登郡魁。紹興庚辰，遂擢狀元及第矣。其法曹、司理、孝廉之學，荷先生教澤，能取科名，故任判簿，入國學，官運僉，選評事而拔貢元。濟濟一堂，雅稱多士之慶。噫嘻，好學下賢之報，豈淺鮮哉！」余曰唯唯。但興賢之地，木茂水繞，未多易覯，豈可湮没不彰，使人與地俱無傳哉？因榜其額，曰「隱相堂」。事之顛末，既經父老之言。梁先生事，余在講官時曾見囑於臨安矣。厥後詳問里人郭子從，傳述不爽，是爲序。

按：此文似原在孫氏族譜中，一九八五年八月十九日羊城晚報報道此文發現經過云：「（揭陽）博物館工作人員孫叔彦打聽到京崗有一位退休教師孫炳志珍藏有朱熹隱相堂序抄件的消息後，便多次到京崗尋訪。今年初，孫叔彦幾經周折找到了孫先生。原來，京崗一帶是當年孫氏的後裔，世代傳誦朱熹序文。孫先生年輕時即從上輩人處抄下序文。」此序作僞之迹，破綻百出。朱熹之任講官而在臨安朝中，乃在紹熙五年，其時梁克家卒已七年，如何兩人能相見而「見囑於臨安」？此序記紹熙五年以後朱熹來遊揭陽麻田，更謬。朱熹紹熙五年以後已黨禁在家，不久即卒，何能千里迢迢往遊揭陽？考朱熹生平行踪仕歷，唯紹興二十七年朱熹在同安任上有可能往遊揭陽，然其時朱熹尚不識梁克家，而梁亦尚未進士及第，更未任宰相。梁除相在乾道六年，從乾道六年至淳熙十四年梁卒，朱熹既絶無往遊揭陽之事，也絶無在臨安與梁相見之可能。據揭陽鄉士録，孫乙於紹興三年來任揭陽令，何以到紹熙五年以後朱熹寫此序時，孫乙仍爲揭陽令？又據此序，孫乙四子任法曹、除司理、守瓊州、舉孝廉在紹興十年前後（據「六七歲」推算，亦即梁克家回籍之前），其後已「任判簿，入國學，官運僉，選評事，而拔貢元」等，至朱熹寫此序時，已過去五十餘年，四人官職自當大變，何以開首仍稱「孫司法公、孫司理公、孫將領公、孫孝廉公」？此更不可思議。梁克家生於建炎二年，紹興三年時年僅五歲，豈已是「當茂才」？竟能千里迢迢由晉江來揭嶺，與孫氏四子結爲莫逆？此尤爲荒謬不經者。所謂「拔貢元」者，明清才有此制，「孝廉公」云云，亦純爲明清人口氣。

同治安義縣志卷十四載朱熹石塘記：

紹熙三年内召，除秘書郎，未赴，改除南康知軍，再辭不許。迨抵郡，奏復唐拾遺李渤白鹿書院舊址，引四方士子與之講論，因立學規俾守之。維時屬治建昌之依仁里有熊拙逸子從余遊，嘉其好學深思，能淡仕進。次年秋，造訪其廬，得與歷覽山水之勝。

上行三十里許，至卜鄰鄉之石塘，見其群峰環繞，林茂樹密，土沃人稠，而途遇多俊髦，往往諳揖遜風。詢之，則前嘉祐年間由江州義門所析之一莊也。孝友忠厚，可傳可法，宜其至今百有餘歲，猶且子姓之克敦先教如一日焉。吾子其誌之。

按：此文名「石塘記」，却非記石塘，而主要記拙逸子熊兆，不倫不類。且所記與事實不合。「紹熙」或爲「淳熙」刻誤。朱熹修復白鹿洞書院，引四方士子講學，立白鹿洞學規，事在淳熙七年三月以後。「次年秋」，朱熹於淳熙八年閏三月即解任歸，秋已不在南康，故是記顯謬，蓋附會拙逸子事僞造。

道光休寧縣志卷一載朱熹範石假山記：

新安山水奇觀也，休寧當其中，一州清淑之氣於是焉鍾，故視他邑爲最勝。其民雅馴，其俗簡易。官於此土者，無争辯文書之繁，而有登眺嬉遊之樂，其解而去也，往往得書最籍，稱能官。故凡宦遊於東南者皆以吾徽爲樂土，而尤在於休寧也……

按：朱熹生平未嘗一至休寧。此文所云「以吾徽爲樂土，而尤在於休寧也」，亦不合朱熹思想。朱熹有閩中爲樂土之説，朱子語類卷一百十一云：「嘗見前輩説，閩中真是樂國。某初只在山間，不知外處事，及到浙東，然後知吾鄉果是樂地。」「福建賦税猶易辦，浙中全是白撰，横斂無數，民甚不聊生，丁錢至有三千五百者……故浙中不如福建，浙西又不如浙東，江東又不如江西。越近都處，越不好。」

古今别腸詞卷三載朱熹作青玉案詞一首：

雪消春水東風猛，簾半卷，猶嫌冷。怪是春來常不醒。楊柳堤邊，杏花村裏，醉了重相請。而今白髮羞垂領。静裏時將舊遊省，記得孤山山畔景：一灣流水，半痕新月，畫作梅花影。

全宋詞第三册録此詞，云：「似是明人作品，必非朱熹詞。」

永樂大典卷五百四十載朱熹生查子拒霜花詞一首：

庭户曉光中，簾幕秋光裏。曲沼綺疏横，幾處新梳洗。紅臉露輕匀，翠袖風頻倚。鸞鑒不須開，自有窗前水。

此詞題作「朱晦庵詞」，按：此爲李處全詞，其亦號「晦庵」，見其晦庵詞。

羅大經鶴林玉露甲編卷四朱文公詞載世傳朱熹作滿江紅詞：

膠擾勞生，待足後何時是足？據見定隨家豐儉，便堪龜縮。得意濃時休進步，須知世事多翻覆。漫教人白了少年頭，徒碌碌。 誰不愛，黄金屋；誰不羡，千鍾禄。奈五行不是，這般題目。枉費心神空計較，兒孫自有兒孫福。也不須採藥訪神仙，惟寡欲。

羅大經云：「余讀而疑之，以爲此特安分無求者之詞耳，决非文公作。後官於榮南，節推翁諤爲余言，其所居與文公鄰，嘗舉此詞問公。公曰：非某作也，乃一僧作，其僧亦自號『晦庵』云。」

乾隆新鄭縣志卷二十五載朱熹作書黄帝諸書後一文：

黄帝聰明神聖，得之於天，天下之理無不知，天下之事無不能，上而天地陰陽造化發育之原，下而保神煉氣愈疾引年之術，庶物萬事之理，巨細精粗，洞然於胸次，是以其言有及之者。而世之言此者因自托焉，以信其説於後也。至戰國時，方術之士遂筆之書，以相傳授。如列子所引與素問、握奇之屬，蓋必有粗得遺言之仿佛者，如許行所道神農之言耳。周官外史所掌三皇五帝之書，恐不但若此而已。

縣志云出自玉海藝文志。按：此非跋文，乃節取朱熹古史餘論之本紀部分而成。

朱培文公大全集補遺卷一輯朱熹遂初堂賦一首：

皇降衷於下民兮，粤惟其常。猗歟穆而難名兮，維生之良。翕然美而具存兮，不顯其光。彼孩提而知愛親兮，豈外鑠緊中藏。年韡韡而寖長兮，紛事物之交相。非元聖之生知兮，懼日遠而日忘。緣氣稟之所偏兮，横流始夫濫觴。感以動兮不止，乃厥初之或戕。既志帥而莫御，氣决驟以翺翔。六情放而曷禦，百骸弛而莫强。自青陽而逆旅，暨黄髮以茫茫。儻矍然於中道，盍反求於厥初。厥初伊何，夫豈遠歟？彼匍匐以向井，我惻隱之拳如。驗端倪之所發，識大體之權輿。如寐而聰，如迷而途。知睨視之匪遐，乃本心之不渝。嗚呼，予既知其然兮，予惟以遂之。若火始然而泉始達兮，惟不息以終之。予視兮毋流，予聽兮毋從，予言兮毋易，予動兮以躬。惟日反兮于理，兹日新兮不窮。逮充實以輝光，信天資而本同。極存神而過化，亘萬古而常通。嗚呼，此羲文之所謂復，而顔氏之所謂爲萬世道學之宗歟？

云出自徽本詩集。朱啟昆朱子大全集補遺卷二亦録此賦。朱玉朱子文集大全類編輯此賦，云出自翰墨全書。按：張栻南軒先生文集卷一有此遂初堂賦，前有序云：「洛陽石伯元作堂於所居之北，榜曰『遂初』，廣漢張某爲之辭曰……」後有跋曰：「吾友石君築室湘城，伊抗志之甚遠，揭華榜以維新命。下交兮勿固，演妙理以旁陳。探上古之眇微，得斯説於遺經。謂非迂而匪異，試隱几而一聽。然則茲其爲遂初也，又豈孫興公所能望洋而瞠塵者乎！」張栻文集乃由朱熹親手編訂，則此遂初堂賦斷非朱熹之作。蓋黄榦勉齋黄先生文集卷五有劉正之遂初堂記云：「癸亥之秋，予復訪正之於屏山，正之與予言曰：『予少時嘗以「遂初」名其所居之堂，晦庵先生嘗爲予書之，子能爲我記之否？』」作僞者顯是據此附會。

朱培文公大全集補遺卷六輯朱熹作蒙齋銘一首：

物盈兩間，有萬其數。天理流行，無一不具。維象之顯，理寓乎中；反而求之，皆切吾躬。觀天之行，其敢遑息？察地之勢，亦厚於德。天人一體，物我一源。驗之羲經，厥旨昭然。卦之有蒙，内險外止，止莫如山，險莫如水。曷不曰水，而謂之泉。濫觴之初，厥流涓涓；其生之微，若未易達；其行之果，則不可遏。有崇茲山，潤澤所鍾，維静而正，出乃不窮。始焉一勺，終則萬里。問奚以爲？有本如是。是以君子，法取於斯。維義所在，必勇於爲。維行有本，緊德焉出。是滋是培，其體乃立。静而養源，澄然一心。動而敏行，萬善畢陳。厚化川流，初豈二致。溥博淵泉，其用弗匱。於惟簡肅，宜有此孫。揭名齋扉，目擊道存。養正於蒙，奚必童稚。終身由之，作聖之地。

云出自徽本詩集。朱啟昆朱子大全集補遺卷二亦録此銘。朱玉朱子文集大全類編輯此銘，云出自翰墨全書。按：此銘乃真德秀作，見真文忠公文集卷三十三，前尚有序云：「桂陽使君張侯某以『蒙』名齋，而山傻真某取果行育德之義爲之銘，其辭曰……」

朱培文公大全集補遺卷六輯朱熹作敬義齋銘一首：

惟坤六二，其德直方。君子體之，爲道有常。内而立心，曰直是貴，惟敬則直，不偏以陂；外而制事，曰方是宜，惟義則方，各當其施。曰敬伊何？惟主乎一，凛然自持，神明在側；曰義伊何？惟理是循，利害之私，罔汨其真。静而存養，中則有主；動而酬酢，莫不中矩。大哉敬乎，一心之方；至哉義乎，萬事之綱。敬義夾持，不二不忒。表裏洞然，上達天德。若有哲王，師保是詢。丹書有訓，西面以陳。敬與怠分，義與欲對。一長一消，禍福斯在。怠念之萌，闖焉沉昏；欲心之熾，蕩乎狂奔。惟此二端，敗德之賊。必壯乃猶，如敵斯克。怠欲既泯，敬義斯存。直方以大，協德於坤。一念小差，眂此齋扁，嚴師在前，永詔無倦。

云出自徽本詩集。此銘又見性理大全卷七十。朱啟昆朱子大全集補遺卷二亦録此銘。

朱玉朱子文集大全類編輯此銘，云出自翰墨全書。按：此銘亦真德秀作，見真文忠公文集卷三十三。考四庫全書總目著録朱熹弟子童伯羽玉溪師傳録一卷，書中載朱熹爲童作敬義堂銘及敬義堂詩二首。銘者，即此敬義齋銘。二詩者，一見於民國建甌縣志卷三十二：「伯羽生而沉慤，寡言笑，好讀書，從晦庵朱子學。朱子嘗至其鄉，賦詩云：『獨抱瑶琴過玉溪，琅然清夜月明時。只今已是無心久，却恐山前荷蕢知。』因題其所居之堂曰『敬義』，讀書樓曰『醉經』。又爲之作敬義堂詩銘。」一見於性理大全卷七十引敬義堂詩：「高臺巨牓意何如？住此知非小丈夫。浩氣擴充無内外，肯誇心月夜同孤。」然前詩爲朱熹知南康時詠廬山玉澗之作，非詠童伯羽（號「玉溪」）於建甌築室所居之玉溪，原題讀李賓老玉澗詩偶成，見朱文公文集卷七，李吕（賓老）在其跋晦翁和玉澗詩中述之甚明。後詩乃朱熹詠吕勝己季克東堂之作，堂在邵武，原題作次吕季克東堂九詠，見朱文公文集卷八。詩銘均非爲童伯羽作。

朱培文公大全集補遺卷六輯朱熹作艮泉銘一首：

鳳之陽，鶴之麓，有屼而伏。堂之坳，圃之腹，斯瀵而沃。東於亭，潤於谷，取用而足。清如官，美如俗，是爲建民之福。

云出自朱氏家譜。朱啟昆朱子大全集補遺卷二録此銘，云出自家譜雜記。朱玉朱子文集大全類編輯此銘，云出自翰墨大全，并有注云：「泉在建寧府治中和坊紫霞洲文公祠前，井水清洌，四時不竭。」是銘廣爲流行，至有據此銘僞造朱熹卜居紫霞洲之説。按：韓元吉南澗甲乙稿卷十八有此銘，題作比園艮泉銘，末且有注云：「淳熙乙未歲六月庚午記」，則此銘應是韓元吉作於淳熙二年。韓元吉於淳熙元年由婺州移知建寧（見宋史翼），與此銘所記正合。民國建甌縣志卷二十二云：「（艮泉）井在朱子祠前，宋淳熙乙未鑿。」則韓元吉此銘當是爲此年鑿成艮泉井而作。該志同卷朱文公祠下云：「在縣治北中和坊紫霞洲。宋寶慶二年丁亥，季子在佐嫡孫鑒建祠奉祀。」又卷七紫霞洲下云：「按：通志謂故老相傳，宋朱熹嘗卜居於紫霞洲，構亭於其左，扁曰『溪山一覽』。考之祝穆著方輿勝覽，載紫霞洲並不言熹居之。穆於熹爲表侄，此無所載，竊意熹子在所構而相傳之誤也。……清蔣蘅有朱子祠碑記，郡城紫霞洲之有朱子祠，蓋始於宋寶慶間。」是紫霞洲朱子祠乃朱在、朱鑒建於寶慶二年，後人因艮泉在朱子祠前，遂誤以爲泉亦并朱熹所鑿，而以泉銘亦歸之朱熹，乃至有朱熹卜居紫霞洲之誤傳。

朱玉朱子文集大全類編輯朱熹作青玉案詩一首：

共言的皪水花净，并倚離披風蓋涼。浪筆更題青玉案，佳人悵望碧雲鄉。

云出自徽刻詩集。按：朱文公文集卷六有圭父爲彦集置酒白蓮沼上彦集有詩因次其韻呈坐上諸友，此所謂青玉案詩即其中四句。

朱文公文集卷八十四書釣臺壁間何人所題後録水調歌頭詞一首：

不見嚴夫子，寂寞富春山。空留千丈危石，高出暮雪端。想像羊裘披了，一笑兩忘身世，來插釣魚竿。肯似林間翮，飛倦始知還？　中興主，功業就，鬢毛斑。驅馳一世人物，相與濟時艱。獨委狂奴心事，未羨癡兒鼎足，放去任疏頑。爽氣動星斗，終古照林巒。

題下有注云：「此詞實亦先生所作。」祝穆方輿勝覽卷四録爲朱熹詞作，全宋詞亦歸之朱熹。按：此題後云：「頃年屢過七里灘，見壁間有明仲丈題字刻石，拈出嚴公懷仁輔義之語，以厲往來士大夫，未嘗不爲之摩挲太息也，然亦不能盡記其語。後數十年再過，因覓其石，則已不復存，意或者惡聞而毀滅之也。獨一老僧年八十餘，能誦其詞甚習，爲余道之，俾書之册。比予未久而還，則亦爲好事者裂去矣。因覽兩峰趙傁醉筆釣臺樂府，偶記向嘗見一詞，正與同調，并感胡公舊語，聊爲書此。」是此詞非朱熹作本甚明。渚山堂詞話卷一云：「依舊本定爲胡明仲作。」尤非。朱熹所云胡明仲題詞乃指嚴夫子「懷仁輔義」之語，非指此詞。此題後分明以「嘗見一詞」與「胡公舊語」并題，題目亦稱「何人所題」，則此詞亦非胡寅作。

兩宋名賢小集卷十九石延年詩小集卷末載朱熹作跋石延年詩：

曼卿詩極有好處，如「仁者雖無敵」長篇，舊見曼卿親書此詩，氣象方嚴遒勁，極可寶愛，真顔筋柳骨。今人喜蘇子美字，不及此遠甚。曼卿詩極雄豪而縝密方嚴，如籌筆驛詩：「意中流水遠，愁外舊山青。」又「樂意湘關禽對語，生香不斷樹交花」之句極佳，惜不見其全集。新安朱熹。

按：此跋乃櫽括朱子語類卷一百四十論文下中吴雉、林子蒙所録問答，加「新安朱熹」四字而成。

雍正河南通志卷七十七載朱熹作富弼贊一首：

慶曆人望，元豐老成。片言折敵，兩朝握兵。恩浸南北，壽配岡陵。嶽降星隕，始終之靈。

按：通志中此贊與程顥贊程頤贊邵雍贊并列，不倫不類。朱熹對富弼頗多微詞，朱子語類卷一百二十九云：「富公一向畏事，只是要看經念佛，緣是小人在傍故耳。」「富鄭公與韓魏公議不合，富恨之，至不弔魏公喪……但魏公年年却使人去鄭公家上壽，恁地便是富不如韓較寬大。」卷一百三十云：「新法之行……問：『若專用韓富，則事體如何？』曰：『二公也只守舊。』……」此贊斷非朱熹作。

乾隆續河南通志卷七十七載朱熹作伊川書院九賢祠贊一首：

偉哉九公，道學之宗。或出或處，源流則同。其出也，股肱王宗，業廣功崇；其處也，爲生民而立極，激萬代之清風。家庭孝弟，州閭誠忠，金石之貫，神明之通。于此焉居，時有後先，其歸一揆。以讀以誦，其詩其書，非其先師，鄉先生歟？而學不莫，而社不祭，郡政之闕，郡人之愧。棟宇煌煌，設像堂堂。于登于豆，以謹蒸嘗。伊誰之始？由克列氏。洛爾郡人，景行行之。

按：此贊稱九賢爲「道學之宗」，自是指程顥程頤邵雍諸人，又以其稱「鄉先生」，則此所謂「郡」者，當指洛陽無疑，此伊川書院乃在洛陽。然朱熹之時宋金對峙，南北分裂，朱熹斷不可能爲洛中建伊川書院九賢祠作贊。又爲祠作贊，宋人無此例。

康熙忠武志卷八論載朱熹作諸葛武侯全三郡論：

或論孔明事，以爲天民之未粹者，此論甚當。然以爲略數千户而歸，不肯徙還，孔明亦未能免俗者，則熹竊而疑之。夫孔明之出祁山，三郡響應，既不能守而歸，則魏人復取三郡，必戲首事者墳墓矣。拔衆而歸，蓋所以全之，非賊人譁空手之謂也。故其言曰：「國家威力未舉，使赤子困於豺狼之吻。」蓋傷此耳。此見古人忠誠仁愛之心，招徠懷附之略，恐未必如或者之論也。

按：此文乃節取朱文公文集卷四十答何叔京書四，稍變文字而成。

亭林鮑氏宗譜前載朱熹作鮑氏家譜叙：

按：鮑氏冑出榆罔之裔，比他姓爲最先。黄帝時有田昭者，爲帝舜友，歷三代不顯。至周宣時伐叛大勳，詩人歌之，然皆顯於河洛間者。至西漢末，三子俱官顯要。會王莽肆篡棄官，析徙於浙之温婺四明。其後子孫殷繁，大抵甌婺明州之鮑氏，皆昭之裔也。後婺之曾孫能者，三轉爲通政司參議大夫。其孫名公初，世德其字者，登唐宣宗戊辰進士，官咸谷大夫，轉鴻臚卿。因上遊羅浮道院，同承直郎林一新上書，怒貶謫司户。拒黄巢，避居於婺。乾寧間，徙居天台。後攜其子可忠名誠者，遊台之亭林，訪林公一星，林女未字，尋贅忠焉。忠公登僖宗戊戌進士，生三子：廷啟，廷安，廷章。啟登五代貞明賢才榜，任魯之濟南尹。而孫錫蕃公，登宋至和榜，擢守浮梁。又士光者，登淳熙戊戌進士，爰輯其先世之可知者而爲譜，徵余序焉。嗚呼！天下之得姓多矣，孰有若鮑氏之最先者乎！唐虞而後，子孫蔓延河東，宜其大顯，非他人姓比。余乾道癸巳已含命至台，鮑子士光尚未釋褐，以學政録見示，具見其理學之精微。迨乙未秋，始造其廬，見族氏諸子彬彬力學，皆以道義相尚，蓋知其倡化之神也。越辛丑，社倉既行，數其地，乃知亭林時有張氏、王氏、朱、謝以及林、婁諸氏，非必如鮑氏發族之早也。以其代有偉人出乎其間，人皆習聞，功名之盛，灼然著人耳目。然則爲人子若孫烏可不勉乎哉！使宗之中得一人以顯其先，則必有慕效而興起焉。若蕃公、光公者，有學問，多才能，善於其職，朝廷咸賴之。自兹以後，使世以謂鮑氏之繼顯於今日者在斯乎！大宋淳熙十年歲在癸卯冬月吉，宣教郎直徽猷閣主管台州崇道觀新安朱熹書。

按：此叙一望知僞。如叙謂朱熹癸巳、乙未、辛丑三次至台州，荒謬至極。至如「天下之得姓多矣，孰有若鮑氏之最先者乎」云云，恰如僞吴氏族譜序所云「金枝玉葉之根，誠非他族可比」，純爲鮑氏裔孫自我誇美吹嘘之大話，朱熹豈作此等語。

嘉慶武義縣志卷十一藝文下載朱熹作詞二首：

江南序 遊水簾亭

山徑崎嶇路，危巢步可攀。風颯颯，水潺潺，流泉穿石水回環。烏棲巖下樹，龍卧石中潭，我來不覺精神爽，深入簾櫳四月寒。

歸途詠

樵子村，近黄昏，回首簾亭杳，又見疏松漏月痕，深沉。

志稱二詞係朱熹與呂祖謙、陳亮應鞏豐之邀來武義同遊水簾亭時作。按：朱熹生平，唯淳熙九年浙東提舉任上曾一至武義，然是時呂祖謙已卒，而朱熹尚不識鞏豐。朱文公文集卷六十四答鞏仲至書一云：「聞名願見，爲日久矣。兹欲枉顧，乃遂夙心，慰幸可量。」是札作於慶元五年一月，由此可知朱熹與鞏豐初識相見在慶元五年初，其時呂祖謙、陳亮均卒，不久朱熹亦去世，更無往武義遊水簾亭之事。

古今遊名山記卷十五載朱熹作曲水留題：

或言雲安西三十里許有自然曲水，閏月甲午朔，泊舟横石灘上，携子垕及劉甥步訪之。水極峻急，不可流觴。巖顔有永和三年及六年刻字十五六行，剥落已不可讀。細辨其文，但昔人捐金以事仙佛，識金數千石爾，殆非禊飲處也。好事者因年號遂增飾之，當時必置屋廬像設，今變滅無餘。然水石要可喜，姑取酒酌其旁，賞悟良久而去。

此題又見名山勝概記卷四十二，古今圖書集成職方典卷一千五百二十二。按：雲安在夔州路，朱熹生平向未至川蜀，亦無子名垕者。此題乃李燾作，其有子名李垕。

康熙武進縣志卷二十九載朱熹作徐君季子兩賢論：

史稱季札奉使過徐，徐君好札劍，札心知之，爲使上國，未獻。還至徐，徐君已死。乃解劍繫之塚樹而去，誠所謂不以死倍吾心哉。嗟乎！此季子之高義，千古知之矣，吾以徐君足以致之也。札好義，必徐君亦好義，兩人相遇之誠故若此。以有用之寶劍，何不贈有用之豪傑，乃掛樹頭，博一日之虚名耶？豈知徐君平日有至德以孚于人者？使札好徐君之劍，徐君亦一諾不苟，即札死，徐君必掛塚樹而去，諒亦不以死背其心者乎？此其心當日不知，作史者不知，千百載而下，可以尚論，見兩賢之同道而然耶？

此文又見乾隆陽湖縣志卷十。按：此文發論淺陋，對季札有微詞，不合朱熹思想，題稱「兩賢」亦不類。文似明清八股，亦不類朱熹文風。

宋丞相四明魏文節公事略載朱熹作魏杞行狀，又見魏文節遺書附録。按：此行狀顯爲僞作，如狀云：「娶夫人姜氏静專慶國夫人，郊祀禮儀，特封文節夫人。」據宋史魏杞傳：「淳熙十年十一月薨，贈特進，嘉泰中謚文節。」知「文節」之謚乃在朱熹卒後所追贈，僅此已見此行狀之僞。編事略者已知自露僞迹，故在同年增訂編刻之增訂宋丞相魏文節公事略中，將魏杞行狀多加竄改，特將「封文節夫人」一段改爲：「公晉資政殿大學士，薨于淳熙十年十一月癸丑未日，享年六十有四。與配姜氏慶國夫人合葬，祔燕國公之藏。姑輯之以俟後云。淳熙十二年正月九日男熊夢編，新安朱子填諱。」既去「文節」之語，又不言朱熹作狀。同時又將原僞造之制誥四中「特贈爾爲太師，追封福國公，謚文節，賜之誥命」，竄改爲「特贈爾爲太師，晉封魯國公，賜之誥命」。適足欲蓋彌彰，其作僞之拙劣少有。

魏杞行狀

丞相魏公諱杞，字南夫。幼時轉寓四明，邂逅武翼姜公觀，奇之，問公出處，潸然出涕言：「有母無以爲養。」姜公亦爲感動，館之於家。命之從學，文日益進。姜公許妻以其子，是爲慶國夫人。公未冠授官，復擢巍科，安然於命義，志不苟求。時秦師垣專政，其子熺以同年諷公來見，意不諾。尉餘姚，與太保史公爲代，後又相繼秉鈞爲盛事。越師秋閱必欲以軍禮，他尉皆羞，公獨戎服執撾，庭趨如儀，神色夷然，識者歎其器量。尉滿，丞相史公爲代，念公之貧，故遲其來，公以書促之，史公浩報云：「我遲其行，公促我至，近世交情，所罕聞也。」邑人傳之，以爲美談。餘姚有劇盜，爲邑人害，公設方略捕之。當改秩，公曰：「盜爲民害，不得不除，不願以人之罪爲己利也。」不復問賞，徑受節推以歸。憲使秦公昌時聞而重之，密爲保奏，訖事，乃語。公不得已，始就賞。公宰晉陵年始及壯，吏事詳練，邑人安其樂易，而服其嚴明。嘗護使客留傳舍，民有以妖黨告，株連數百人，力請即掩捕，少緩且變。人方駭，公不爲動，乃先繫其人，累日不問，徐逮其所指者，使覘視之，曰：「是也。」指其人之女爲魁，欲得對獄。公益疑其姦，訊之，乃嘗求婚不遂，餘又皆仇家也。以誣告反坐之。晉陵有巫，以神爲市，而訴民之不施。公察其情，曰：「左道亂民，有常刑。」逐巫境外，而燬其祠。公在晉陵三年，郡守凡十易，其間有貪殘失衆心，疾公守正，招摭尤甚。及其罪去，寮吏鼓舞，守與其家人至徒步出城，公曰：「我可乘其危哉！」爲具舟楫道路之費，獨往送之。守愧悔，舉家感泣。晉陵一日有被髮號呼於庭者，叩之，則李氏也。其父調官都下，航湖以行，久不知所在，丐爲尋訪。公惻然受其詞，同僚皆謂曰：「具區環數郡，安知在吾邑，將必悔之。」公不恤，擇健五百，激以厚賞，使物色，果得盜殺者，遂伸其冤，人尤異之。政譽流聞，周公麟之、呂公廣問常率從班列薦，侍御周公方崇又將引之憲府。公徑赴銓部，授涇縣而後見知，諸公賞歎不已。繁昌獲盜，宰尉奇賞，追逮日滋，謂寓贓於涇民爲多，已次遣行，已破數家，至有死者。公下車，獨謂不然。一日，持檄取五十三家，邑民狼顧，公一無所遺。已而真盜與贓乃獲於他邑，平民逮繫縱歸者無全膚，忍死扶憊，與五十三家者泣謝於庭下。繁昌獲遺，而公名益著。涇民有能持吏長短者，自公至，屏跡不敢出。後有吏過其門，遭毆，公曰：「此奸民也，以我將去，故爾。不治，何以懲惡！」即請於守，寘於理。比去，有泣拜於途，悔過自訟者，詢知，即其人，因加訓勉，卒爲良民。隆興二年，金虜大舉入寇，聲搖江浙。時錢公端禮宣諭淮南，公以宗正少卿參議其幕。初，高宗皇帝以二聖之故，屈己爲湯文樂天之事，首足倒寘，欲正未能。至是，上欲遣使和議，以退虜師，且正敵國之禮。丞相湯公思退薦公有專對才。自宣幕召對，上從容訪問國家利病及淮上將師人才。公敷奏精詳，上當帝心，乃曰：「欲得卿便使虜。」公辭，不許。時警報方急，虜情叵測，公素多病，公母燕國夫人曰：「人臣事君，盡命而已，況天子親擢，此汝自效時也。」有論詣都堂議使事，凡十餘條，其大者四：一退師議和，二易臣爲姪，三減歲幣，四不發係虜歸附人。陛辭，公奏：「萬一犬羊無厭，願陛下勿以小臣爲慮，請速加兵。」上惻然久之，曰：「卿虔心如此，天亦相佑，何慮不濟。」行次盱眙，虜帥僕散忠義、紇石烈志甯駐兵淮上，聞有使人，遣權知泗州趙房長請見於淮滸，問使意，且求先見國書。公言：「書合於到日齎出。」房長云：「某不見書及定議於此，使副如何得到闕下？」公出副本示之。房長云：「此盧仲賢齎來書式，前後無再拜等字，不可用也。南朝二三十年稱臣用表，一旦欲爲叔姪，且求減幣帛，太無禮！」必欲令公易書，公言：「御書也，臣下豈容輒改？主上以兩國各有利害，天地鬼神鑒其曲直，此則有辭，非所懼也！」自午至酉，或坐或起，詰難紛然。公應酬明敏，辭氣慷慨，房長不能屈。公徐言：「和議若成，兵禍旋弭，皆同知之功，神明亦佑。」房長詞理因而稍順，即云：「且待稟元帥看。」既而忠義復遣計議官李佾同房長請見，詰難愈甚，公隨意争折之。未幾，忠義復遣校尉高仲端同房長至。仲端傳忠義語云：「和議已二三年，未有端的，宋國忽侵奪我宿州，我以偏師一擊即散，懼而求和。及取接人使，又復不來。今重兵壓境，宋國又求和，而復屯兵合肥，豈欲款我師，期别生事耶？宋國若不推誠，元帥欲提大軍過淮，復於襄漢截斷吴璘軍馬，使不得東，恁時如何？」公曰：「此皆彼此已往之事，今奉信使，不必復言。」遂同副使宿於水濱，與虜相望。時驍將魏勝戰死，楚州陷没。上憤虜反覆，詔以禮物充督府犒軍。公深計用兵利害，即奏曰：「今使事大者，易名，稱減歲幣，不發係虜歸附人。臣與虜力争，其情頗屈。若虜悔禍從約，而禮物既散，恐倉猝難辦，且恐虜疑我紿，别生釁隙。」朝廷深然之，留禮物，公始奉命北行。途遇虜兵，公將使旗令人前行，大呼「奉使來」。俄而控絃露刃，直前圍逼，衆皆失色。公意氣自若，使諭以兩國利害，爲少却。累日行宿虜圍中，瀕死者數，絶無飲食。會虜接伴至，方得入境，抵燕山。其館伴張恭愈等，責書不如式。

往常遣使書稱「大宋」，虜誘至其庭，逼令去「大」字。虜今亦用此計，逼公令改，又令稱「陪臣」。公曰：「書出御封，不敢輕改。竊恐沿淮小人欲梗和好，生事疆埸，望稟元帥，切勿信也。」公前後與虜語，抗論不撓，動中事機，曉諭禍福，開布誠信，虜頗信服。時虜主葛王欲和，而忠義等不欲，事聞虜主，意肯忠義，遂遣李佾等見公。其辭稍順，而責書不如式，且欲世爲姪國。公言：「只如人臣之家，安有一家專是叔，一家專是姪之理，此何昭穆？兩國皇帝，方享萬壽，臣子何忍預以世言。」佾等言：「向於誓表世修臣節，尚忍言之，今爲世姪，乃不忍言耶？」公曰：「大國不欲和則已，如欲議和，亦須闊略節目，彼此相遷就可也。」忠義等以和議垂成，已不得逞，乘其未定，俄擁兵長驅而南，老稚奔逃，倉猝不得渡，多至溺死。公切責津吏，將奏劾之，始得二十艘以濟，所全活甚衆。虜兵侵逼，公護禮物稍內遷，適副使康湑病，不能騎，兼之摧困百端，告公曰：「湑死于此，公其勉諸！」公毅然以死自誓，抗議益堅，辭色俱厲。虜無以屈，乃定盟，卒易君臣爲叔姪，減歲幣銀絹五萬疋兩，不發係虜歸附人。逮歸，得虜報書，公力求視書藁，見其書詞悉如約，乃受。其館伴賀曰：「此回來和，奉使大段不易，自此封王拜相不疑矣！」使還，即日引見。上大悦，勞諭再四，即詔諭軍民云：「杞越疆通問，得其要領而歸，淮南侵騎已空壁而退。」德壽宫有旨引見，高宗望而喜悦，委曲拊問，且曰：「朕向來亦曾奉使，備知虜情，姦詐百出。卿能一一力争，事理俱當，如奏禮物，以成今日之事，尤識事體，訖事而歸，想太夫人甚喜。」時年甫四十有六，比還，鬚髮盡白。公雖素貧，視財物不以介意。出疆賞黄金五百星及龍腦、香蘭、銀絹雜物等，公用之餘，例歸使者。公既竣事，并虜中所贈遺之物，分毫不取。後執政入謝，德壽宫太上皇勞出使之勤，問所用幾何，公以比舊什之一爲對，太上皇歎曰：「向吾遣使，泛常密贈黄金千星。了如許大事，而費止此。今卿至是，殆天所以報也。」公在給舍，守正不阿，多所論駁，人推其公，雖被駁者，不敢怨也。上以兩浙常平多虚額，命中人按視。公言：「政和間，更走馬承爲廉訪使，所至黜陟官吏，權勢薰灼。建炎以來，嘗使與州縣間事，開端于此，漸不可長。若止取文書，監司可辦。」時方借收圭租，以助經費。降將蕭鷓巴嘗賜淮南田，不欲，以職田爲請。公言：「此祖宗養廉之具約，借猶有還期，奪與人，則仕者寧不觖望？」上悉從之。上嘗從容謂公曰：「近日無他事否？有亦卿不肯放過。」公對曰：「蒙陛下容納正直，是以有犯無隱。」吏部素號劇煩，公徧居郎省及歷長貳，通練章程，吏不得欺。據法持平，不容私謁，自膺柄用，益以國事爲己任。自言平生無所愧者，不爲阿私，故於議論政事，陞陟人才，未嘗容心。上屢謂忠樸，麻制云：「政如衡石之平，衷靡絲毫之僞，察其樸厚，可副弼諧。」蓋述上語也。曾覿、龍大淵以潛邸之舊，得出入禁闥，或時采聽市井閒事，以效小忠，恩幸甚厚，頗爲威福。觀望者趨之，其門如市。一日，羣臣奏事畢，公獨前曰：「曾覿、龍大淵權勢太重，宜有以抑之。」上默然良久。參政陳公俊卿進曰：「誠如魏杞言。」羣臣趨出，上獨留公，曰：「卿所言，朕亦覺之，今當若何？」公曰：「潛邸舊臣，陛下欲富貴之則可，爲不當使與政事，如諸路總管，亦不爲不重。」上深然之。公再拜謝曰：「陛下憐臣愚忠，賜之開納，天下社稷之幸也。」是夕，連奉御筆，二人俱出外任，於是天下咸服。方葉公顒之參政也，諫有欲規，近者誣奏其子，而寘其姪於理，葉遂罷。已而按治誣狀，公曰：「事當從實，力明其枉。」上悚然爲悟。蜀將吳璘死，朝廷未有以處，僉謂吳氏在蜀久，軍民安之，宜復將其子，以慰安蜀人之心。公曰：「以吳璘之忠，付以全蜀，固無可慮。璘死，諸子賢否未可知，若不乘時改轍，遂世授吳氏兵柄，他日恐爲朝廷憂。」於是析爲各路，命近臣以往，迄今無西顧之憂。上嘗問：「朕覽神宗紀，見當時災異甚多，何故？」公曰：「傳言『天道遠』，有邈然不著其應者，有不旋踵爲應者。人君惟務修德，勿問其他。思天出災異譴告，正如父母震怒，爲子者不必問已有過無過，惟當恐懼修省。」上曰：「卿言甚善，不如此，是自求禍也。」公在樞府，條進邊防事，上曰：「卿等夙夜究心，措置條理。」又曰：「宰相多事大體，不屑細究利病。行之未幾，或有更改，朕固嘗戒之，卿盡心如此，極體朕意。」又曰：「朕觀卿凡事首尾參照，必欲使法令炳然，一定不可易也。」又曰：「朝廷肅静，皆卿處事詳細之力。」又曰：「近數事皆合人心。若進用之際，太畏人言，亦是私意；坦然無心，自叶公論。」奉諭筆，奬諭曰：「朕念循習苟且之弊，思以綜覈爲先。向玩歲愒日，務存形跡，蚤來所奏革弊二事，殊愜朕意。卿盡公協濟，何慮政教之不舉。」公素畏謹，未嘗漏言，或問「二事」爲何事，公亦不言。公自以奮身羇孤，值明聖於海内人物孳孳訪拔。嘗與解省校試，盛服焚香，禱之於天，危坐諦覽，晝夜無惰容。或者甚之，則曰：「爲國取士，何敢不敬？」所取程文，必以學識爲先，其門人多有聞於世。公當軸日，專以引拔寒畯爲先，私黨皆不以進。有爲言者，公曰：「廟堂非親故謀進之地。」賓客至前，必觀其議論器識可用否，不問其識不識。搜求文武，如恐不及。又因語次加訪問，使各舉所言，習而記之。薦紳治狀，擇其衆論所歸者，選用焉。得官而謝者，拒不納，不惟無市恩之嫌，而並無壅遏之患，一時執政皆效之。其不應得者，不爲兩可之辭，即日報使歸部，人亦不爲怨。公與同列言：「朝廷論材之地，不可使有譴舛。」於相位置二屏，一書在朝百執事姓名，一書天下郡守監司姓名，各書其禄秩赴罷月日於下，遇除授，不待尋繹，而具日以覩省，益無遺材之恨事，至今時相遵用之。常歎曰：「安得王佐才，知而薦之，使登此位，得奉身以退。」及用人，各因所長，不爲求全，條爲科目，各適其器，所薦二十餘人，若丞相陳公俊卿、端明汪公應辰、求制王公秬、閣學徐公村，皆一時之選，多至顯者。陳公俊卿以從班罷且久，公言：「俊卿者德夙望，不宜久置閑地。」上即命召之。同列有掠爲己功，不以爲意。其後陳公聞之，爲悚服焉。燕國服除，起知吴門。過闕，上賜宴，問勞周渥，且曰：「朕自記得卿，此親擢也。」問爲政何先，公曰：「寬而有制，嚴而不殘，是所先也。」上首肯久之。辭行，上曰：「天寒，曷少留。」公曰：「大小一日缺官，則廢一日之事，臣何敢憚寒？」上曰：「卿念郡事如此。」喜見于色，褒嘉之語，不能盡記。公在吴門，克勤小物，不以大臣自居。聽訟處事，悉有方略，受輸一事，尤可爲後法。秋苗浩繁，寮吏屢請委官定期，猶未有定議。晨起，忽命置歷，韜以紫囊，日差官二員，不俟庭謁，徑入廟中，授以約束，暮則覆實，泛擇才能之吏，不限高下，外邑管庫之士，偶入城府，度其可使，則亦命之。賕請路絶，官吏無所容其私。或間數日，公亦親臨之，條教示民明簡，訪吏精密，遠近樂輸，先期告足。歲旱，嘗禱於白龍祠，頃之，龍出雲表，吏民駭觀，一雨三日，歲以大稔。新其宇以報焉。褒詔押至，有「老臣舊弼，諳練庶事」之語。朝旨和糴，公惟恐病民，委請各官集其事，據其時，直價不淹時。公初在揆度，蜀方謀帥，公請以有大臣才器德望者爲之，初無容心，其人以爲出入，深銜之。至是以糴事萋菲糴官，公因被誣，亟爲祠以歸。公自使還，不一二年，徑至大用。每謂中原淪胥，戴天大義，不可不復，時有未可，姑俟遵養，和非本意，不欲以使事受賞。每遷，必再三遜，然明良相遇，言聽計從，殆不以是也。客有以啓賀者，曰：「使蘇中郎歸典屬國，固難酬抗匈奴之功，然富韓二公卒爲大臣，豈專以使契丹之故？」人謂名言。公自念少時孤困流落，遇報官及諸受命，必感泣曰：「此非平生意望所敢及。」戒其家人，勿以奢縱，雖入相出藩，而生理甚薄，用度不給，未嘗介意。公平生不事生産，既解機政，無家可歸，僑寓四明城闉僧舍。已而卜築村疃，得仲夏王氏廬，愛其山水，雖隘僻，處之淡如也。皇子魏惠憲王判四明，與王眷出郊，訪公於碧溪，留訊卜宿。王見山水愛之，語公曰：「人情於玩物皆有厭倦，惟觀山水之樂不厭，何也？」曰：「人性本静，所以樂此。」王稱善久之。嘗云：「他日有郊霈，首當奏弟。」使虜還，恩例得二名，子已長成，俱爵不奏，一授叔汝，功進二階，一奏弟柖。一日，有老僧謁曰：「公昔所書窗紙來告。」則柖已更數任。公薨，柖不勝哀，浹日而卒，一門友悌，可悲也已。公篤於義，其叔與弟之子率次第官之，宗族散處江淮閩浙，視力周卹，更去迭來，客館無虚日。李氏妹既嫠居，廪其家，官其子。公自罷政，退居凡十五年，未嘗以一事浼州縣。賦調率先時而輸，務致精好，爲記識以自别。官吏見者，無不感歎。初，參政錢公端禮倅四明日，一見公，知爲國器，即館延之，又力薦於朝。公感其知，執門生之禮，雖貴不怠。聞其亡，哀慟左右，戒其諸子世無忘錢氏也。東宫講讀徽章及政府進書，例賜金繒，公以滿盈自懼，必引義牢辭得請而後已。當還官，亦累辭。上曰：「卿亦太廉矣！」歸家，因以「太廉」名堂，御筆題匾。姑蘇飛語，或勸公自辨，公曰：「流言止於智者，使有是，一郡之人獨無詞乎？」公風神秀整，暇時把酒賦詩，談論傾座，聽者忘倦，泛及世故，曲當事情，可舉而行，平時口不言錢。公平生屬意性理之學，深造自得，閱内典常有悟，生死禍福得喪不以入其心。少喜爲詩，晚益超妙，頗得少陵、半山之妙，岑特獎褒。遺文有家集三十卷，勤齋詩三卷，訓子姪孫經術義理，自三都二京以下，擇其尤者，類爲童諷三十卷，使誦習之。焦山之殯，每切霜露之感，或言當百川入海之會，風水雄勝，且世再出相。公曰：「泥陰陽家以徼福，而不便展省，可乎？」燕國之葬，卒還奉化，合葬溪口上山崇福顯親禪寺，前名常樂院，其後得旨改院，賜額曰崇福顯親祠。娶夫人姜氏靜專慶國夫人，郊祀禮儀，特封文節夫人。公復資政殿大學士。薨於淳熙十年十一月癸未，六十有四。次年九月丁酉葬於奉化溪口上山，祔太師燕國公之藏。

宋丞相四明魏文節略又載朱熹作贈魏丞相詩二首：

皂蓋朱幡出帝都，九天拜命重分符。東寧此去三千里，多少疲癃渴已蘇。

青史魏公賢宰相，先聞朝上老名臣。心存正大知無異，夢感威儀信有神。千載義田能復舊，一朝祠宇爲重新。從來閒氣鍾英傑，如見今人即古人。

二詩又見魏文節公遺書附録。按：此二詩亦僞作。詩題作「贈魏丞相」，自是魏杞在世時所贈，然詩中却云「千載義田能復舊，一朝祠宇爲重新」，所謂「祠宇重新」云云，即行狀中所云「卒遷奉化，合葬溪口上山崇福顯親禅寺，前名常樂院，其後得旨改院，賜額曰崇福顯親祠」，乃魏杞死後之事。僅此可見其僞。

廣西朱氏族譜載朱熹作四季讀書歌四首：

春季

春讀書，春日遲，柳風輕暖浴沂時。閉門經史埋頭處，花开花落總不知。

夏季

夏讀書，夏日長，薰風占斷北窗凉。庭前緑轉芭蕉影，池邊紅蓮開道香。

秋季

秋讀書，秋氣清，金風蕭寂井梧聲。五年黄卷三更雨，六尺梨床一短檠。

冬季

冬讀書，冬三餘，少年須用情專諸。螢窗雪案功勤苦，紫閣彤庭定我居。

按：廣西朱氏族譜中載有二組朱熹四季讀書詩，其中必有一僞。另一組詩讀書好，有朱熹弟子張巽和詩和晦庵先生四時讀書樂（見道光惠安縣續志卷十一），證此組詩確爲朱熹作，民國廬山志卷五山川勝迹録云：「朱熹四時樂詩碑，淳熙壬寅，周嗣修之。」即指讀書好組詩，則此四季讀書歌應爲僞作。朱培文公大全集補遺凡例云：「他書有誤將時人作爲文公作者……如四時讀書樂，乃元儒吕六松句，今亦指爲我文公句矣。」則此四季讀書歌爲吕六松作，觀其中「紫閣彤庭定我居」云云，亦不合朱熹思想。

今故宫博物院藏有朱熹一帖（真迹）：

□□，秋暑高炎。共惟□□□文侍郎，奉使察州。□□，□□動止萬福。熹□審上心念舊，□界使節，有如碩德重望，内更禁近□□之選，外歷留都名藩之寄。獨未嘗駕軺車而展澄清。今兹所以少迂涂轍，然後進長地官，遂躋丞弼，□□祖宗用人之法也。多賀，多賀！□比蒙恩復帖職，實出吹嘘，第罪戾之餘，豈應得此？一味悚慄。□□去歲若不緣心疾大作，勉赴武夷，則今日受察□□，其樂豈有涯哉！廬陵蚤稻本信收，六月間偶太熱，微有生蟲處，遂損一二分。秋後尤酷暑，晚稻渴雨，見今祈禱。閩中想成樂歲，鮮于囝駿福星也，復何患耶！□自聆臨遣之報，屢欲遣記。訪便莫獲，適泰寧李宰來求先容，因得附此。忪悸殊未愈，書無倫理，切乞恕罪。餘蘄順令圖厚以對璽召。

右謹（下缺結銜、姓名多字。）

按：前人考此帖或以爲予向子諲，或以爲予趙汝愚，或以爲予王佐等，均非。考帖中「勉赴武夷」云云，分明是作帖人稱自己去年得疾，未能來武夷上任供職，如今遂不得受使官之察，可見作帖之人顯非福建人，下自問「閩中想成樂歲」，亦顯見是非福建人口吻。泰寧在福建，作帖之人無從來閩，故托李宰送札。由帖中可見作帖之人爲廬陵本地人，因病在家，故帖中詳叙廬陵早晚稻之事。總之，凡帖所云，無一同朱熹生平行事與仕歷相合，而作帖之人乃一因病居家未赴福建地方任之廬陵士人，可以確鑿斷定此帖非朱熹作。細按此帖中，凡自稱姓名處以及最末結銜姓名處均被剜挖，顯乃作僞者有意爲之。明胡儼跋即歎云：「惜其所與之人姓字磨滅。」徐邦達古書畫過眼要録考此帖，亦云：「此帖原是劄子的形式，現在前後名款和結銜，多被刮掉和削去，三處書名僅存一個『熹』字，也經後人重加填補。」蓋此帖本非朱熹之札，被剜挖處本是原作帖人之姓名結銜，作僞者以此帖字迹類似朱熹，遂將原姓名挖去，填補上「熹」字，至于結銜過長，難以仿朱熹筆迹填補，則乾脆削除，造成是帖殘缺破損之假象，以欺世人。復考此帖不類朱熹書札風格，而大似明人口氣。以帖中「外歷留都」一句考之，按「留都」乃對同一朝之舊都而言，宋人無有稱金陵爲「留都」者，因金陵非宋之舊都，唯明時遷都北京後，乃稱舊都南京爲「留都」。僅此已可知此帖乃明以後之人所作僞。

鄭端朱子學歸中朱熹訓蒙詩，有與朱玉朱子文集大全類編所載訓蒙詩不同者四首：

體認

雖云道本無形象，形象原因體認生。試驗操存功熟後，隱然常覺在中明。

仁之三

天理生生本不窮，要從知覺驗流通。若知體用原無間，始笑前來説異同。

辭達而已矣之二

因辭可以驗人心，心地開明辭必明。試把正人文字看，何嘗巧滯與艱深。

大而化之之二

春水融盡絶澌微，徹底冰壺燭萬機。静對春風感形化，聖心體段蓋如斯。

朱培文公大全集補遺卷一録朱熹性理吟（即訓蒙詩）九十四首，有體認、辭達而已矣之二、大而化之之二而無仁之三。按：此仁之三即朱文公文集卷六送林熙之詩五首之第三首，作於乾道四年，顯非訓蒙詩中之詩。其餘三首亦僞。

南岳唱酬集中，有五首朱熹唱酬詩未收入朱文公文集，另外多載有朱熹唱酬詩四首：

自西園登山宿方廣寺

俗塵元迥隔，景物倍增明。山色回圍碧，泉聲永夜清。月華侵户冷，秋氣與雲生。曉起尋歸路，題詩寄此情。

過高臺獲信老詩集

巍巍僧舍隱雲端，坐看君詩興不闌。讀罷朗然開口笑，舊房松樹耐霜寒。

題福岩寺

天竺西方寺，相從此日來。山僧留客坐，野老把松栽。地拱千尋險，天遮四面開。殷勤方外望，塵事不勝哀。

夜得嶽後庵僧家園新茶甚不多輒分數碗奉伯承

新英簇簇燦旗槍，僧舍今朝得品嘗。入座半甌浮緑泛，鴉山烏啄不如香。

又有朱熹與張栻、林擇之三人聯句三首：

路出山背仰見上封寺遂登絶頂聯句

我尋西園路，徑上上封寺。竹輿不留行，及此秋容霽。磴危霜葉滑，林空山果墜。崇蘭共清芬，深壑遞幽吹。不知山益高，但覺冷侵袂。路回屹陰崖，突兀聳蒼翠。故應祝融尊，群峰拱而峙。金碧雖在眼，勇往詎容憩。絶頂極遐觀，脚力聊一試。昔遊冰雪中，未盡登臨意。兹來天宇肅，舉目盡纖翳。遠邇無遁形，高低同一視。永惟元化功，清濁分萬類。運行有機緘，浩蕩見根柢。此理復何窮，臨風但三喟。

晨鐘動雷池望日聯句

浮氣列下陳，天净澄秋容。朝暾何處開，仿佛呈微紅。須臾眩衆彩，閶闔開九重。金鎮忽涌出，晃蕩浮雙瞳。乾坤豁呈露，群物光芒中。誰知雷池景，乃與日觀同。徒傾葵藿心，再拜御曉風。

中夜祝融觀月聯句

披衣凛中夜，起步祝融巔。何許冰雪輪，皎皎飛上天。清光正在手，空明浩無邊。群峰儼環列，玉樹生瓊田。白雲起我傍，兩腋風翩翩。舉酒發浩歌，萬籟爲寂然。寄聲平生友，誦我山中篇。

按：朱熹與張栻、林擇之遊南嶽唱酬時在冬季，且無聯句之事，此六首所詠皆秋間登遊事，顯非朱熹詩。

同治弋陽縣志卷十一載朱熹作陳文正公集序：

先生中興之首勳也。先生之相業行實，繫籍聖賢，其後必傳諸史册，泐諸金石，昭然可紀。故凡性情道德學問文章，發之于紀綱政事，顯之于號令聲名，金錫圭璧，無在不見，爲可法而可傳者也。况其有關于廟謨，有裨于生民，有傳于後世，此天地之正氣，川岳之鍾靈，蓋不世出之英傑，誠哉一代之偉人也！故先生之在朝，歷事二帝，前後二十餘載，功業詞章，巍然焕然。設使天假以年，則宋室之土宇可全復，而不徒江南之半壁矣。從事二紀，獲庇同朝，先生之相業，實皆熹之習見習聞，親炙而佩服之者也。惜泰山既頹，梁木既壞，遺言碩劃，幸賴有賢嗣偉節伯仲諸人克繼先業，顯名于朝。又熹之金蘭筆硯同事者，一日以先生之文集丐余爲序，熹雖不敏，亦不敢辭。于是浣手焚香，端坐肅觀，越月餘而始畢，不敢贊一辭，但因所請，以次第其篇凡三十卷，而弁諸首云。時乾道七年，新安門人朱熹頓首拜書于碧落洞天書院。

按：此文出于陳文恭公集，爲陳氏裔孫所僞造。四庫全書總目卷一七四别集類存目録陳文恭公集十三卷，云：「是集爲其裔孫以範編次，并以誥敕及諸書文字有涉于康伯者匯附于後。然遺文僅二卷，而附録乃十一卷，末大于本，殊非體例。且遺文亦多僞作，如所載謝敕命修家譜表稱：『昨進家譜，敕令史院編修填諱。』自古以來，無是事理。其謝語稱『伏惟聖躬保重』，『聖壽隆長』，而首稱『臣康伯叩頭拜謝曰』，末稱『臣等不勝欣躍，無任感戴叩謝之至』，尤不曉宋人章表體例。又首載原序一篇，稱『乾道七年新安門人朱熹頓首拜書于碧落洞天』，其詞鄙陋殊甚。」今以「從事二紀」考之，陳康伯卒于乾道元年，上推二紀爲紹興十一年，時朱熹方十二歲，豈非夢囈？

同治弋陽縣志卷十一又載朱熹弔陳康伯之祭陳魯公文：

惟公德在生民，功書信史。大節昭然，善終善始。中興輔相，比立豪英。曰文曰武，各以其名；孰如我公，道全德備。莫得而名，翳名之至，亦弗自如。惟誠惟一，衆善畢隨。士於見聞，以多爲富；公無不窺，不以博著。士於詞章，以麗爲精；公無不能，不以文稱。匪清匪濁，不夷不惠，和不至流，廉不至劌。論無苟異，亦無必同。温温其毅，坦坦其恭。執法於中，不專爲直。大姦既除，國論始一。承流於外，不一於寛。苛嬈不作，閭里自安。中坐廟堂，宏綱是總。主德既修，民聽不聳。從容一言，撥佞移寵。帝納其忠，人服其勇。晚而告休，脱冕移紳，安車駟馬，歸卧里門。進不出位，退不忘君。垣屋雖卑，德義日尊。群行兼融，尚不勝紀。公亦何心，有此全美？惟其不有，道則彌光。兩宫之春，四海之望。謂當百年，再登丞弼，卒惠我民，永綏王國；云胡不淑，奄忽長終！臨絶之言，不忘奏宫。嗚呼哀哉！我從公遊，出入二紀，晚途間關，辱託知己。千里訃至，一觴薦誠。想公如在，洒淚同傾。尚饗！

按：此文亦出于陳文恭公集，爲陳氏裔孫僞造。朱文公文集卷八十七有祭陳福公文，與此文大致相同，乃祭陳俊卿。蓋陳俊卿與陳康伯同爲丞相，同封福國公，作僞者乃將此文「出入三紀」改爲「出入二紀」，小變數句，將「祭陳福公文」改爲「祭陳魯公文」，遂成爲弔陳康伯之作。殊不知祭文所云與陳康伯仕歷全不相合，即改「三紀」爲「二紀」，僞迹更彰。

同治弋陽縣志卷十二載朱熹作上陳魯公啟：

迥憂思以求閑，方陳危懇；即便安而誤寵，并沐殊私。弗遂懇辭，迄成忝冒。伏念某學惟信己，才不逮人。生際休明，豈自甘於淪棄；病侵遲暮，久莫奉於馳驅。比叨民社之臨，猶冀桑榆之效。屬私門之變故，致公務之弛隳。黽勉旬時，已積簡書之畏；顧瞻疇昔，未忘香火之修。仰洪造之不違，服明恩而已厚。敢意便蕃之錫，更陞論譔之華。顧先帝特達之深知，昔幸容之遜避，而聖上叮寧之申命，今復軫於眷懷。惟拜賜之無名，屢騰章而自列。重煩睿旨，曲借寵光。仰戴皇慈，欲終辭而不敢；自憐末路，知仰報之難圖。祇命以還，措躬無所。兹蓋伏遇丞相國公，妙熙天滓，獨運化鈞。欲儲材於朽鈍之餘，肯垂意於事功之外。遂令衰晚，有此叨踰。某敢不思稱榮名，勉終素業？考諸前聖，儻不謬於正傳；覺彼後知，或少裨於大化。過此以往，未知所裁。

按：此文亦出自陳文恭公集，爲陳氏裔孫僞造。朱文公文集卷八十五有謝政府啟，與此文同，而將「壽皇」（孝宗趙昚，淳熙十六年上號「壽皇」）改爲「先帝」，欲蓋彌彰，高宗趙構卒於淳熙十六年，而陳康伯於乾道元年已去世，豈能有「先帝」之語？原啟題下注云「漳州解罷得祠」，則應作於紹熙二年，時陳康伯早卒，「丞相國公」指留正等，與陳康伯了不相涉。

同治廣信府志卷十一之二藝文載朱熹作上福國公啟：

先生氣粹珪璋，學深淵海，蚤著士林之望，亟膺宸眷之知。仰商山恬養之風，久淹琳舍；復紫禁清華之舊，超冠天官。欲振起斯文於萎靡之餘，故將順其美於聽納之際。志存社稷，身任股肱。宰相以鎮撫四裔，莫予敢侮；丈夫當掃除天下，舍公其誰？謂事君莫如以人，故在上必引其類。

按：此文乃由王十朋梅溪王先生文集後集卷二十二陳侍郎康伯與陳右相二啟拼凑而成。

雍正江西通志卷一百四十藝文載朱熹作答饒州蔡通判：

一麾出守，迹濫厠於九賢；同官爲僚，治實資於半刺。禮過於厚，緘來以朋。恭惟某官，世襲衣冠，家傳詩禮。學古然後入政，修身乃能治人。宜所至之有聲，諒無入而不得。展龐統騏驥之足，貳番君山水之邦。靡行終更，即膺迅擢。某誤被宸命，濫持郡符，雅聞别乘之賢，喜見天書之西。通家自今日，行登元禮之門；異才非王孫，誤倒蔡邕之履。

按：此乃王十朋之作，見梅溪王先生文集後集卷二十三。

民國同安縣志卷八載朱熹作遊蔡林社八景詩：

圃山夕照

未向謝家尋舊蹤，圃山久已挹高風。莫嫌隔岸風清遠，幾度斜陽照碧紅。

珠嶼晚霞

寶珠自古任江流，鎖斷銀同一鷺洲。曉望平原燦日色，霞光映入滿山丘。

金龜壽石

十朋巨石自天然，忍耐煙雲不計年。此地古稱多壽者，金龜壽石出彭堅。

玉井泉香

玉井由來桔下延，上池得飲是仙緣。從今勿慕檻中水，頻酌清香覺爽泉。

沙堤岸影

一片玉璣耀水明，秋來鴻雁宿沙瀛。只因海客忘機末，影落長堤字幾行。

漁網蝶影

飛飛江上織漁艘，舉網隨風汲浪高。遠盼雲舟浮緑水，飄然蝴蝶出波濤。

蓮道樵歌

樵夫一曲和歌清，蓮道響窮鶴浦城。多少江湖名利客，不如伐木誦丁丁。

文江漁唱

錦江夜色月明多，静聽漁人唱櫂歌。昨日山妻藏斗酒，爲余問渡漾秋波。

按：宋時同安尚無蔡林八景之説。且蔡林八景爲遊賞之地，朱熹如有八題，自必流行同安，爲世人所習知，然自朱熹門人陳利用編大同集，至明林希元增補大同集，均不知有此八景詩而未收入，足證其爲晚出僞作。

朱培文公大全集補遺輯録九十四首訓蒙絶句外，又輯録四十九首七律，合稱之爲性理吟，以爲：「饒雙峰謂此編乃文公授黄勉齋訓子芝老，蓋約性理要義爲韻語，命曰性理吟。」朱啟昆朱子大全集補遺輯録同此，亦謂：「性理吟乃先臣熹將性理約爲韻語，以教先臣在者。先臣門人黄幹親承師授，廣傳於世。明時車振刻於常州，高攀龍刻於無錫。」按：此四十九首七律性理吟顯僞。據宋徐經孫黄季清注朱文公訓蒙詩跋，朱熹乃作訓蒙絶句九十八首，而無作七律四十九首之事。元程端禮所稱朱熹性理吟詩，亦指此訓蒙絶句，而非另有性理吟七律，其程氏家塾讀書分年日程卷一述之甚明：「此乃朱以孫芝老能言，作性理絶句百首教之之意。」大約因程端禮將訓蒙絶句又稱爲性理絶句，後世遂有附會僞造性理吟七律而與訓蒙絶句魚目混珠，合併行世，鄭端刻入朱子學歸，尤侗刻入西堂全集，他如槐軒全書、南宋名賢小集等，皆採此書。考性理吟七律出現於明天順年間，萬曆中高攀龍刻是書，其性理吟序云：「昔者朱子嘗取六經四子中要義，約爲韻語，命曰性理吟，以訓其子芝老。金川車公名振者，受於其祖松坡公，松坡得之五河李先生，李得之雙峰饒先生，饒得之勉齋黄先生，黄則親承師授者也。天順中，車公爲常州府司理，刻於常，攜其板歸，毁於火。嘉靖中，車公婿饒公名傳者，爲汀州府司理，刻於汀……」其説顯木自程端禮而自露僞迹：朱熹無有子名芝老者，程端禮稱芝老爲孫，并非其子；程端禮明言「絶句」，而非七律；又程端禮明言百首，而非一百四十三首。如證以徐經孫序，則性理吟四十九首七律之僞昭然若揭。此性理吟七律顯係車振本人僞託，而由松坡上至黄幹師承傳授也爲其僞造。明正德年間有譚寶焕者，作性理吟二卷，四庫全書總目稱此書「皆以四書及性理中字句爲題，前列朱子之説，而以一詩括其意。前集一卷爲七言絶句，後集一卷爲七言律詩。」此性理吟七律四十九首，疑即譚寶焕作，而被車振僞託爲朱熹之作。

性理吟

仁

天地本來生物心，先儒特指此爲仁。五行運轉功歸木，四序周流氣屬春。一瘼不通身且痺，寸私未去道非純。有能克己功夫到，腔子中間惻隱真。

義

理有當爲在必爲，事皆審處得其宜。富非以道窮寧忍，身可成仁死莫辭。取予截然分界限，是非斷不謬毫釐。要知此道觀元化，天地嚴凝肅殺時。

禮

天澤初分禮已基，三千三百特其儀。分由父子君臣定，恭豈聲音笑貌爲。理在人心陰有節，民知天則犯無思。聖門問目皆根底，四勿當先克己私。

智

察慧爲明類管窺，此惟公是與公非。事行無事惡乎鑿，知極先知覺自微。明德功夫由格物，窮神造化可研幾。始條理至終條理，入聖優於聖域歸。

信

有諸己者若爲名，道在參前與倚衡。充是四端非外鑠，確然一理與俱生。五行主以中央土，萬善歸於此意誠。實理流通歸造化，天何言處四時行。

誠

實理根源帝降衷，渾然太極具胸中。不思不勉聖而化，則著則形天者融。一性毫釐無矯揉，兩間化育妙流通。學知未造斯誠地，主一功夫要廣充。

心

虛靈知覺本無私，物誘其間易轉移。理義擴充無限量，賢愚異向只毫釐。精神收斂歸方寸，功用彌綸極兩儀。一念少差微亦顯，誰云暗室可容欺。

又

此身有物宰其中，虛徹靈臺萬境融。斂自至微充則大，寂然不動感而通。五官本以思爲主，一竅須防欲外攻。不睹不聞穹壤隔，盍於謹獨上加功。

敬

進德功夫那處尋？常惺惺地主吾心。精神收斂天常在，氣象森嚴帝實臨。文若在宫先致肅，堯雖至聖尚能欽。帝王心法皆由此，學者須還用力深。

性

此性凝於二五精，天之命我本來純。只因氣質分清濁，遂使賢愚有等倫。誠則踐形非用力，學能克己始爲仁。盡人盡物皆吾事，本本元元衹一真。

情

未發之時皆是性，動而感物乃爲情。欲如可欲仁非遠，思或妄思邪易生。萬想不摇心正大，四端既發善流行。提防意馬如防寇，謹獨功夫要講明。

氣

二五之精判混元，厥初本體自純全。配乎是道生乎義，牿則皆人養則天。平旦清明常不撓，兩儀充塞浩無邊。死生禍福誰能攝，聽命於心即聖賢。

志

方寸中間徹兩儀，規模全在立心時。希賢希聖惟吾道，行帝行王視所之。有則竟成功易集，懦而無立事難爲。始焉趨向尤當辨，舜跖其徒易背馳。

命

賦予皆原造化功，胡爲定分杳難窮。性根於我原無異，氣禀之天有不同。道在何須言壽夭，身修只合任窮通。聖賢順受無非正，義在當爲命在中。

思

方寸中間貫兩儀，五官五事本乎思。憧憧合謹朋從戒，亹亹無忘内省時。理欲兩端分界限，聖狂異向只毫釐。思誠若達何思地，不問生知與學知。

意

萬事皆從有意生，念頭纔起是根萌。聖能無我先應絶，學欲正心須自誠。百慮經嘗行此志，一機感發屬乎情。濂溪不去窗前草，此意分明養得成。

樂

紛華掃退惟吾情，外樂何如内樂真。禮義悦心衷有得，窮通安分道常伸。曲肱自得宣尼趣，陋巷何嫌顔子貧。此意相關禽對語，濂溪庭草一般春。

憂

富貴何須分外求，樂天知命本無憂。事關職分思無曠，德在吾身患不修。流涕賈生深漢慮，攢眉杜老爲唐愁。困心衡慮終無益，療病還須藥必瘳。

剛

鐵壁金城硬脊梁，夜深劍氣凛寒芒。三軍莫奪匹夫志，九殞難摧壯士腸。毅若參乎宜有勇，欲如棖也豈爲剛。要須集義功夫到，血氣何如志氣强。

柔

温和如玉盎如春，義理薰蒸淑此身。粹德常存鄉善士，嘉猷巽入國良臣。但推寬厚慈祥意，肯作脂韋軟媚人。張禹孔光何等習，巧言令色鮮其仁。

中

正體原從不倚生，亭亭當當理分明。帝王相授皆惟一，夫婦雖愚可與行。載在羲經推二五，寓諸麟史即權衡。果能此道經斯世，天地中間掌樣平。

權

事物秤量易一偏，權爲善用乃爲權。一心酬酢中常主，萬變縱横理自然。不是反經求合道，要非膠柱可調弦。若將變化參乾道，正氣流行四序遷。

幾

萬事根源肇自微，當知微者著之幾。安危理勢乘除頃，禍福機緘倚伏時。智者未形先豫料，常情已著鮮能知。毫芒善利尤當辨，舜跖其徒易背馳。

道

一太極中涵性分，六君子者得心傳。無形超出流形表，不物來從有物先。龍負龜呈開妙藴，鳶飛魚躍會真筌。經綸一息無斯道，圓蓋方輿特塊然。

德

此德根於此性真，四端萬善足吾身。出寧似舜天之合，懋敬如湯又日新。細行不矜珪有玷，寸私無累玉其純。雲行雨施乾元普，宇宙中間物物春。

四德

天德胚胎自渾淪，乾分四者可名言。元工肇始斯仁普，亨道爲通庶類蕃。利則有華皆就實，貞而無物不歸根。流行四序周而始，誠貫其中是本源。

四端

四者本無端可窺，一機感發善隨之。欲知本體胚胎處，着在良心發現時。情動始能覘朕兆，性初原自有根基。火燃泉達充而廣，此理生生無盡機。

格物

一物中間一理存，欲窮是理見須真。川流不息應知道，穀種能生始驗仁。製錦可觀爲邑者，斲輪能悟讀書人。此身有物先須格，萬物從來備我身。

踐形

肖貌均之造化功，聖惟和順積諸躬。聲而爲律身爲度，目自能開耳自聰。但見從容時中道，何須蹈履上加功。物皆各盡天然則，一理純乎四體充。

皇極

以極爲中義未安，示民標準有相關。萬殊本本元元地，一理亭亭當當間。棟木在中群木拱，辰星居所衆星環。九章統會歸諸五，千古箕疇彝訓頒。

忠恕

内不自欺忠是體，推而及物恕行焉。人能勉此幾於道，聖則純乎動以天。探本窮源誠是主，視人猶己理同然。聖門一貫知誰會，獨自參乎得正傳。

中和

喜怒未形中固在，發而中節乃爲和。粹然本自性情出，捨此其如禮樂何。正若固喬淪矯亢，柔如光禹失依阿。不偏不倚中庸訓，理學功夫要琢磨。

陰陽

形而下者謂之器，天道無陰不佐陽。動則群陰俱發育，静而萬物俱歸藏。雷方伏處潛萌地，冰欲堅時自履霜。但使陽明勝陰濁，此身先自要平章。

變化

流行造化杳難窺，物有推移道不移。草木春花秋實際，獸禽孳尾氄毛時。太虚瞬息陰晴雨，浮世騣尋壯老衰。本體尚存形跡異，化焉形跡亦無之。

夜氣

時當嚮晦寂無營，是氣分明養得成。收斂精神安夢寐，流行旦晝亦清明。五官泰定邪難入，一室中虚善自生。存得滿腔天理在，從他鼻息響雷鳴。

謹獨

一念根萌自隱微，外無形跡可容窺。跡先未動機先動，人不能知我自知。顏燭夜燃防欲縱，震金暮斥畏天欺。豈知爲學求諸内，不但幽居暗室時。

聖

胸中何慮亦何思，妙在從容中道時。自是性之非力强，純乎天者豈人爲。一私不累大而化，萬境俱融生則知。孰謂神明難遽造，惟狂克念聖之基。

神

聖固非人可得爲，至神尤更杳難知。心功默與天同運，道化全無跡可窺。陰闔陽開機孰使，風飛雷厲令如馳。無方無體純乎易，禍福昭昭未判時。

人心

不是人心與道違，先儒特謂此心危。氣成形後有知識，物誘吾前易轉移。理欲兩端分界限，聖狂一念判毫釐。若人無有天戕者，物則依然具秉彝。

道心

方寸中存無極真，纖毫物欲外難侵。至精至粹純乎理，無智無愚有是心。誠實本來消衆妄，陽明原自絶群陰。帝王相傳精一法，獨向危微妙處尋。

明明德

一真洞洞在中扃，人不生知必學成。克去己私無晦蝕，還他本體自光明。蕩除泥滓泉斯潔，拂拭塵埃鏡乃清。性分本來非外得，斯明原自内中生。

止至善

丘隅黄鳥詠緜蠻，止道光明體艮山。物與俱生皆有得，德雖至大不踰閑。敬仁盡乃君臣分，慈孝嚴於父子間。知止乃能安汝止，明誠學力本相關。

君道

制世非徒勢位尊，克艱厥後止於仁。九經統會先修己，萬化綱維在得人。政出中書權在我，利捐内帑富藏民。大公至正無私昵，宇宙中間物物春。

相道

金鼎調元贊化工，此心端合與天同。宗枋大計韓忠獻，遐邇清名司馬公。造化無私參衆論，格君有道竭精忠。綴衣趣馬皆吾屬，不問宫中與府中。

師道

瞶瞶誰開一性真，要將斯道覺斯民。明如虞舜先敷教，聖若宣尼善誘人。夜立伊川門外雪，風生明道坐中春。帝王亦有師承益，廣厦群儒日日新。

吏道

仕非其義仕奚爲？一命當懷及物思。清白居官皆可紀，志勤莅職敢求知。理材有道唐劉晏，用法持平漢釋之。硬著脚根行實地，班資何必計崇卑。

求放心

放渠鷄犬欲求難，内省何須用力艱。出入不踰方寸地，操存尤只片時間。當知本體皎然在，不是良心去復還。人患弗思思則得，可容旦旦伐牛山？

絜矩

物我由來總一般，四方八面要平看。己如欲立人俱立，民既相安我始安。異體莫如同體視，彼心當即此心觀。有能强恕功夫到，不信推行是道難。

干禄

顓孫爲學太匆匆，便欲邀求禄位穹。不想利名中著意，盍於言行上加功。常將闕處思危殆，每把其餘慎始終。寡悔寡尤牢記取，自然有禄在其中。

永樂大典卷八千二百六十九載朱熹作嘉禾郡四齋銘：

處仁齋銘

里有仁焉，擇之而處。顛沛造次，不辨其所。蓬因麻直，絲以染遷。漸磨而化，物我皆然。

好義齋銘

質直無邪，所存在義。行而宜之，勿放於利。無適無莫，匪驕匪吝。推之邦家，其遠可信。

復禮齋銘

湛然一性，中有覺知。感物而動，私欲害之。約之以禮，勿順乎非。不遠而復，顔氏庶幾。

近智齋銘

仲尼之聖，顔子之賢。好學不厭，智斯仕焉。勉强師之，其德日起。知之而好，斯近智矣。

按：此四齋銘乃李正民作，見至元嘉禾志卷二十三，題作縣學講堂齋銘。

同治廣信府志卷十一之二藝文載朱熹作上陳魯公書：

伏惟明公以大忠壯節，早負天下之望，自知政事，贊襄密勿，凡所念執，皆繫安危。至其甚者，輒以身之去就争之，雖無即從，天子之信公也蓋篤，天下之望公也益深，懍懍然惟懼其一旦必去而不可留也。

按：此文當亦出自陳文恭公文集。朱文公文集卷二十四有賀陳丞相書，乃賀福公陳俊卿，而非魯公陳康伯，其開首與此同，知此書實爲陳康伯裔孫截取此賀書僞造而成。

毛德琦廬山志卷十一載朱熹作同王太守暨諸公濂溪祠詩：

發明正學古無聞，千載寥寥獨見君。喜有人能弘此道，定知天未喪斯文。永陽遺俗堪垂則，溢浦流風又策勳。我率諸公拜祠下，要令今古播清芬。

此詩又見吴宗慈廬山志卷十、九江府志卷四十九等。按：此爲王溉詩。周子全書卷十九交遊贈述有王溉作謁濂溪先生祠堂二首，序云：「有宋淳熙歲承火羊，月臨水鼠，陽生後之三日，郡太守王溉同貳車趙希勉、周梓，款謁濂溪先生祠堂，陪禮者幕官吕蟻、唐紹彭、朱光祖，邑令黄灝，廣文應振，郡庠諸生六十有二人。行禮訖事，王溉賦詩二章，以紀其事云。」其第二首，即此詩。王溉時爲九江守，毛德琦廬山志卷九載周頤聖壽無疆頌刻石，末署「淳熙八年秋八月刻石於五老峰前，奉議郎權知江州軍州兼管内勸農事借紫王溉。」

隆慶臨江府志卷三載朱熹作煙雲臺詩：

吴門不作南昌尉，上疏歸來朝市空。笑拂巖花問塵世，故人子是國師公。

按：此詩乃黄庭堅作，見山谷外集卷十三，題作隱梅福處。

民國同安縣志卷三十一引有朱熹致許權詩，稱云：「許權，字正衡，號巽齊。以明經登治平元年甲辰科進士，官至承信大夫。盛德高標，文名藉甚。平生所爲名藍古刹碑文最多，人争傳誦。朱子簿同安，曾勖以詩云：『文圃山高君莫羨，聖門巀嶭與天齊。』著文集，被兵燹湮没，僅存者蘇魏公贊、西安橋記略耳。卒於宋大觀二年。」按：朱熹簿同安在紹興二十三至二十七年間，而許權早卒於大觀二年，朱熹如何以詩勖之？同安縣志此説蓋本之許順之族譜諸書，許順之爲朱熹弟子，則朱熹作詩勖許權云云，顯爲許氏族人因許順之附會僞造。

康塘洪氏宗譜卷十載朱熹作康塘三瑞堂記：

余素耽山水之趣，凡有名山大川，無不悉至，則一石一木，可寄遊覽而助吟詠者，悉皆留情。歲在辛卯，余訪友遂安。城北十里餘許，有名康塘者，山川佳勝，木石鹿豕，可縱居遊，誠高蹈之墟，君子之居也。中有隱君子號志曾者，愛泉石，樂琴書，跡不履城市，交不接浮誇，其逃世之君子歟？令胤三：長字守成，次守引，三守澤，皆文壇驥足，中原旗鼓。余每適其宅，與三君子商榷古今，匪朝伊夕。宅旁建一樓，高十餘丈。樓置瑤琴百具，每當風晨月夕，幽致飄然，按弦而撫，百琴應響，如出一律，所謂嘯虎聞而不吼，哀猿聽而不啼。惜子期不再，空負此高山流水也。樓後竹千竿，樓之左右，百卉備舉。前一池，廣可二十餘畝，中有鯉鱠、菱蓮、蒲藻，無不悉具。兩岸桃李繁饒，池內置設畫舫，凡賓朋交錯，皆遊賞其中，即曲水流觴，何多讓焉。其年春筍怒發，亭亭直上數丈餘，峭直無節，此一異也；池內蓮實，每枚體大如盞，清芬逼人，此二異也；荷下之菱，其大如枕，水溢味甘，其瓊漿耶？其醴泉耶？此三異也。洪公頻蹙告余曰：「有此三異，花木之妖也。不禳，且有禍。」余曰：「否！否！草木，得氣之先者也。和氣致祥，則動植之物先應焉，此休徵也。兆當在三嗣男矣。」是歲，三子舉於鄉，果并與選，奏名禮部。所謂必有禎祥者，信不誣也。噫！斯皆天意所鍾，豈人力所能爲哉！以洪公平昔律身端嚴，行己有耻，居家篤厚，倫理待人，不亢不阿，恭順尊長，軫恤孤寡，種種德範，難以筆罄。斯殆天誕德裔，以張大其門，爲善人積德光裕之報也。後二歲，洪公新其祠宇，祠成而余再至，因顔其堂曰「三瑞」，附之以聯曰：「三瑞呈祥龍變化，百琴協韻鳳來儀。」而并述其事，以志不朽云。

按：此篇顯僞。文稱朱熹乾道七年、九年來淳安訪詹儀之，遂爲洪氏作此記，尤謬。朱熹與詹儀之之初識在淳熙二年，見景定嚴州續志卷三及朱熹與張栻往還書札，則乾道中斷無往淳安見詹儀之之事。乾道七年朱熹方丁母憂，廬墓守喪，豈可能離家千里出走？乾道七年一年中朱熹行踪昭昭載見於朱熹、張栻、吕祖謙三人通信中，見朱集卷三十三答吕伯恭書九——十一，吕集卷三答朱元晦書七——十二，張集卷二十二各書，以及朱熹與林擇之、何叔京、石子重往還書札，無往淳安之事。乾道九年一年中朱熹行踪，亦昭昭載見於朱集卷三十三答吕伯恭書十六——二十七，吕集卷三答朱元晦書十六——二十五，月月可考，亦絶無往淳安之事。又記中所謂「三瑞」：竹數丈無節，蓮子大如杯盞，菱大如枕頭，均荒誕不可能事，連篇記如夢囈。考祝穆方輿勝覽卷八有云：「三瑞堂，洪公元弼爲寧海主簿時建。適以荷花、桃實、竹幹有連理之瑞，已而生子适。故适以貳車行縣，題詩云：『久矣馳魂夢，今登三瑞堂。故山有喬木，近事話甘棠。展驥慚充位，占熊憶問祥。白雲留不住，極目是吾鄉。』」洪适三瑞堂詩載盤洲集中。又陳耆卿嘉定赤城志卷六：「寧海縣三瑞堂，在聽西。政和四年，主簿洪皓建。時以荷花、桃實、竹幹有連理之瑞，已而生子适，故名。紹興十六年，适以貳車行縣，題詩云……」洪皓建三瑞堂，其亦有三子顯貴，康塘洪氏顯即是仿此僞造三瑞、三子中舉及此三瑞堂記，而託之朱熹以爲高。

康塘洪氏宗譜卷十一又載朱熹作康塘百琴樓歌：

余嘗習静於銀峰之半畝方塘，時與洪子守成昆仲會文百琴樓中，故作歌以志之。歌曰：

武强洪氏有康塘，山崔嵬兮水飛湍。卓哉碩人生其間，作德日修心自閑。崇樓廣置琴百張，興來鼓操樂且耽。其聲高，蕭蕭静夜鶴鳴皋；其聲古，洞洞金徽傳太初；其聲洪，冗冗鐵騎響刀弓；其聲幽，溶溶花落咽泉流。琴宜春，春日靄，東風應聲律，肺腑春滿懷；琴宜夏，夏景長，披襟奏南薰，夏閣生微凉；琴宜秋，秋思爽，金飆助宫商，萬壑秋聲朗；琴宜冬，冬令寒，呵手弄冰弦，和風解冬霜。書虞倦，琴滿案，玉軫常與牙籤伴，任教披吟歷萬卷，終是心恬神亦健；棋虞喧，琴滿軒，焦桐常置爛柯邊，任教當局猛争先，終是心和形也捐；畫虞癖，琴滿壁，朱弦常與丹青匹，任教骨髓愛奇筆，終是心融情自適。有時風，竹松送響和絲桐，飄揚午夜號長空，餘音裊裊擬鳴鐘；擬鳴鐘，百琴之樂融融。有時月，清輝異影聲疏越，嫦娥親自雲端閲，大笑人間音妙絶；音妙絶，百琴之樂樂泄泄。有時雪，瓊樹瑶臺音韻别，一團和氣滿腔徹，頓覺寒威忘凛冽；忘凛冽，百琴之樂樂習習。昔有琴臺傳至今，今見琴臺擅其名。矧是樓頭鼓百琴，猗與休哉孰與群。噫嘻，振振繩繩深有慶，於洪氏之後胤！噫嘻，振振繩繩之有慶，於洪氏之後胤！新安朱熹題詠。

按：朱熹生平未嘗一至淳安，前康塘三瑞堂記所考已證朱熹往淳安訪詹儀之爲子虚烏有，此歌亦顯僞作。兹祇以「余嘗習静於銀峰之半畝方塘」考之，此句顯欲與朱熹方塘詩附會到一起，適足露其作僞之迹。今淳安瀛山書院得源亭中尚有朱熹方塘詩石碑，稱此詩是朱熹「訪占虚舟（按：即詹儀之）先生，遊此……有感而作。」明王畿瀛山書院記云：「瀛山距邑西北四十里，宋熙寧時，有占安者，構書院於其崗……山下鑿池，引泉注之，爲方塘，以便遊息。厥後其孫儀之……淳熙中，與朱晦翁相友善，常往來山中，論格致之學，因爲題方塘詩以見志。」又占氏宗譜亦云：「瀛山書院，安公致仕，建書院於其上，以訓子弟，下鑿方塘。後朱子訪占儀之公於院中，觀書有感，作方塘詩。」此説大謬至極。朱熹所詠方塘乃在崇安，而非淳安瀛山之方塘，其方塘詩作於乾道二年，是年朱熹亦絶無往淳安之事。今按：朱文公文集卷二以及卷三十九答許順之書十，均有此詩，而不作此題，第四句作「爲有源頭活水來」，而不作「惟有源頭活水來」，詩名觀書有感，非爲訪詹虚舟而作。答許順之書十云：「夏秋間伯崇來相聚，得數十日講論。……秋來老人粗健，心閑無事，得一意體驗……更有一絶云：『半畝方塘一鑒開，天光雲影共徘徊。問渠那得清如許？爲有源頭活水來。』試舉似石丈（𣪺）如何？湖南之行，勸止者多，然其説不一，獨吾友之言爲當，然亦有未盡處。後來劉帥遣到人時已熱，遂輟行。」范伯崇來相聚在乾道二年，見卷四十答何叔京書二與卷三十二答張敬夫書四。「老人粗健」，指朱熹母祝氏，卒於乾道五年。所謂「湖南之行」與「劉帥」云者，指朱熹乾道二年嘗思趁劉珙帥潭之時往湖南訪張栻而未能成行，延至次年才往。據朱熹劉珙墓記，劉珙乾道元年三月帥潭，至三年正月召赴行在，此答許書云「劉帥遣到人時已熱」，知劉珙時方在湖南未去，則必作於乾道二年秋間。故斷可知觀書有感詩乃詠崇安之方塘，與詹儀之及淳安之方塘了不相涉。且乾道二年朱熹與許順之討論「敬」説而非「静」説，許順之作敬齋記有「敬字不活」之説，故朱熹作方塘詩乃借源頭活水比喻「敬」之非爲「不活」，主「敬」而不主「静」。此康塘百琴樓歌竟謂「習静」云云，可謂驢唇不對馬嘴。

康熙遂安縣志卷十載朱熹來淳安講學時所作二詩：

過許由山

許由山下過，川水映明珠。洗身懷高潔，抛笻墩上娱。

詠青溪

青溪時過碧山頭，空水澄鮮一色秋。隔斷紅塵三十里，白雲黄葉兩悠悠。

二詩又見萬曆遂安縣志卷四，民國遂安縣志卷十等。按：朱熹生平未嘗一至淳安，此二詩均僞託。如詠青溪本見載於朱文公文集卷二，題作入瑞巖道間得四絶句呈彦集充父二兄，爲四絶句之第二首，瑞巖在福清縣，詩約作於隆興年間，與淳安所謂「青溪」風馬牛不相及。

宜興舊志卷十載朱熹作舟泊山溪詩：

鬱鬱層巒夾岸青，春溪流水去無聲。煙波一櫂知何處，鶗鴂兩山相對鳴。

按：朱熹生平足跡未嘗至宜興。朱文公文集卷十有水口行舟二首，其二即此詩，祇將「春山緑水去無聲」改爲「春溪流水去無聲」，以與題合。然水口在古田，非詠宜興詩甚明。

重修泉州府志卷七載朱熹作題石佛巖詩：

卧草浮雲不計秋，忽然成殿坐巖幽。紛紛香火來求佛，不悟前生是石頭。

又見閩書、南安縣志等，多以爲是朱熹在同安初悟釋氏之非而作。按：此詩乃王十朋作，見梅溪王先生文集後集卷十八，題作石佛。

京口三山志金山志卷九載朱熹作遊金山詩二首：

金山

浩浩長江水，東逝無停波。及此一回薄，潮平煙浪多。孤嶼屹中流，層臺起周阿。晨望愛明滅，夕遊驚蕩磨。極目青冥茫，回瞻碧嵯峨。不復車馬跡，唯聞榜人歌。我願辭世紛，兹焉老漁簑。會有滄浪子，鳴船夜相過。

暇日侍法曹叔父遊金山得往字

暇日西委輸，匯澤東滉漾。中川屹孤嶼，佛屋寄幽賞。我來此何日，秋氣欲蕭爽。

共載得高儔，良辰豈孤往。酒酣清嘯發，浪涌初月上。疊鼓唤歸艎，寄跡真俯仰。

二詩多見載於方志，古今圖書集成方輿彙編山川典第一百零二卷録此二詩，歸入金山部。按：朱熹生平足跡未嘗至京口，此二詩見朱文公文集卷七，首詩原題作落星寺，爲奉同尤延之提舉廬山雜詠十四篇之一；後詩原題作暇日侍法曹叔父陪諸名勝爲落星之遊分韻得往字率爾賦呈聊發一笑。二詩皆朱熹南康任上詠廬山之作，與金山無關。

餘杭縣志卷二十二載朱熹作提舉洞霄宫客五年詩一首：

巖谷秉貞操，所慕在元虚。清夜眠齋宇，終朝觀道書。形忘氣自冲，性達理不餘。於道雖未已，庶超名跡拘。至樂在襟懷，山水非所娱。寄語馳狂子，營營竟焉如？坐厭塵累積，脱洒味幽元。静披笈中素，流詠東華篇。朝昏一俯仰，歲月如奔川。世氛未云遣，仗此息諸緣。端居獨無事，聊披老氏書。暫釋塵累牽，超然與道俱。門掩竹林幽，禽鳴山雨餘。了此無爲法，身心同晏如。

志云：「此詩爲朱子大全集所無，當是道流僞託爲之。……考史傳載朱子提舉鴻慶，正在寧宗即位、除焕章閣待制、侍講之時，實無提舉洞霄之事。」按：此詩實在朱文公文集卷一中，乃由讀道書作六首之首詩與誦經、久雨齋居誦經三首詩拼湊而成，皆朱熹手編牧齋净稿中詩，作於紹興二十二年與二十三年，斷非提舉洞霄宮之詠。朱彝尊洞霄宮提舉題名記云：「文公當日第主管崇道、冲佑、雲臺、崇福、太一諸祠，提舉鴻慶一宮，未嘗主此地。」

石渠寶笈續編第五録清宮藏朱熹自書讀道書有感詩六首，宋牋本，行書，後題云：「乾道元年□酉歲仲秋既望，寓南嶽讀道書有感成六首，晦庵朱熹書。」并有鈐印四：「純庵」、「與木石居」、「晦翁」、「朱熹之印」。按：此六首詩見朱文公文集卷一，題作讀道書作六首，乃編在牧齋净稿中，作於紹興二十二年壬申，斷非乾道元年之作，且乾道元年朱熹尚未號「晦庵」，更無「寓南嶽」之事，此顯爲贋品。

今長沙有朱熹手書二詩奉酬敬夫贈言并以爲别詩碑（拓本存湖南省博物館），後且有題曰：「乾道三年九月八日詩奉酬敬夫贈言，再以爲酬。新安朱熹書。」吴大澂識云：「此卷墨跡，余得自粤中，曾屬樂生炳元以端石摹刻之。兹來湘水，重鈎勒石，置之嶽鹿書院。」按：此詩見朱文公文集卷五，無此後題。朱熹於九月八日抵潭州，與敬夫别乃在十一月二十三日，此題顯僞。

光緒桃源縣志卷十載朱熹遊桃源縣桃源洞之詩桃溪一首：

澗裹春泉響，種桃泉上頭。爛紅紛委地，未肯出山流。

志稱朱熹乾道六年「奉敕諭苗過鼎州，至桃源洞，有桃溪詩……」按：乾道六年朱熹丁母憂在家，斷無往湖北鼎州諭苗之事。此爲朱熹雲谷二十六詠之桃溪詩，見朱文公文集卷六，此桃溪在建陽。

四庫全書總目卷三十七經部四書類存目録或問小注三十六卷，題朱子撰，中且有朱熹與劉用之書及序四篇。提要考云：「宋以來諸家書目皆不著録，諸儒傳朱子之學者，亦無一人言及之。康熙壬午，始有陳彝則家刻本，稱明徐方廣所增注。越二十年壬寅，鄭任鑰又爲重刻，而附以己説，并作後序，反覆力辨，信爲朱子書。如卷首載朱子與劉用之書及序四篇，晦庵集中不載，則以爲集中偶佚；年譜不記作此書，則以爲年譜遺漏；書中多講時文作法，則以爲制義始王安石，朱子亦十九舉進士，心善時文。連篇累牘，欲以强詞奪理。至如解中庸『其至矣乎』一節，『道之不行也』一節，皆剽四書大全所載雙峰饒氏語；『射有似乎君子』一節，全剽四書大全所載新安陳氏語，僞跡昭然，萬難置喙，則以爲大全誤題姓名，其偏執殆不足與辨。又既稱此書作於集注之後，而孟子『萬物皆備於我矣』一章，乃於第三條下附記曰：『此條係語類説，第八條係或問説，前輩多疑此爲未完之説，在集注之前。』信哉是小注又在集注前矣，不亦自相牴牾耶？所載中庸原序，稱『淳熙己酉冬十月壬申』，考宋史孝宗本紀，是月有庚子、壬寅二日，使庚子爲朔，則下推三十二日爲壬申；使壬寅爲晦，則上推三十一日爲壬申，均不得在十月。文獻通考載朱子之言曰：『集注後來改定處多，遂與或問不相應，又無功夫修得云云。』是或問尚未暇改，何暇又作小注？陳振孫書録解題又曰：『論語通輯十卷，黄幹撰。』其書兼載或問，發明翁婦未盡之意。使朱子果有此書，幹亦何必發明乎？其爲近人依託無疑。王懋竑白田雜著有是書跋，稱任鑰刻是書後，自知其謬，深悔爲湯友信所賣，并稱序及諸論皆友信之筆，任鑰未嘗寓目云。」又四庫簡明目録標注卷四經部八亦於朱熹四書或問下云：「有徐思曠夾注本。存目或問小注三十六卷，舊題朱子撰，提要力斥其僞，不知是書即思曠所注也。」今按：若或問小注即徐思曠夾注之書，徐又何必於己書中僞造與劉用之書及四序？考陳彝則家刻本分明云明徐方廣所「增注」，則當是原來已有注，後爲徐方廣所增。徐方廣與徐思曠應爲一人。與劉用之書及四序必爲徐氏增注前已有，與原注同僞託朱熹作，然則徐方廣增注非僞，而增注前之原注爲僞矣。注中多有與胡廣四書大全同者，當是徐方廣取四書大全所載增入注中。

四庫全書總目卷三十七經部四書類存目録朱熹四書問目一書，提要考云：「舊本題曰『考亭朱元晦先生講授，門人雲莊劉爚、睦堂劉炳述記』。前有永樂壬寅其九世孫劉文序，稱：『四書問目世所傳者，四書大全、朱子文集内載數條而已。近於親表教授程蕃家求得論語二十篇。及任江西豐城尉，適吴侍御家得大學、中庸數十條，而孟子則同修國史崇邑邱公永錫家藏焉。於是散者復合，而闕者幾全。』又有弘治十一年鄭京序，稱：『宣德間，書林有與同姓者，欲附其族，爲劉氏子孫所辱。遂於凡載籍二人姓名悉剔去之，或易以他名，欲滅其跡。』又稱：『劉文所輯，湮晦失傳，其裔孫復於鷹山游氏得其全帙云云。』案朱彝尊經義考，劉爚有四書集成，劉炳有四書問目，并注已佚。則問目獨出於炳，不應兼題爚名。又豐城縣志載明一代典史六十三人，亦無所謂建陽劉文。且建陽一書賈，其力幾何，安能盡毁爚、炳之書，又安能盡鏟爚、炳之名以易他氏？其説皆牴牾支離。書中問答，亦皆粗淺，不類朱子之語，殆皆其後人所依託歟？」按：劉文所説朱子文集内載四書問目數條，指續集卷九答劉韜仲問目。續集編於淳祐五年，據王遂自序云：「歲在癸卯（淳祐三年），遂假守建安，從門人弟子之存者而求其議論之極，則王潛齋已刻之方册。間從侍郎（朱熹子朱在）之子請，亦無所獲。惟蔡西山之孫覺軒早從之遊，抄録成秩；劉文昌家亦因而抄掇。悉以付友人劉叔忠，刊落其煩，而考訂其實。」知王遂來守建安，特往蔡元定家及劉爚、劉炳家訪求朱熹遺文，今續集一編亦正主要收輯朱熹答蔡元定父子與答劉氏兄弟之書，若劉氏兄弟有四書問目，何以王遂只得答劉韜仲問目若干條，而未得四書問目全本？且景定三年余師魯來守建安，又再收輯遺文編刻別集，據建安書院山長黄鏞咸淳元年序云：「建通守余君師魯……搜訪先生遺文，又得十卷，以爲別集……鏞與君之長子謙一爲同舍郎，亦嘗預聞蒐輯之意……」劉氏兄弟爲崇安人，若有四書問目，此時亦必可訪得入集，而別集蒐搜之多過於續集，亦無四書問目，更可證四書問目爲後人僞作無疑。

永樂大典中有家山圖書一書，題爲朱熹所作，四庫全書總目卷九十二子部儒家類二録此書，有考云：「今考書中引用諸説，有文公家禮，且有『朱子』之稱，則非朱子手定明矣。錢曾讀書敏求記曰：『家山圖書，晦庵私淑弟子之文，蓋逸書也。李晦顯翁得之於劉世常平父，劉得自於魯齋許文正公。其書以易、中庸、古大學、古小學參列於圖，而於修身之旨歸綱領，條分極詳。此本惜不多覯，宜刊布之，以廣其傳云云。』曾家所藏舊本，久已不傳，世無刊本，書遂散失。惟永樂大典尚備載其原文，然首列小學本旨圖，中多曲禮、内則、少儀之事，與曾所謂『以易、中庸、古大學、古小學參列於圖』者，體例稍異。意是書諸儒相傳，互有增損，行世者非一本歟？」今按：善本書室藏書志卷十五著録翁蘿軒藏元刊本（按：疑爲明刻本）文公先生小學明説便覽六卷，題云「後學餘姚夏相纂輯，松塢門人京兆劉剡音校」。丁氏云：「前有文公小學書題及題辭十節，更列弟子授業之圖至衿鞶箧笥楎椸圖，凡五十有四，與四庫本家山圖書相合，惟缺首葉右小學本旨一圖……錢曾所藏舊本無從踪跡，惟永樂大典尚載原文，茲獨附小學之首，與閣鈔家山圖書對看，賴以補正甚多。」據此，家山圖書與文公先生小學明説便覽實爲一書，而纂輯者爲夏相。

四庫全書總目卷九十五儒家類存目録有清李文炤近思録集解十四卷，中載有朱熹訓子詩，提要云：「前有綱領數條，末附感應詩解一卷，訓子詩解一卷。感應詩見朱子大全集。訓子詩稱傳自黄幹，而無可證據。其詩淺俗，決非朱子所爲也。」

三餘堂叢刻中收有二十四孝原編一卷，以爲朱熹撰。按：二十四孝之説起於元時，宋時尚無此説。最早有二十四孝一書，爲元郭守敬之弟郭守正所編。後張憲玉笥集卷五有題王克孝二十四孝圖詩，而二十四孝圖詩、女二十四孝圖等遂紛出。疑此二十四孝原編乃元人僞造。

光緒南安府志補正卷九載朱熹作宿真覺寺一首：

真覺江邊寺，風煙罨畫然。庭羅合抱柏，門泊釣魚船。暮雨涼初過，中秋月正圓。無人求共賞，獨自占江天。

按：朱熹生平無中秋節在南安府之事。據同治建昌府志卷九有曾季貍宿正覺寺詩：「正覺江邊寺，西風倍泠然。庭羅合抱木，門泊釣魚船。暮雨涼初過，中秋月正圓。無人來此夜，獨自占江天。」可見此詩實曾季貍作。

紹興新河王氏族譜卷十載有朱熹作王氏族譜序：

熹承皇命，救荒諸郡，按歷之嵊，至孝嘉鄉，適王先生舜臣告予曰：「愷家居於此，敢請先生駐旌半時，以叙闊情。」予遂往訪之，詢舜臣尊君之出處，答曰：「家父命改通判宿州太平觀，愷久違顏範，不得侍聽講席，學問無成，於心怏然。」自叔瑀授廣德司録時，都門與予一別，不覺又六七寒暑矣，可見人生相會之難也。是夕，留予邸宿其家。舜臣持曾祖正字君家譜觀之，再拜而啟曰：「愷家父久慕先生大筆，以冠其端，今蒙先生賁□，不勝是幸。」余與叔瑀締交同官，舜臣講於予，既欲予言，何可辭請。按王氏自逸少公爲會稽内史，家居剡之金庭，至今二十餘世，僅七百餘載，世更變故，子孫固守於斯，正所謂死徙不出鄉，可謂難矣哉！嗚呼！自周官五宗九兩之法廢，故家大族各有譜以辨疏戚，强不援，弱不遠，的派旁支，實書不誣，貴得信以傳信也。奈中古之世，有賜姓而紊宗；流俗之弊，有冒氏而渾族，皆不得姓氏本源，烏得遽以世家稱之？王氏之族，内史以前，具載唐史，故不必書；内史以後，嗣續繼修，世守不失，無賜冒之亂，則王氏之裔百世無僞，誠可謂清白相承，閥閲名族矣。爲王氏子孫登名斯譜者，當克繼宗緒，無忝先哲，則庶幾乎？遂出譜圖之首，以勗諸時。淳熙壬寅仲春既望，朝奉大夫、提舉浙東常平茶鹽兼會稽道按歷諸郡救荒事、婺源縣開國男食邑三百户、賜紫金魚袋新安朱熹序。

按：此序一眼可知爲僞作。如序開首云「按歷之嵊，至孝嘉鄉」，考朱熹淳熙九年正月七日巡歷到嵊縣，十四日已巡歷到金華縣，二月已回到紹興（見朱熹年譜長編），何來朱熹二月十五日、十六日在嵊縣爲王氏譜作序之事？又序末署「朝奉大夫、提舉浙東常平茶鹽兼會稽道按歷諸郡救荒事、婺源縣開國男食邑三百户、賜紫金魚袋新安朱熹序」，更大謬不然。朱熹慶元元年三月方轉朝奉大夫，紹熙五年閏十月八日方封婺源縣開國男，食邑三百户（亦見朱熹年譜長編），淳熙九年豈能作如斯語？「會稽道」者，宋代無有會稽道，此乃清人語，僅此可見此序爲清代王氏裔孫所僞造。

重修十年派周氏宗譜卷一載有朱熹作諸暨周氏譜序：

夫譜何爲而作也？譜賴以明氏族、别世系，俾昭穆相承、親疏有序而作也。其有關風化，切於世教，孝子順孫之尊祖敬宗，篤厚倫誼者，曷有重於此哉？且姓肇於周姬，巨族遍於天下，賢人君子，無世無之，第世遠年湮，屢罹兵火，譜乃弗繼，漸至失傳，史册雖昭，□□□□。是故仁人君子，必思夫水源木本之義，而倦倦於譜之輯歟？故先生程子曰：「管攝人心，收繫宗族，厚風化，篤人倫，使之不忘本，須是明譜。」由是觀之，譜之所繫大矣哉！熹自早歲私淑濂溪，讀其遺書，每痛其缺扔，博求四方，一無所獲。予至道州，訪遺稿於其孫，較世之所傳者差多，然亦散亂而無序。迨至南康，拜神像以慰夙昔私淑之心，因與僭撰祠堂之記，訪求其遺書於道州，稿簡多一二，但太極通書混焉無别，而是譜殆亦未之見也。今公事至浙東，聞評事周仲賓，濂溪之曾孫也，予訪之，因以世譜示予。余歷觀之，迨至濂溪行迹，圖太極於前，序通書於後，與余平日之所序者吻合，余不勝喜躍，而謂其實切於世教，有功於吾儒之書也。且其脉絡分明，裔派昭晰，誠足以收系宗族、篤厚人倫於萬世者。故余不待其求，而樂焉爲之序云。時淳熙辛丑春三月，提舉浙東常平茶鹽公事、進直徽猷閣新安朱熹序。

按：此序連篇胡言亂語，一望知僞。如序稱朱熹早年曾往道州訪濂溪遺稿，南康任上又往道州求遺書，皆荒謬絶倫。朱熹淳熙九年正月巡歷紹興府屬縣，二月已回紹興府，何來三月在諸暨訪周氏作譜序之事？朱熹淳熙八年七月十七日除直秘閣，至淳熙九年九月四日除直徽猷閣，如何淳熙九年三月時題「進直徽猷閣」？皆是拙劣僞造。

暨陽石氏宗譜卷一載有朱熹作贈石氏受姓序：

余榮甲第任同安簿，石君子重爲同安丞。熹嘗任南康軍，石君子重亦任南康丞。出入相友，講明道學多符。著作中庸輯略，乘間以重修家譜見示。熹窮目歷觀，甚有感激。夫姓氏以人物爲榮，不以人物爲辱，彼區區改氏冒姓者奚益哉！古者别姓分類，作譜作禮時，則有著姓氏之世系；叙昭穆而命小吏時，則有姓氏官，淵源遷派，繩繩有序，金枝玉葉，秩秩可考，故訂甚易。自譜牒久廢，源流無據，崛起草野之夫，而求附聖明之後，噫，可歎矣！竊觀石氏之相承，無非出於黄帝之後，考之史遷世表，至周武王，而武王封康叔於衛靖伯，食采於石就。石氏春秋時爲衛上卿。漢興，高祖召奮爲小使，擢爲中涓，積功纍纍。孝文時，官至大中大夫。孝景即位，以奮爲九卿。生四子：長建，次甲，三乙，四慶。皆以順行孝謹授官，各食禄二千石。帝曰：「石君及四子登榮，各享天禄。」人臣尊寵，舉襲其門，號曰「萬石君」。後以上大夫禄老於家，孝謹恭敬，雖齊魯諸儒質行，皆自以爲不及。接踵登仕，世不乏人。八世孫渾，吏部尚書；昶，東萊太守。十五世孫淵，建安太守，從晉元帝渡江，家於丹陽。青州刺史彌之，自丹陽徙會稽之剡。檢校太保諱元遂，始徙南明厥子坊，鎮東軍節度使。孫湘，東都勾復；渝，吏部尚書。曾孫環，蘇州檢校；琪，殿中丞；延，俸司空右丞。五世孫匡鄴、匡建，副使；匡瑾，太保；文渥，大理評事。六世孫顯達盈朝。若待旦公道開義塾，築三區，身自督教，明道先生嘗寓館，講論道學。登科甲者七十餘人，以孝行鳴於東南，可謂盛矣！噫，世以一己之見而論他人之譜牒，難矣；雖然，不可不論。先哲姓氏之權出於上易明，後世姓氏之權出於下難考；以國賜姓，爲魯爲宋；以謚賜姓，爲惠爲宣；若司空、司馬，以官賜姓；若王孫、公孫，以氏賜之；若東門、西門，以居賜之。石氏之姓，其來有自，衍及子孫。繼承者前後作述，光彩昆耀；而改氏冒姓者乃石氏之下風，無足道耶！吾友子重，諱敦，爲會稽新昌右族。曾大父諱景淹，不仕。大父諱公儒，以遺逸名授迪功郎。父諱維，贈朝奉大夫。自幼端慤，穎悟不群。年十二刻意爲學，晝夜不怠。年十八擢進士，授迪功郎。與熹相善，託熹作文，以輯先人受氏之源，終於公弼、斗文二公重修譜牒之意乎。宋淳熙十四年歲次丁未桂月新安晦庵朱熹頓首拜撰。

按：此序亦連篇胡言亂語，所叙與事實無一相合，不值一辨。石敦子重卒於淳熙九年六

月二十六日，朱熹作有知南康軍石君墓誌銘，見朱文公文集卷九十二。此序之作僞匪夷所思。

諸暨南門周氏宗譜卷一載朱熹作暨陽周氏宗譜叙：

譜牒之作，所以别宗支，明世系，誠士君子有家之要務也。其意起於黄鍾，形於律吕。其法始於始祖，一世、二世以至五宗族，列爲旁從之類。族有圖，以别昭穆，明親疏，而禮制喪服行焉，尊卑上下、等級隆殺設焉。予觀周克慎之世系，本出於姬姓黄帝之裔，以國爲氏，綿千餘年，支分派别，蔓延天下，而尤望於河南。至始遷祖諱靖，字天錫，世居祥符。爲國子正録，扈蹕南渡居杭，遷於諸暨。歷四世，祖伯五、伯八、伯九遷南郭，於今凡幾世矣。其譜系所輯，燦然明備，先世之澤，至今賴以不墜者，克慎之力也。俾同源分派，人易世疏，不有譜，將使宗支世系紊亂無考，其後世弊，殆有不可勝言者矣。嗚呼，可不謹哉！時大宋慶元丙辰秋七中浣，晦庵朱熹序。

按：慶元二年朱熹黨禁在家，斷不可能迢迢往諸暨觀譜作叙，此叙顯僞造。

民國重修南屏楊氏宗譜卷一載朱熹作弘農真傳序：

嘗考傳記，見晉時王謝子弟，雖遇先人只字，必藏而法之，其才可知矣。而其出於君賜者，又可知唐之房、杜，首稱賢相，僅立門户，遭不肖子孫蕩廢殆盡，尚可記先世之制誥哉？至於狄梁公後，持告身以謁狄青，尤不足言矣。厥後房、杜子孫邈焉無聞，而王謝衣冠世濟其盛，一能守與不守之間，而子孫之賢否以别。一子孫之賢否，而家世所由以盛衰也。弘農楊氏遠出周，封齊伯爲楊氏之後。自子孫以楊爲姓，來世有顯著，如漢之關西夫子，唐宋之簪祖相仍，皆予記述。蓋楊氏以王謝有守之子孫法之，亦以王謝之衣冠望之，故樂爲序。

按：譜稱南屏楊氏始祖楊貞官杭州清河令。朱熹淳熙九年巡視諸暨救災，由楊貞陪同視察，遂爲楊氏作弘農真傳序。按之實際，絶無此事。此序正如前諸暨周氏譜序所考，亦爲僞作。

天府廣記卷四十二載朱熹作樓桑廟詩三首：

江表孫郎藉父兄，阿瞞挾主做狐鳴。蛟龍不合池中老，匕箸何勞座上驚？時事正神桑寶蓋，夕陽又下錦官城。蕭條千古風雲會，誰問人間有孔明？ 樓桑大樹翠繽紛，鳳鳥鳴時曾一聞。合使本支垂百世，詎知功業只三分！空村常帶燕山雪，古廟猶飛蜀道雲。尚賴偏方傳正統，離離春草半斜曛。誰憐漢室竟三分，桑柘枯條帶落曛。遺老凋零披草莽，故宫慘淡會風雲。龍飛舊國傳今日，龜載穹碑篆古文。俯仰空成詩客恨，啼嗚滿樹不堪聞。

按：樓桑在涿州東南，爲劉備故里。有桑高十丈，劉備兒時戲桑下，指謂帝王羽葆。桑側有劉備古廟。南宋時朱熹絶不可能北往涿州，此三詩顯僞託。

武夷山志卷五、古今圖書集成方輿彙編山川典卷一百十三均載有朱熹作方池詩：

武夷之境多神仙，我亦駐此臨風軒。方池清夜墮碧玉，重簾白日垂洞門。暗泉湧地紫波動，微雨在藻金魚翻。倚檻照影清見底，拄杖卓石尋無源。洗玉女去不返，遭此丈八芙蓉盤。溪船明月泛九曲，出入紫微聽潺湲。便欲此地覓真隱，何必商山求綺園。

按：此爲元薩都剌詩，原題作武夷館方池。

翰墨大全戊集卷四載有朱熹作祭李三谿文、祭胡古潭文二文。今按：「李三溪」即李南金，「胡古潭」即胡翼龍，二人皆爲江西人。李南金字晉卿，號三溪冰雪翁，樂平人，寶慶二年進士，同治樂平縣志卷七有傳。胡翼龍字伯羽，號蒙泉，一號古潭，廬陵人，淳祐十年進士。

兩人活動年代在朱熹之後，故此兩篇祭文顯非朱熹所作。詳見杜春雷朱熹佚文兩篇考辨。

嘉靖太平縣志卷一、嘉靖浙江通志卷十一均載有朱熹作題陶源明小像詩：

慧遠無此冠，靖節無此巾。此巾要亦有，無此灑酒人。

按：此爲方回詩，第二句原作「修靜無此巾」。

永樂大典卷二八〇九載有朱熹作紅梅詩：

似桃非桃杏非杏，獨與江梅相早晚。天姿約略帶春酲，便覺花容太柔婉。霞觴瀲灎玉妃醉，應誤劉郎來閬苑。會須參作比紅詩，莫學墻頭等閑見。

按：此爲王十朋詩。

道光徽州府志卷十一之三載有朱熹作題汪氏快閣詩：

傍檐古木緑陰陰，下有清溪可洗心。燕坐紅塵飛不到，清風時至喜披襟。

按：此爲王炎所作詩。王炎字晦叔，一字晦仲，號雙溪，婺源人。或是王炎與朱熹字相似，遂誤將此詩爲朱熹作。

說曰：

李清馥閩中理學淵源考卷十七「陳彦忠先生士直」條下著録有朱熹贈人詩一首，其馥家藏先公（按：李光地）所遺朱子墨迹一軸，書贈人詩一首。後云：「考亭朱某題贈門人彦忠、彦孝昆玉同榜登第。」其詩云：

秋闈春榜兩同年，昆玉連登豈偶然。

青領乍辭芹泮路，緑袍新醉鳳池筵。

東南文運今方盛，虞典人才古獨先。

忝我師儒真不負，長歌喜極爲重編。

今按：二〇〇四年在中貿聖佳二〇〇四年秋季拍賣會上出現朱熹手書「贈門人彦忠彦孝同榜登第」詩册（後在網上公布廣傳）。該詩册云：

秋闈春榜兩同年，昆玉□登□□□。

□□乍辭芹泮路，緑袍新醉鳳池筵。

東南文運今方盛，虞典人才古獨先。

忝我師儒真不負，長歌喜極爲重編。

考亭朱熹題贈門人彦忠、彦孝同榜登第。

將此詩册本與李光地、李清馥藏朱子墨迹本相比照，顯是兩個不同本子。詩册本少「昆玉」二字，字迹拙劣，斷非朱熹手迹。方彦壽作是「國寶」還是僞帖——朱熹「贈門人彦忠彦孝同榜登第詩册」考析，定此詩册爲僞帖，良是，可成定案。至於李光地、李清馥藏朱子墨迹本及此朱熹詩之真僞，尚多有疑點待考。按李氏藏朱子墨迹本後題「考亭朱某題贈門人彦忠、彦孝昆玉同榜登第」，乃是後來藏此帖者或知情者所題，既非此詩題目，也非朱熹本人所題，此本一目了然。故其中題「考亭朱熹」亦自合理，不得以「考亭」疑朱熹此詩爲僞，或以據「考亭」定朱熹詩之作年與彦忠彦孝登第之年。又此「彦忠」是陳彦忠還是葉彦忠亦尚未知，更無從確定彦忠兄弟登第在何年（如彦忠兄弟是否有可能在淳熙中登第等）。故朱熹此詩之真僞，還當存疑待考。

同治德興縣志卷一載有朱熹作歲寒堂詩：

書堂高構歲寒巔，水秀山明隔市廛。滿座柳風吹道骨，一溪梧月浸心天。

按：此爲余瀚詩，原題作自題歲寒堂。